JN174716

こんぴら狗《いぬ》

今井恭子
いぬんこ・画

くもん出版

こんぴら狗

装画・挿絵／いぬんこ
装丁・本文デザイン／bookwall

江戸《えど》時代、日本にはこんな犬がいた
こんな習わしがあった……

目次

第一章　捨《す》て犬《いぬ》　9
第二章　病《やまい》つづきの家　23
第三章　旅立ち　45
第四章　東海道《とうかいどう》へ　67
第五章　別れ　83
第六章　薬売り　123
第七章　船の旅　161

第八章　金《こん》毘《ぴ》羅《ら》　183
第九章　もどりの旅　207
第十章　村送り　237
第十一章　最後の道連れ　269
第十二章　江《え》戸《ど》へ　307
解説　336
あとがき　340

『こんぴら狗《いぬ》』地図

江戸《えど》から金毘羅《こんぴら》まで

東海道《とうかいどう》（江戸から京都）と大坂まで

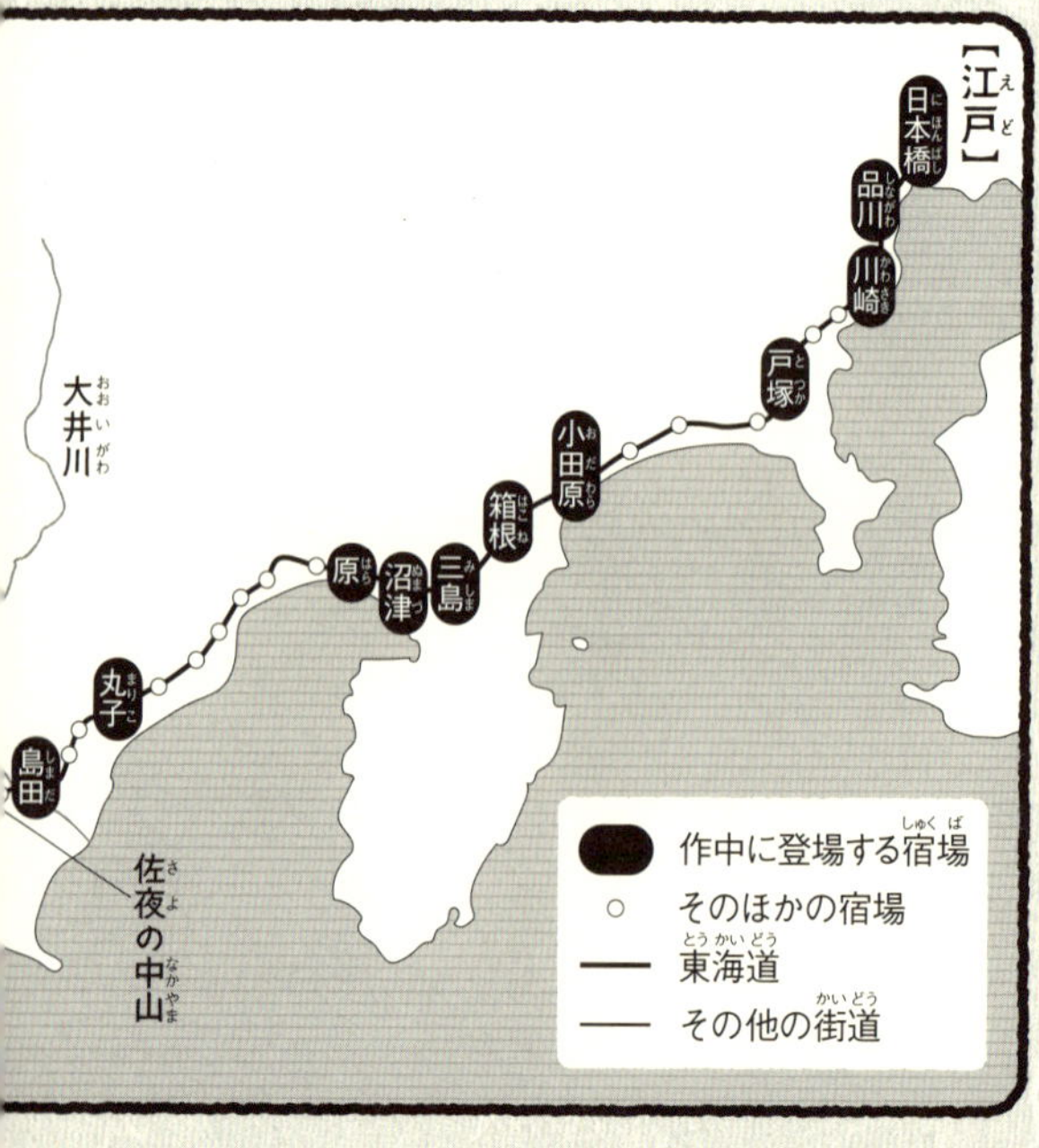

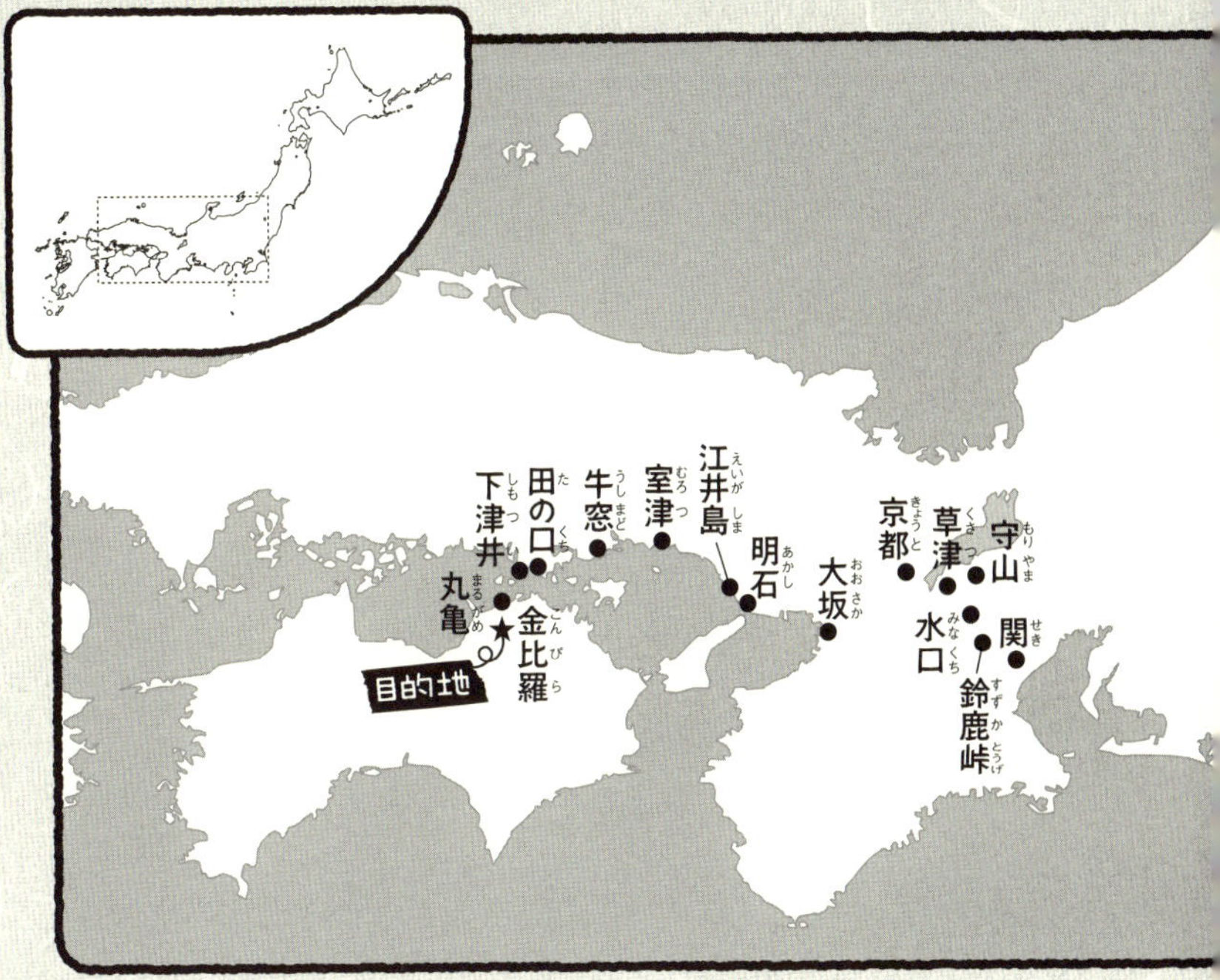
江井島《えいがしま》
室津《むろつ》
牛窓《うしまど》
田の口《たのくち》
下津井《しもつい》
丸亀《まるがめ》
金比羅《こんぴら》
目的地
明石《あかし》
大坂《おおさか》
京都《きょうと》
草津《くさつ》
守山《もりやま》
水口《みなくち》
関《せき》
鈴鹿峠《すずかとうげ》

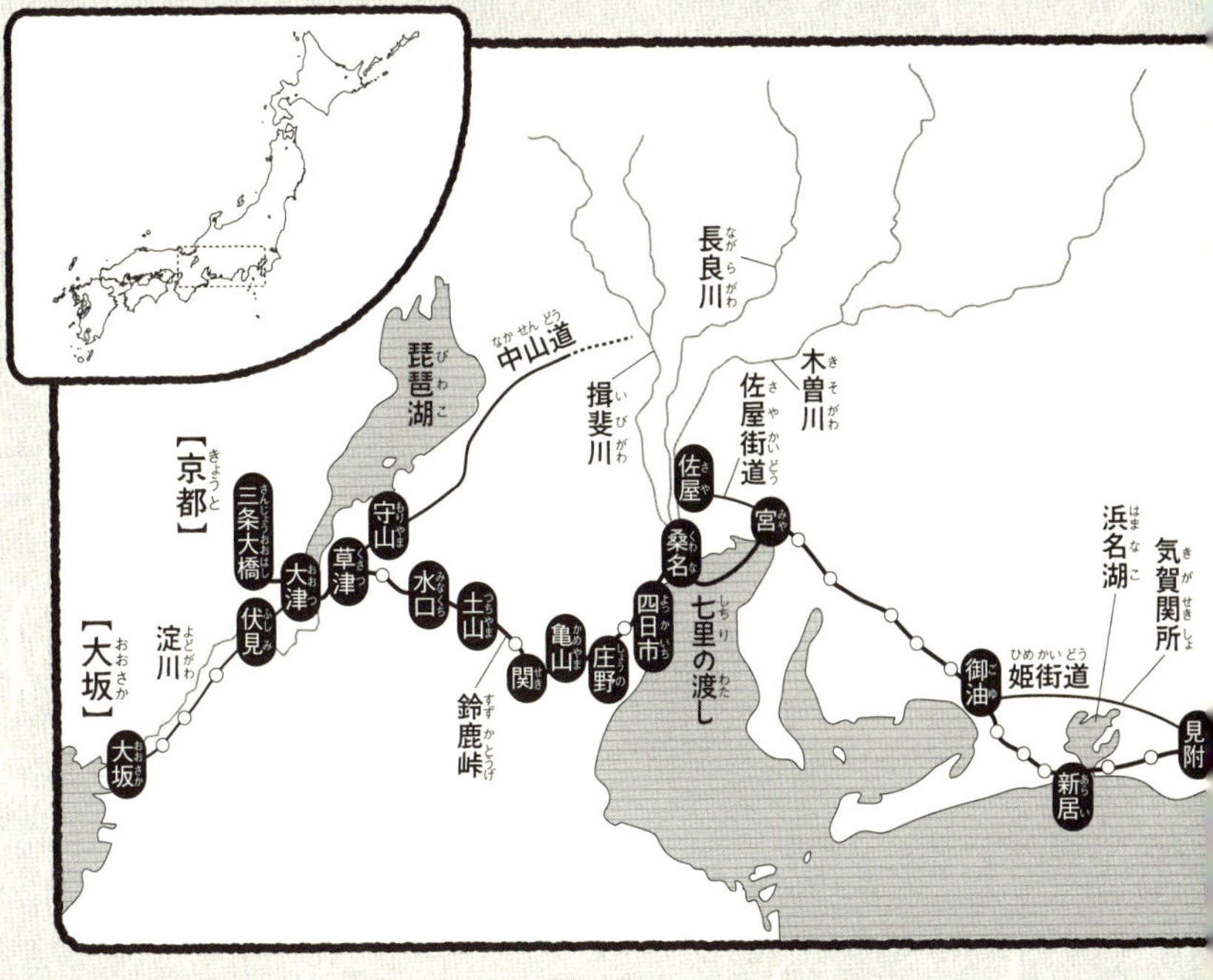
中山道《なかせんどう》
琵琶湖《びわこ》
長良川《ながらがわ》
木曽川《きそがわ》
佐屋街道《さやかいどう》
揖斐川《いびがわ》
【京都《きょうと》】
【大坂《おおさか》】
三条大橋《さんじょうおおはし》
大津《おおつ》
伏見《ふしみ》
淀川《よどがわ》
大坂《おおさか》
草津《くさつ》
守山《もりやま》
水口《みなくち》
土山《つちやま》
関《せき》
鈴鹿峠《すずかとうげ》
亀山《かめやま》
庄野《しょうの》
四日市《よっかいち》
桑名《くわな》
佐屋《さや》
宮《みや》
七里《しちり》の渡《わた》し
御油《ごゆ》
姫街道《ひめかいどう》
浜名湖《はまなこ》
気賀関所《きがせきしょ》
新居《あらい》
見附

象《ぞう》頭《ず》山《さん》全《ぜん》図《ず》

天保《てんぽう》6年(1835年)ごろの金毘羅《こんぴら》の様子。参詣者《さんけいしゃ》は長くつづく石段《いしだん》をのぼり、御本社《ごほんしゃ》に詣《もう》でる。

国立劇場蔵

第一章

捨《す》て犬《いぬ》

文政三年（一八二〇年）一月十一日

文政《ぶんせい》三年、一月（一八二〇年、現在《げんざい》の二月）のこと。

数人の子どもたちが首をすくめ、手習い（習字）道具をぶらさげて、寺子屋《てらこや》に向かっていた。なんとなく、ひとかたまりになって歩いてゆくのは、無意識《むいしき》にも、互《たが》いに北風をさえぎろうとしているからだ。

カタ、カタ、カタ……。

下駄《げた》をならし、江戸《えど》（いまの東京《とうきょう》）瀬戸物町《せともののちょう》の路地から走りでた少女が、赤い帯をゆらしてみんなに追いついた。

線香問屋《せんこうどんや》、郁香堂《いくこうどう》の娘《むすめ》、十二歳《さい》の弥生《やよい》である。

「おはよう！　おお、さむーっ！」

快活《かいかつ》に声をかける。

ふりむいた長屋《ながや》ぐらしのはなたれ小僧《こぞう》たちにとって、大店《おおだな》（規模《きぼ》の大きい店）の娘はまぶしかったが、弥生本人は生まれや育ち、貧富《ひんぷ》の差など、気にもしない。男女の別なくだれとでも、子犬のようにじゃれあって育った。気《き》っ風《ぷ》がいい江戸っ子気質《かたぎ》のおてんば娘だ。

「寺子屋はもう終わりにしていただいて、お裁縫《さいほう》やお作法、そろそろ本気でやってちょうだい」

最近は、母、亜矢《あや》の口からしょっちゅう同じ言葉が出る。身分相応《そうおう》の嫁入《よめい》り修業《しゅぎょう》をさせ、つりあいのとれたお店《たな》へでも、一日も早く嫁《とつ》がせたいのが母親の本音だ。

つい親子でいいあいになる。

「お裁縫《さいほう》もお作法も、それにお茶だって、ちゃんとお稽古《けいこ》に通っているじゃない。お台所仕事も、おトヨさんに習っているわ。

ね、もうちょっとだけ通わせて」

寺子屋《てらこや》では年長になった。わけへだても遠慮《えんりょ》もない、子ども同士の交わりはそろそろおしまい、とわかっている。分別《ふんべつ》ある大人になるのは、ちょっぴり悲しかった。

子どもたちの一団が、ぞろぞろと小さなお稲荷《いなり》さんにさしかかるころ。

いちばんおさない健助《けんすけ》が、どたっ、と転んでうつぶせになった。古ぼけた下駄《げた》の鼻《はな》緒《お》が切れたらしい。

ああ、また泣きだすわ……。

弥生《やよい》は、とっさにかけよった。

健助は八歳《さい》にしても小がらだったが、それ以上に気も小さい。「泣き虫」といえば健助《けんすけ》のことだ。筆を忘《わす》れたといっては泣き、墨《すみ》をこぼしたといっては泣く。そのたびに、弥生《やよい》はなだめたり、なぐさめたりする羽目《はめ》になる。

両手をばんざいし、はでに道ばたにのびたからには、ひざをすりむいたにちがいない。大泣きするのは目に見えていた。

案《あん》の定《じょう》、健助は地面から顔をあげると同時に、大きく息をすいこんだ。次の瞬間《しゅんかん》には、「わーっ!」と、泣きさけぶはずだった。

ところが、意外にも、そこでぴたりと息をとめた。

「あれっ? なに?」

涙《なみだ》はこぼれる前にひっこんだ。

健助の視線《しせん》の先をたどると、お稲荷《いなり》さんのお堂のわきに、うす茶色のかたまりがあった。弥生も小さく息をのんだ。うす茶色のものは、見て見ぬふりをするにはいいわけが必要な、そんな空気をまとっていた。

急いで近よってみると……。

犬だった。

生まれたての子犬が六匹《ぴき》、丸くなって重なりあっているのだった。

「かわいそうに……。だれかにすてられたんだわ」

弥生《やよい》は手習い道具をほうりだすと、ためらうことなく、最初の一匹《ぴき》を両手のひらですくいあげた。

ひやっとした。冬の朝の、地面の冷たさだ。命の気配はみじんもない。次々にすくいあげたが、五匹とも、すでにこときれていた。

六匹目もだめかと思ったが、同じように手のひらでそっと包みこんだ。最後の子犬だったので、しばらくそのまま胸《むね》にだきよせていると、気のせいか、かすかに鼓動《こどう》が伝わってくるようだ。あらためて顔を近づけてみると、小さな鼻面《はなづら》が左右にほんの少しだけ動いた。

「生きてる。この子、生きてるわ！」

弥生は興奮《こうふん》してさけぶと、すわりこんでいる健助《けんすけ》と、弥生を遠巻《とおま》きにながめている子どもたちに向かって、声高《こわだか》に宣言《せんげん》した。

「あたし、うちに帰る。きょうはお休みする。健ちゃん、師匠《ししょう》にいっといて。わたしのお道具、あとでとどけてね」

弥生は子犬を袖《そで》で包み、胸にだいて小走りにかけだした。

とりのこされた子どもたちはあっけにとられ、赤い帯のうしろすがたが小さくなってゆくのを、ぼうぜんと見送った。

「あらぁ、こりゃ、もうだめですよ、おじょうさま。助かりゃしませんって」

女中頭《じょちゅうがしら》（他家に奉公《ほうこう》する下働きの女性のうち、いちばん上位のもの）のおキヨは子犬をのぞきこむなり、白髪《しらが》まじりの頭をふってうけあった。

「おキヨのいうとおりですよ。どうせなら、大川《おおかわ》（いまの隅田川《すみだがわ》）にでも流してしまえばよかったんです。かわいそうに」

母親の亜矢《あや》はときどき、どきっとするようなことを、さらりといってのける。

「ひどいわ、お母さまったら。あっさり死んでしまえば、かわいそうじゃないみたいに」

弥生《やよい》は腹《はら》を立て、子犬をだく手にいっそうやさしさをこめた。

「だいじょうぶよ。あたしがきっと元気にしてみせるから。大きくてりっぱな男の子になるわ、ねっ。

そうしたら、うちで飼《か》ってもいいでしょう？　ね、お母さま」

亜矢《あや》の目がけわしくなった。

「だめです、それは。

前にどこかの猫《ねこ》が、お座敷《ざしき》の違《ちが》い棚《だな》へかけあがったでしょう。香炉《こうろ》や花立てを落としてわったじゃありませんか。生きものは、うちではぜったいに飼《か》いません」

「犬は猫とはちがうわ。違い棚の上なんかにのぼらないもの」

「いいえ、だめです」

亜矢は強情《ごうじょう》だ。でも、その強情を弥生《やよい》はしっかりうけついでいる。

「あたし、お父さまにたのんでみる」

いうより早く、廊下《ろうか》をかけだした。

「今はいけません。美陶園《びとうえん》のご隠居《いんきょ》さまがおいでになっています」

亜矢の叱責《しっせき》を背中《せなか》でききながら、弥生は、しめた、と思った。

弥生がおさないころから、だっこしてあやしてくれた瀬戸物《せともの》（陶磁器《とうじき》）問屋《どんや》のご隠居なら、きっとあたしの肩《かた》をもってくれる、とふんだからだ。

「失礼いたします」

廊下にひざをついて、右手で座敷のふすまをそろりと開けた。左腕《ひだりうで》にはしっかり子犬をだいている。

「いらっしゃいませ」

弥生《やよい》はまず、ご隠居《いんきょ》と目をあわせてから頭をさげた。

「なんだ、弥生か？」

ふりかえったのは父、平左衛門《へいざえもん》だ。

「手習いはどうした？」

平左衛門の疑《うたが》わしい声に、ご隠居のやわらかな声がかぶった。

「おお、弥生ちゃんか。元気かい？」

「こんにちは、美陶園《びとうえん》さん。

あのぅ、お仕事のお話のじゃまをして申しわけありませんが、どうしても、すぐにお父さまにお願いしたいことがあるんです」

「いや、朝から暇《ひま》をもてあましてね。油を売っていただけだよ」

ご隠居がいった。

弥生は二人のほうへにじりよって、両手で包むようにして子犬をさしだした。

「お稲荷《いなり》さんにすてられていたんです。かわいそうに、氷みたいに冷たくなって。ほかの子犬は、みんなもうだめでした。

お母さまもおキヨさんも、助からないっていうんです。お母さまなんて、ひどいの。大川《おおかわ》に流してしまえばよかったのに、なんておっしゃるの」

ご隠居《いんきょ》がくすりと笑った。平左衛門《へいざえもん》は苦《にが》い顔をしている。

「あたし、がんばって元気にしてみせます。お願いですから、うちで飼《か》ってもいいでしょう？　ねえ、お父さま」

「だめだ、といったら、どうする？」

弥生《やよい》はまゆをつりあげた。

「大川へもってって、ポチャンてすてるんでしょ」

「弥生！」

「だって、そうなんでしょ？

お母さまは、どうせ自分では行かないのよ。お店《たな》のだれかに捨《す》てに行かせるのよ。

そんなの、ひきょうだわ」

母に対する怒《いか》りは、おさえがたくふくらみ、弥生の目はらんらんと光っていた。

平左衛門は心底こまったような顔をご隠居に向けて、「これですよ」と、あごをしゃくった。

「だれに似《に》たのか、負けん気が強いといったら」

「いやぁ、弥生《やよい》ちゃんには一本、やられましたな」

ご隠居《いんきょ》がふくよかな腹《はら》をゆすって笑った。

「わたしも犬は好きですよ」

「あたしは猫《ねこ》も好き。ウシだってウマだって、ヘビだって好きです」

「おやおや、そうかい。ヘビもかい」

「それに、名前ももう決めたの。あたしは三月に生まれたから弥生でしょう。この子は一月にうちに来たから、睦月《むつき》」

江戸《えど》時代の犬たちに、りっぱな名前などなかった。「シロ」「クロ」「ブチ」などと、毛色《けいろ》や模様《もよう》でよばれるのがせいぜいだった。目の前の子犬はうす茶色だ。大きくなれば、茶が濃《こ》くなって、「アカ」とよばれるところだ。「ムツキ」というしかるべき名前には、弥生の意気ごみがあらわれている。

「なるほど」

ご隠居はあらためて平左衛門《へいざえもん》をふりかえった。

「郁香堂《いくこうどう》さん、りっぱな名前も決まっちゃあ、すてるわけにはいきませんな」

「はぁ」

平左衛門《へいざえもん》はしきりに頭をかいた。

弥生《やよい》は、しめた、と思った。

「ありがとうございます、ご隠居《いんきょ》さん。ありがとう、お父さま。

あたし、ムツキが元気になるように、いっしょうけんめい介抱《かいほう》します。いい子に育ててみせますから」


少女の熱意と愛情《あいじょう》に救われ、子犬は一命をとりとめた。

弥生は寺子屋《てらこや》をひと月も休み、つきっきりでムツキの世話をしたのだ。自分のふところにいれて体をあたため、重湯《おもゆ》を小指につけては小さな口に無理やりふくませた。

おキヨが、「こうしてみては？」というので、手ぬぐいを細くさいて重湯にひたし、すわせてもみた。このほうが、ずっとたくさん飲ませることができた。

また、出入りのもの売りたちにかたっぱしからたずね、近所の染物屋《そめものや》で雌犬《めすいぬ》が子どもを産んだときくと、ムツキをそこまでだいていって、たのみこんでお乳《ちち》を飲ませてもらいもした。

母犬はけげんな顔をしたが、ムツキは夢中《むちゅう》で乳房《ちぶさ》にすいついた。

こうして危機《きき》を脱《だっ》すると、ムツキはどんどん元気になり、ころころした子犬になって愛敬《あいきょう》をふりまいた。最初は、弥生《やよい》のやることを止めもしないが手助けもしなかった両親が、ムツキの邪気《じゃき》のないかわいさには、ついつい気持ちをほだされた。

こうして、ムツキは郁香堂《いくこうどう》の正真正銘《しょうしんしょうめい》の飼《か》い犬《いぬ》になった。

第二章

病《やまい》づきの家

文政六年（一八二三年）
六月

文政《ぶんせい》六年（一八二三年）夏、弥生《やよい》は十六になっていた。さすがに寺子屋《てらこや》に通うのはとうにやめ、もっぱら家事やお店《たな》の手伝いをしながら、お茶や裁縫《さいほう》など習いごとに精《せい》を出す毎日だった。

ムツキは、見ちがえるような、たくましい成犬に育っていた。体は柴犬《しばいぬ》よりふた回りほど大きく、肉づきはよいが、脚《あし》の長いすっきりした体つきだった。

当時の犬にはしっぽがまきあがったものも多かったが、ムツキのしっぽはうしろ脚にそって、ななめにたれさがっており、それが弥生のお気に入りだった。ムツキの気分は、しっぽを見れば一目瞭然《いちもくりょうぜん》だからだ。うれしいときには、ぶんぶん、ふりまわしたし、なにごとかと警戒《けいかい》したり威嚇《いかく》したりするときには、旗ざおのように背中《せなか》よりも高く、ぴんと立てた。

目と鼻は真っ黒で、子犬のときにはごくうすい茶だった毛色は、大きくなるにつれ濃《こ》く染《そ》まった。体にくらべると小さめの耳は、ふだんは三角に立っていたが、弥生のもとへかけてくるときなど、頭の上へぺたりとふせると顔つきが丸くなるのだった。そんなときは、目も心なしかたれている。口を開いたり舌《した》をたらせば、りっぱな笑顔になる。

「ほら、ムツキが笑った」

弥生《やよい》はそういって、頭といわず、背中《せなか》といわず、なでまわした。

ムツキはお店《たな》の裏《うら》にある勝手口《かってぐち》の土間《どま》（床《ゆか》をはらずに地面のままにしているところ）で飼《か》われていた。夜は土間のすみに丸くなってねむったが、昼間はしょっちゅう路地から表通りへ出てゆき、あたりをうろついてはもどってきた。飼い主《ぬし》をもたぬ町犬《まちいぬ》とじゃれたりかけまわって遊ぶことも多かったが、決して遠くへは行かないようだった。

というのも、弥生がおつかいや稽古《けいこ》ごとに行こうと、路地をぬけて表通りを歩きだすと、ムツキはいつの間にか、どこからともなくすがたをあらわし、おともをするのだった。

なかなかものわかりのよい犬で、土間は自分の領分《りょうぶん》と決めていたが、板敷《いたじ》きのお勝手（台所）へはあがらなかった。教えられたわけでもないのに、お店にも決して足をふみいれることはなかった。

いつだったか、平左衛門《へいざえもん》が出先で手ぬぐいをなくしてきたことがあった。数日後、どこで見つけたのか、泥《どろ》だらけになった手ぬぐいを、よだれでさらにべとべとにして、得意そうな顔をしてくわえてもどってきたこともある。

弥生《やよい》は暇《ひま》ができると、よくムツキとじゃれあって遊んだ。前脚《まえあし》をぐうっとのばし背中《せなか》をそらせて、遊んでくれ、とせがまれると、無視《むし》することなどできなかった。

ムツキは縄《なわ》をひっぱりっこするのが大好きだった。また、弥生のちらつかせる手ぬぐいやお手玉に、とびかかってはとびすさり、くるくるかけまわる。遊びにさらに熱がはいると、ひょいととびすさってから勢《いきお》いをつけ、弥生をおしたおそうととびかかってきた。手や腕《うで》をくわえると、ウグウグ、うなりながら甘《あま》がみしふりまわした。

犬ぎらいなら、「かまれた！」と、さわぎたてるところだが、もちろん相手を傷《きず》つけるつもりはまったくない。

とはいえ、歯や爪《つめ》のあたりどころが悪いと、袖《そで》や裾《すそ》がビリッとさけることもある。弥生はそのたびに笑いころげ、ムツキをつかまえると手荒《てあら》くだきしめたが、亜矢《あや》は額《ひたい》にすじを立てておこった。

「いい年をして、犬と遊んで袖をやぶくとはなにごとです！」

「あとでつくろっておくから、だいじょうぶ」

と、弥生はとりあわなかったし、ムツキの遊び相手をやめる気もなかった。

路地裏《ろじうら》に木槿《むくげ》の白い花が、ちらほら咲《さ》きはじめるころだった。

ある日のこと、弥生《やよい》がお店《たな》へ出ていって、番頭《ばんとう》（商家で主《あるじ》に代わって業務《ぎょうむ》をおこなうもの）にささやいた。

「おトヨさんが、冷やした真桑瓜《まくわうり》（メロンの仲間《なかま》。楕円形《だえんけい》で黄色のものが多い）を切ってくれましたよ。手のあいたかたから、冷たいうちにめしあがってくださいね」

「ありがとうございます。おまえから先にいただいてこい」

「へえ」

手代《てだい》（番頭のもとで働く商家の奉公人《ほうこうにん》）の一人が腰《こし》を低くして、さっそくお勝手《かって》のほうへ廊下《ろうか》を歩いていった。

店先では幸吉《こうきち》が客の相手をしている。

弥生より四つ年上の手代である。裏表《うらおもて》のないまじめな性格《せいかく》だが、おっとりした一面もあり、だれからも好かれた。丁稚《でっち》（年少の奉公人）でお店にはいって以来、人一倍熱心に学び、働き、早くも番頭の片腕《かたうで》をつとめるまでになっている。

いつのころからか、弥生は店へ顔を出すたびに、つい幸吉のすがたをさがすようになっていた。弥生もまた、幸吉の視線《しせん》をしかと感じることがあった。もっとも、お店の娘《むすめ》と手代《てだい》という、身分のちがいは互《たが》いにわきまえている。恋《こい》とはよべないほどの、あわい気持ちだった。

たった今、縞《しま》がらのおしきせ（使用人にあたえられた衣服）に身を包み丁重《ていちょう》に、しかし、てきぱき客とやりとりをしている幸吉《こうきち》には、丁稚《でっち》のころのおさなさは、みじんもなく、ひかえめな自信が感じられた。

端正《たんせい》なそのうしろすがたへ、弥生《やよい》はこっそりと、しばし目をとめる。

あっ、いけない、いけない……。

頭をふって、すぐそばにいた丁稚に顔を向けた。

「おまえも先に行っておいで。番頭《ばんとう》さんにことわってからですよ」

いいおわるかおわらぬうちに、店先《たなさき》に飛脚《ひきゃく》（手紙や荷物を遠方へ徒歩で運ぶ仕事の人）がとびこんできた。

「郁香堂《いくこうどう》いうんは、ここだな」

額《ひたい》の汗《あせ》をぬぐおうともせず、ぶっきらぼうにいう。

「郁香堂なら、わたくしどもですが？」

弥生が進みでると、

「上方《かみがた》（いまの京都《きょうと》・大阪方面《おおさか》）からだ」

飛脚《ひきゃく》は一通の書状《しょじょう》をとりだした。

「ご苦労さま。きっとお兄さまからだわ」

弥生《やよい》は胸《むね》をおどらせて、「お父さま、お母さま！」と、さけびながら、お店《たな》から奥《おく》へかけこんでいった。

弥生には盛三郎《せいざぶろう》という名の兄がいた。今は線香発祥《せんこうはっしょう》の地といわれる、堺《さかい》（大阪の南に位置する町）の線香問屋へ修業《しゅぎょう》に出ている。

書状は盛三郎からではなかった。奉公先《ほうこうさき》の主《あるじ》からだった。

亜矢《あや》と弥生の見守るなかで、書状に目を走らせる平左衛門《へいざえもん》の眉間《みけん》には、みるみる深いしわがきざまれてゆく。弥生は不吉《ふきつ》な予感に、思わず両手をにぎりしめた。

「なんなんです？　あなた、なんと書いてあります？」

亜矢がまちきれずにせっついた。

「盛三郎のやつ、ふせっているそうだ」

「まあ……」

亜矢は胸《むな》もとをつかんだ。

「そ、それで？　まさか……悪いんですか？」

「よくないらしい」

こたえた平左衛門《へいざえもん》の声はしわがれていた。

問屋《とんや》の主人からの手紙によると、盛三郎《せいざぶろう》はふた月ほど前から、寝《ね》たりおきたりの状《じょう》態《たい》だという。医者にもみせ養生《ようじょう》もさせたが、はかばかしくないので、近々、いったん親もとへお返しする、とあった。

「近々って、いつのことなの、お父さま」

弥生《やよい》がさけんだ。

「わからん」

弥生が首をつっこむようにしてのぞいてみると、手紙の最後にはひと月近くも前の日付が記されていた。たぶん、並便《なみだよ》りとよばれる、いちばん安い飛脚《ひきゃく》をたのんだのだろう。

もう少し、気もお金も使ってくれればいいのに、と不満がこみあげる。

並便りだと、上方《かみがた》から江戸《えど》へは二十日以上もかかる。ということは、盛三郎はその間《かん》に病《やまい》をおして、すでにこちらへ向かっているのかもしれない。

この知らせは、番頭《ばんとう》をはじめ、お店《たな》の面々にもすぐに伝わった。

「だれか迎《むか》えのものをやりましょう」

番頭がひざを乗りだしていった。

「行きちがいになるかもしれん」

平左衛門《へいざえもん》は沈痛《ちんつう》な面持《おもも》ちでつぶやいたが、亜矢《あや》は番頭の言葉にとびついた。

「それでも、じっとまっているよりは……。番頭さん、だれがいいでしょう？　すぐに支度《したく》をさせましょう」

こうして、翌朝《よくあさ》早く、いちばん年長の手代《てだい》があわただしく上方《かみがた》へ旅立っていった。

「宿場《しゅくば》では、堺《さかい》から江戸《えど》へ向から病人がいないか、ゆめゆめ聞きこみをおこたるんじゃないぞ」

番頭が強く釘《くぎ》をさした。

「へい、承知《しょうち》しております。では、行ってまいります」

みんなが表通りへ勢《せい》ぞろいし、祈《いの》りをたくすようにして、小さくなってゆく手代のうしろすがたを見送った。

ところが、それからわずか四日後のこと。駕籠《かご》（一人の客を乗せ、前後を人がかついで運ぶ乗りもの。身分や用途《ようと》により多種にわたる）を乗りつぎ、乗りつぎ、盛三郎《せいざぶろう》は自力で帰ってきた。父が心配したとおり、迎《むか》えに行ったものとは行きちがいになったのだ。

病《やまい》に加え、長旅のつかれで、盛三郎は見る影《かげ》もなかった。

「ただいま帰りました。ご心配をおかけして申しわけありません」

それだけいって頭をさげると、そのままその場にくずおれた。

だれもが、はっと息をのんだ。

「お医者さまをよんでくる！」

ああ、だめかもしれない……。

一瞬《いっしゅん》でもそう思った自分をゆるせず、弥生《やよい》は外へとびだしていった。

ムツキがいっしょに走った。

それからというもの、弥生は母を助けて兄の看病《かんびょう》に明けくれた。医者が処方《しょほう》した薬を土瓶《どびん》で煮出《にだ》すのも、弥生の仕事だった。かおりが命の線香問屋《せんこうどんや》に、漢方薬《かんぽうやく》がにおってはたまらない。夜になって店を閉《し》めてから、勝手口《かってぐち》を開けはなち、うす暗い台所でつきっきりで煮立てた。

ムツキはそのにおいがきらいだった。弥生《やよい》が薬をとりだすと、最初は鼻をそむけ、しかめつらをしていたが、そのうち、こそこそ外へ出てゆくようになった。

盛三郎《せいざぶろう》は帰宅《きたく》して以来、ときおりはげしくせきこみながら、血の気のない顔でふせっているばかりだった。

医者は父にだけはこっそりと、「これはいけませんな」と、いったらしい。いわれるまでもなく、それはだれの目にも明らかだった。

ある日の午後、弥生がお粥《かゆ》を座敷《ざしき》へ運んでゆくと、盛三郎はめずらしく床《とこ》の上におきあがり、もの思いにしずんでいた。

「きょうは、少しは気分がよろしいの？」

弥生がたずねると、だまってほほ笑《え》んだ。

「じゃあ、ちょっとまってて。お兄さまに見せたいものがあるのよ」

弥生は勝手口《かってぐち》を出て蔵《くら》の外をまわり、居室《きょしつ》に面する庭へムツキを連れていった。後ずさりするムツキの尻《しり》をおすようにして、母にないしょでこっそり兄の寝《ね》ている座敷へあげた。

なれない場所で、ムツキはいかにも居心地《いごこち》悪そうにちぢこまっていた。もしかしたら、座敷《ざしき》には、かいだことのない重い病《やまい》と苦《にが》い薬のにおいが立ちこめていて、異様《いよう》な雰囲気《ふんいき》に気おされたのかもしれない。背《せ》を低くして、しっぽをうしろ足のあいだにまきこみ、鼻と耳だけ、ひくひく動かしていた。

弥生《やよい》はそんなムツキを安心させようと、腕《うで》で胴《どう》をだきこむようにして、その鼻面《はなづら》を盛三郎《せいざぶろう》に向けた。

「ほら、お兄さま、ムツキよ。赤ちゃんのとき、すてられて死にかけていたの。わたしがいっしょうけんめい介抱《かいほう》して、こんなに大きく元気になったのよ。お兄さまも、だいじょうぶ、かならず元気になるわ」

盛三郎はそれにはこたえず、やさしい目をしてムツキを見つめた。

それから、ひとりごとのように、

「ムツキがいるなら、おまえはさびしくないな」

と、いった。

弥生はきゅうに胸《むね》がつまってしまい、言葉を失った。

「お兄さまが元気でいてくれなくちゃ、だめ！」

どうして、あのとき、そういわなかったのか……。

それを、弥生《やよい》はあとからくるおしく悔《く》やんだ。

オー、オー、オ——……！

翌朝《よくあさ》早く、まだ暗いうちからムツキが遠ぼえをくりかえした。はじめてのことだ。

びっくりした弥生はとびおきて、お勝手《かって》へかけつけた。

ムツキは土間《どま》の中央ににおう立ちになり、のどをそらし、宙《ちゅう》に向かって高い声を長くひいていた。

「ムツキ、どうしたの？　さあ、落ちついて。よしよし」

ムツキの背《せ》をやさしくさすってなだめているうちに、弥生はざわざわと胸《むな》さわぎを感じだした。

もしかしたら……。

弥生は兄の部屋へとかけだした。

そのころには、亜矢《あや》もおきだしてきて、弥生のあとを追った。

盛三郎《せいざぶろう》は静かに息をひきとるところだった。

平左衛門夫婦《へいざえもんふうふ》は二十年前、おさない双子《ふたご》の息子をはやり病《やまい》で亡《な》くしていた。これで息子ばかり、三人も失ったことになる。こうなっては、弥生《やよい》に婿《むこ》をとって家をつがせるのが自然ななりゆきだった。

父の代かぎりでお店《たな》をつぶすわけにはいかない。弥生も覚悟《かくご》を決め、父と番頭《ばんとう》に習いながら本格的《ほんかくてき》に仕事をおぼえていった。

ところが、文政《ぶんせい》七年（一八二四年）一月末のことだ。

弥生は風邪《かぜ》をひいた。高い熱を出して五日間ほど寝《ね》ていたが、ようやくおきだしてきてからも、すぐによろよろと布団《ふとん》にふせてしまい、ちっとも本調子にもどらない。弥生らしいいつものおてんばぶりも影《かげ》をひそめ、ムツキと遊ぶことさえめっきりへった。

ムツキは、弥生が出てきてくれないかと、土間《どま》からいつも廊下《ろうか》の奥《おく》をうかがっていた。ときどき、キュン、キュン、鼻をならしてもみたが、

「ムツキ、ごめんね……」

廊下をはうように伝わってくるのは、弥生とも思えない力ない声ばかり。

ムツキのきらいな薬のにおいも、あたりの空気から消えることはなかった。

桜《さくら》の花はとうに散《ち》り、木々の若葉《わかば》が色をますころになっても、弥生《やよい》の容態《ようだい》ははっきりしなかった。

両親は肝《きも》を冷やした。今また、一人娘《ひとりむすめ》まで失うことになりはしないか、と気が気ではなかったからだ。

横町《よこちょう》のお稲荷《いなり》さんにお参りするのが長年の日課《にっか》になっている亜矢《あや》が、どこかもっと霊験《れいげん》あらたかな神社にでも、おすがりするほうがよいのでは、といいだした。

今までだって、お稲荷さんはちっとも力になってくれなかったではないか……。

「それなら、やはりお伊勢《いせ》さんか、金毘羅《こんぴら》さんでしょうな」

番頭《ばんとう》がもの知り顔にいった。

「でも、それではあまりに遠すぎます」

亜矢が少し語気を荒《あら》げると、平左衛門《へいざえもん》がなだめるようにいった。

「神社や寺なら、江戸《えど》にもはいてすてるほどあるじゃないか」

「もちろんですが、旦那《だんな》さま。そこはやはり、苦労して遠くまで出向いてこそのご利《り》益《やく》というものが……」

と、番頭《ばんとう》は食いさがった。

三人がそんなことを、あれこれいいあっているところへ、美陶園《びとうえん》のご隠居《いんきょ》がふらりとやってきた。

みんなの話をきくと、ご隠居はぽんとひざを打った。

「うん、ムツキを旅に出しなされ。ほれ、こんぴら狗《いぬ》ですよ」

「はっ？」

三人ともあっけにとられた。

江戸《えど》の庶民《しょみん》にとって、伊勢《いせ》参りと金毘羅《こんぴら》参りは生涯《しょうがい》の夢《ゆめ》だった。

江戸時代も後期になり世の中が安定すると、庶民のあいだでは旅へのあこがれがつのった。だが、徳川幕府《とくがわばくふ》は寺社参詣《じしゃさんけい》の旅しかゆるさなかったので、人々は参詣を名目《めいもく》にあちこち観光して楽しんだのである。伊勢神宮《いせじんぐう》は、御師《おんし》という人たちが、日本全国へお札《ふだ》やみやげものをくばったり、神さまのありがたさを伝え、また、参拝者《さんぱいしゃ》たちを竜宮城《りゅうぐうじょう》にでも行ったようにぜいたくにもてなしたので、人々はますます伊勢参りへの夢をふくらませた。

いっぽうの金毘羅は、もとはインドのガンジス河《がわ》にすむ水神《すいじん》で、海上交通の守り神だった。大量の物資《ぶっし》の輸送《ゆそう》は海運にたよるしかなかった時代、船乗りたちが深く信じる金毘羅信仰《こんぴらしんこう》を行く先々で広め、ついには日本全国に知られることとなった。

しかし、伊勢《いせ》（いまの三重県《みえ》東部）や讃岐《さぬき》（いまの香川県《かがわ》）の金毘羅さんまで長旅をするのは容易《ようい》にかなわぬ夢《ゆめ》だったので、旅なれた人をたのみ、かわりにお参りしてきてもらうこともあった。代参《だいさん》という習わしだ。

ときには金毘羅さんへ飼《か》い犬《いぬ》を代参させることさえあった。それがこんぴら狗《いぬ》である。

犬は、飼い主の名前や住所を記した木札《きふだ》と、初穂料《はつほりょう》（神社にそなえる金銭《きんせん》）、道中の餌《えさ》代《だい》などを入れた銭袋《ぜにぶくろ》を首にさげ、旅人から旅人へと次々にたくされて、りっぱに金毘羅参詣《さんけい》をはたし、もどってきたという。

旅人や行く先々の人々はこんぴら狗と見てとると、よろこんで餌をあたえたり、家にとめてやったりして世話をした。当時の人々は信仰《しんこう》にあつく、こんぴら狗を世話することで、犬をつかわせた主人同様、自分にもご利益《りやく》がある、と信じていたからだ。

ご隠居《いんきょ》が言葉をついだ。

「だいぶ前のことですがね。遠い親せきの家で、やはり飼い犬を金毘羅さんへつかわせました。無事にお参りをすませ、お札《ふだ》をさずかって帰ってきたそうです」

「いや、そういう話はきいたことがありますよ。しかし……手前《てまえ》どもの犬には、とうてい無理でしょう」

「それには、ひと月やふた月はムツキを手ばなすことになりましょう。弥生《やよい》が、うん、とはいわないでしょう。いえ、道中のムツキを心配して、かえって病《やまい》が重くなるやもしれませぬ」

平左衛門《へいざえもん》と亜矢《あや》が口々にいうと、ご隠居《いんきょ》はにやりとした。

「さあ、どうかな？　あんがい、弥生ちゃん、ムツキの背中《せなか》をおして送りだすかもしれませんぞ。ぜひ、話をしてごらんなさい。

うん、うん、もしそうと決まったら、わたしが京《きょう》までムツキを連れていくというのは、どうですね？　その先へは、だれか信用のできそうな旅人にあずけましょう。

旅籠《はたご》（庶民《しょみん》のとまる宿）できけば、大坂《おおさか》（いまの大阪《おおさか》）へ行く商人《あきんど》など、すぐに見つかるにちがいない。その先は船で讃岐《さぬき》へわたれば、金毘羅《こんぴら》さんまでは一日で行けるといいますよ。

じつはわたしもね、ずいぶん前から一度、京の都《みやこ》をゆっくり見てみたかったんですよ。本願寺《ほんがんじ》をはじめ名高い神社仏閣《じんじゃぶっかく》に参拝《さんぱい》して、京焼《きょうやき》の窯元《かまもと》（陶磁器《とうじき》の製造所《せいぞうしょ》）もめぐってみたいですしな。

今までは重い腰《こし》があがらなかったが、これもなにかのご縁《えん》でしょう。いや、ムツキとは、弥生《やよい》ちゃんにひろわれてきた日からの因縁《いんねん》がありましたな」

平左衛門《へいざえもん》と亜矢《あや》は、互《たが》いに顔を見あわせてから、「はぁ……」と、たよりない声を出した。

帰りぎわ、ご隠居《いんきょ》は亜矢がとめるのもきかず、自分で草履《ぞうり》をさげてお勝手《かって》へ行き、土間《どま》におりた。

廊下《ろうか》を近づいてくる足音をききつけ、人待ち顔にしっぽをゆらしていたムツキが、ご隠居だとわかった瞬間《しゅんかん》、ヒャン、ヒャン、甘《あま》ったれた声をあげた。

「おお、ムツキ、元気だな」

ムツキはよろこんで、ハァハァ、あえいだ。

ご隠居はしゃがんで、ひとしきりムツキの頭をなでてから、両の手で顔をはさみ、つぶらなひとみをのぞきこんだ。

「どうだ、ムツキ。わたしといっしょに旅に出てみんか？　わたしはもう、すっかりその気になっておるぞ。おまえの命の恩人《おんじん》だ。弥生《やよい》ちゃんのために、ひと肌《はだ》ぬいでみんか？」

ムツキの目が、うれしそうにきらきらとかがやいた。

「うん、うん、そうだろう。そうだろう。よし、よし……。いい子だ」

ムツキは、まるでご隠居《いんきょ》の言葉がわかったように、その場でくるくるまわると、ワン！　とほえた。

第三章

旅立ち

文政七年（一八二四年）
四月八日

「お江戸日本橋《えどにほんばし》、七《なな》つ発《だ》ち……」

と、歌にもあるとおり、東海道《とうかいどう》をのぼる旅に出る人々は、七つに日本橋を発《た》っていった。日の出の二時間も前である。

当時の人々は健脚《けんきゃく》で、一日におよそ十里《り》（約四〇キロメートル）を歩いたというが、日暮《ひぐ》れ前《まえ》に当日の宿にはいるには、それほど早く出発しなければならなかったのだろう。

しかし、旅支度《たびじたく》をととのえた美陶園《びとうえん》のご隠居《いんきょ》が、ムツキを連れに郁香堂《いくこうどう》の暖簾《のれん》をくぐったのは、うすぐもりの空高く、太陽がすけて見えるころのことだった。

四月八日のことである。

息子夫婦《ふうふ》にお店《たな》の番頭《ばんとう》……。お伴《とも》がぞろぞろ連れだってのおそい旅立ちには、わけがある。最初の宿場《しゅくば》、品川で、ひと晩《ばん》別れの酒をくみかわし、翌朝《よくあさ》みんなでご隠居を見送るつもりなのだ。

「年寄《としよ》りのなれぬ長旅など、もってのほかでございます。せめて、伴の一人もつけると申しましたが、どうしても首をたてにふりません」

ご隠居の息子、文衛門《ぶんえもん》がしぶい顔でいった。

「はぁ、それは、それは、さぞご心配なことでございましょう」

平左衛門《へいざえもん》が神妙《しんみょう》な顔つきで相づちを打つと、そのとなりで亜矢《あや》も肩《かた》をすぼめ無言で頭をさげた。

そもそも、ご隠居《いんきょ》の京《きょう》への旅は、ムツキをこんぴら狗《いぬ》に、と思いついたのがきっかけだ。それもこれも、もとはといえば弥生《やよい》の快方《かいほう》を願ってのことだと思うと、二人は心苦しかった。

「なんだね、みんなして。そうそう年寄《としよ》りあつかいするものじゃありませぬぞ。永《なが》の別れでもあるまいに。ムツキが伴《とも》をしてくれるんじゃ。こんなに心強いことはない。護摩《ごま》の灰《はい》（自分も旅人のふりをして、旅人の金品をぬすむもの）もよりつかんさ」

高らかに笑うご隠居は、手甲脚絆《てっこうきゃはん》に草鞋《わらじ》ばき。片手《かたて》にはすげ笠《がさ》、背中《せなか》にはふろしき包み。羽織《はおり》の下の着物を尻《しり》はしょりにした旅すがたは、見なれぬだけに借りもののようで、かえってふだんより若々《わかわか》しく見えた。きっと旅への期待に気分が高揚《こうよう》していたのだろう。

そのころお勝手《かって》では、寝床《ねどこ》からおきだし、廊下《ろうか》の壁《かべ》をつたうようにして歩いてきた弥生が、ムツキをひっしとだきしめていた。やせた裸足《はだし》で土間《どま》にしゃがみこみ、ムツキの肩《かた》に顔をうずめると、少しばかり脂《あぶら》くさいような、なつかしい犬のにおいが鼻腔《びこう》いっぱいに広がった。

こんなふうに弥生《やよい》にだいてもらうのは久《ひさ》しぶりだったので、ムツキは大よろこびでしっぽをふり、弥生の顔をなめまわした。それだけではたりず、その場でとびはねたり、くるくるまわったりしたがったが、弥生はムツキをだく腕《うで》にますます力をこめ、決してはなそうとしなかった。

「ムツキ……。ああ、ムツキ……」

短毛にふちどられた三角の耳にささやくのは、そればかり。

ほおを伝いおちる涙《なみだ》を、ざらつく熱い舌《した》がぬぐった。

表には美陶園《びとうえん》の一行がすでに到着《とうちゃく》しているのだ。両親と長々あいさつをかわしてはいるが、あとちょっとで、ご隠居《いんきょ》はムツキを連れにここへやってくるだろう。

弥生はムツキとふたり、このままこっそりにげだしてしまいたかった。

ああ、どうしてうけいれてしまったのだろう。ムツキに金毘羅《こんぴら》参りをさせるなどと、突拍子《とっぴょうし》もないもくろみを。ほんの一、二か月でも、ムツキを手ばなすだなんて……。

金毘羅《こんぴら》さんまで、百七十里《り》（約六七〇キロメートル）やそこらはあるだろう。それほど遠い道を、無事に往復《おうふく》できる保証《ほしょう》はどこにもない。これっきり、二度と会えないかもしれない……。

が、どんなにくやんでも、もう取り返しがつかなかった。

もちろん、弥生《やよい》は最初から同意したわけではなかった。両親とて、決して乗り気ではなかった。

「このお話、おことわりしてもいいんですよ。そうなさい。弥生ったら、お食事ものどを通らないじゃありませんか。おことわりしましょう。ね！」

亜矢《あや》の頭をしめているのは、愛犬を手ばなしたら娘《むすめ》の病状《びょうじょう》がさらに悪化するのでは、というおそれだった。それにくらべれば、ムツキ自身の身を案ずる気持ちはうすかったといってよい。

いっぽう、平左衛門《へいざえもん》は商人《あきんど》らしい冷静さで、この計画が成功するかどうかを、まず考えた。

「この手のことは、うまくいった話だけが一人歩きするものだ。金毘羅参りに行って無事もどった犬のことは耳にしても、もどってこなかった犬の話はきいたことがない。おそらく、その何倍もの犬が、人知れずとちゅうでゆくえ知れずになったり、のたれ死んだりしているにちがいない。

ムツキのように甘《あま》やかされて育った犬には、とうてい無理だ。そこまで利口とも思えん。そんな大役、逆立《さかだ》ちしてもつとまらん」

ご隠居《いんきょ》の計画をきかされて以来、めそめそ泣いてばかりだった弥生《やよい》の胸《むね》に、両親に対する反抗心《はんこうしん》がむくむくと頭をもたげた。

「ひどいわ。お父さまも、お母さまも、ムツキのことはちっとも心配してくれないのよ」

「いや、そんな大役をおしつけて、迷子《まいご》になったり死んだりしたら、ムツキがかわいそうだ、ということだ」

「そういうふうには、きこえなかったわ。

それに、まるでムツキがバカみたいなおっしゃりようだわ。お父さまがどこかで落としてきた手ぬぐいだって、たのみもしないのに、ひろってきてくれたじゃありませんか」

平左衛門《へいざえもん》が思わずため息をつくと、弥生はいいつのった。

「ムツキはとてもかしこい子です。言葉もよくわかるし、第六感も働くわ。お兄さまが亡《な》くなる前に、遠ぼえしてわたしたちをおこしてくれたのもムツキでしょう。代参《だいさん》に出せば、金毘羅《こんぴら》さんのお札《ふだ》だって、ちゃんといただいて帰ってきます。それに、あんなにかわいいんですもの。旅先で、会う人、会う人、みんながかわいがってくれるわ。世話をしてくれるわ」

ムツキをかばって、あれこれまくしたてていると、久《ひさ》しぶりに少しだけ元気が出た。すると勢《いきお》いづいて、思ってもいなかった言葉がするりと口をついて出た。

「やってみましょう、金毘羅さんへ。ムツキを代参《だいさん》に出してみましょう。わたしはムツキを信じます」

いったん口にしたら最後、もう引っこみがつかなかった。それは弥生《やよい》が強情《ごうじょう》なせいでもあったが、うそいつわりなく、心底ムツキを信じていたからでもある。

しかし、いざ出立《しゅったつ》を目前にすると、ムツキが信頼《しんらい》にたるかどうかなど二の次だった。目に入れてもいたくないムツキと、一日でもはなればなれになるなど、たえられなかった。

ここでわたしが死ぬわけにはいかない。お店《たな》をつぶすわけにはいかない。なんとしても、元気な体をとりもどしたい……。

しかし、その願いをムツキにたくすなど、とほうもなく身勝手《みがって》な気がした。重い任《にん》務《む》を負わせ、帰ってこられるかどうかもさだかでない長旅に出すなんて……。ムツキがかわいそうで、かわいそうで、胸《むね》がぎゅうとしぼんでいたかった。

夢《ゆめ》ならいいのに、と思った。どんな悪夢《あくむ》でも、夢なら目ざめれば消えるだろう。が、まもなく勝手口から、にこにこしながらはいってきた旅すがたのご隠居《いんきょ》は、夢でもなければ幻《まぼろし》でもなかった。

「おや、弥生《やよい》ちゃん。おきてこられたのかね？　具合《ぐあい》はどうだい？」

弥生はよろよろと立ちあがったものの、うなだれたままだった。

「そうか、そうか……。いや、だいじょうぶだよ。ムツキが金毘羅《こんぴら》さんに願《がん》をかけてきてくれる。すぐに元気になれますぞ」

弥生は力なく腰《こし》をおり、深々とおじぎをした。それから、ゆっくりと頭をあげるころには、ムツキへの未練《みれん》を無理にもたちきっていた。いや、たちきろうとしていた。

いやしくも、郁香堂《いくこうどう》の跡取《あとと》り娘《むすめ》である。相手が、赤《あか》ん坊《ぼう》のころからかわいがってくれたご隠居《いんきょ》さんであっても、泣き顔は見せられない、とみずからにいいきかせた。

「ムツキを、くれぐれもよろしくお願いいたします」

心をこめて、ていねいにいった。

ついで意を決し、袂《たもと》からとりだしたのは、木の札《ふだ》と黄色い銭袋《ぜにぶくろ》をたらした太いひもだ。

木札の表《おもて》には「こんぴら参り」、裏《うら》には「江戸瀬戸物町《えどせともものちょう》、郁香堂飼《いくこうどうか》い犬《いぬ》」と記してある。銭袋は、弥生《やよい》が病床《びょうしょう》で、ひと針《はり》、ひと針、ムツキの無事を念じながらぬったものだ。その表には赤い糸で、金毘羅《こんぴら》の「金」の字がぬいつけてある。これを見れば、だれにでもひと目でこんぴら狗《いぬ》とわかるのだった。袋のなかには金毘羅さんへの初穂《はつほ》料《りょう》と、道中のムツキの餌代《えさだい》がはいっている。

「うん、うん。用意万端《ばんたん》、ととのっているな」

ご隠居は満足そうだ。

ムツキはさっきから見なれぬご隠居の旅すがたを、しきりにかぎまわっている。

「ムツキ、おいで」

弥生はムツキを手もとによびよせ、ひもをしっかり首にゆわえつけ首輪にした。息苦しくないように、よゆうをもって、しかし、決してほどけおちることがないように、念入りにむすんだ。

こんなものをつけられるのは、生まれてはじめてだ。わけがわからず、ムツキはうっとうしそうに首をふりまわした。木札《きふだ》と銭袋《ぜにぶくろ》が、ぶらぶらゆれた。

「ごめんね。きっとすぐになれるから、がまんしてちょうだい」

さらに、自分の帯じめでつくった引《ひ》き綱《づな》を首輪にとりつけると、言葉もなくムツキをかきいだいた。かぎなれたにおいを胸《むね》いっぱいにすいこみ、なめらかな毛の感触《かんしょく》やぬくもりを、肌《はだ》に、記憶《きおく》にしっかとやきつけた。

それからゆっくりと立ちあがり、引き綱をご隠居《いんきょ》に手わたしたら最後、もう二度とムツキと目をあわせることはなかった。

「ご隠居さん、わたしはここで失礼いたします。お見送りもできませんが、どうぞ、どうぞ、お達者で。ムツキをお願いいたします」

「うん、うん」

ご隠居は、何度もうなずいた。

「とちゅうから様子を知らせるよ。心配せずに養生《ようじょう》しなされ。

さて、そろそろ出かけるか……」

こうして、ムツキはご隠居《いんきょ》にひかれ、ふりかえり、ふりかえり、弥生《やよい》のもとを去っていった。


瀬戸物町《せとものちょう》から日本橋通《にほんばしどお》りに出ると、いつものとおり、大勢《おおぜい》の人や駕籠《かご》、もの売り、大八車《だいはちぐるま》（木製《もくせい》の二輪の荷車《にぐるま》）などでごったがえしていた。通りの両側には、呉服《ごふく》の越後屋《えちごや》を筆頭《ひっとう》に、仏具《ぶつぐ》、書物、傘《かさ》、味噌問屋《みそどんや》などの大店《おおだな》がぎっしりと軒《のき》をつらねている。

日本橋をわたれば、川にうかぶおびただしい数の大小さまざまな船が見おろせた。橋のたもとには、大にぎわいの魚河岸《うおがし》が広がっている。

美陶園《びとうえん》の一行はご隠居を先頭に、息子夫婦《ふうふ》、番頭《ばんとう》とつづき、大通りの人ごみをぬうようにして進んでいった。

ムツキはおびえていた。

どうして無理やり家から連れだされたのか……。

さっぱりわけがわからなかった。キツネにつままれたようで、きょとんとするあまり、だまされたように連れだされたといってもいい。

それでも、相手が大好きなご隠居《いんきょ》さんでなければ、たとえ力づくで綱《つな》をひかれても、決してついてこなかっただろう。弥生《やよい》に、行け、と命じられても、てこでも動かなかったにちがいない。

長い別れになることは、弥生とご隠居さんの最後の挨拶《あいさつ》のしかたから、なんとなくかぎとれた。ムツキは打ちひしがれ、しっぽをたれ、ひきずられていやいや歩いてゆく。綱がぴんとはり、首がしまって息苦しかった。この瞬間《しゅんかん》にも、全力でつっぱしってにげかえりたかった。

当時、江戸《えど》の犬は、ほとんどが飼《か》い主《ぬし》をもたぬ町犬《まちいぬ》だった。長屋《ながや》の路地や、寺や神社の床下《ゆかした》などに住みつき、あたりをうろついては顔なじみの住人に餌《えさ》をもらっていた。犬をつなぐ習慣《しゅうかん》はなく、鷹狩《たかが》りに使われる犬、大名などに飼われている唐狗《からいぬ》（洋犬）をのぞけば、数少ない飼い犬さえ野ばなし同然だった。ムツキも例外ではなかった。

それがはじめて首輪や綱をつけられ、強引《ごういん》にひかれてゆくのだ。さらわれたような気持ちがしたにちがいない。おまけに、首からさげた袋《ふくろ》と木札《きふだ》は、ぶらぶらしてじゃまくさくてしかたがない。歩きながら思いきりうつむいて、何度もひきちぎろうとしたが、歯はとどかなかった。

こうして、日本橋通《にほんばしどお》りの問屋街《とんやがい》をぬけ京橋《きょうばし》をわたるころには、ムツキはあからさまにうしろをふりかえってばかりいた。

住みなれた家が、どんどん遠のいてゆく。

弥生《やよい》から、どんどんはなれてゆく。

自分の身に、なにかとんでもないことがおきたのだ、とわかった。

新橋《しんばし》の手前では、ついにすわりこんで、がんとして動かなくなった。この橋をわたったことはなかった。この先はムツキのなわばりではない。

「さあ、おいで」

ご隠居《いんきょ》がうながしたが、ムツキはいうことをきかなかった。すわったまま首をぐいとうしろにひき、何度でも首輪をはずそうとする。

「お父さま、この犬、さっきからそわそわしてばかり。歩きたがらないじゃありませんか」

息子の嫁《よめ》がまゆをよせた。

「足手まといになるんじゃありませんか？　なんだったら、われわれが郁香堂《いくこうどう》さんに連れてかえりますよ」

息子もいった。

「なにをいう。ちょっと、とまどっておるだけだ。まだ、わけがわからんのだよ」

「そのうち、わかるようにでもなるんですか？」

すかさず嫁《よめ》が皮肉っぽい口調でいうと、

「もちろんだとも」

ご隠居《いんきょ》はしたり顔でうけあった。

息子夫婦《ふうふ》はだまったまま目を見あわせた。

「ちょうどいい。あそこに茶屋がある。少し休んでいこう。ムツキも気分が変わる」

ご隠居が首輪をむんずとつかみあげると、ムツキはいやいや立ちあがった。

一同が道路ぞいの縁台《えんだい》に腰《こし》かけると、ご隠居は茶屋の主人を手まねいて、「みなにお茶と団子《だんご》をたのみますよ」と、注文した。

「それから、犬には水を出してくれんかね」

すると、亭主《ていしゅ》ははじめてムツキに気がついて、すっとんきょうな声をあげた。

「あんれ、まあ。こんぴら狗《いぬ》じゃねえですか」

とたんに、店で休憩《きゅうけい》していた数人の客がいっせいにふりかえり、ムツキのまわりに集まってきた。

「おまえ、これから讃岐《さぬき》まで行くのかい？」

「そりゃあ、てぇへんだ」

「犬も、えれぇもんだな」

これから毎日のように、行く先々でムツキをとりかこみ、同じような小さなさわぎがくりかえされることになるのだ。

「はじめて見るよ。おりこうさんだね。がんばるんだよ」

若《わか》い女がしゃがんで頭をなで、自分の団子《だんご》を串《くし》からぬいては分けてやった。

ムツキは団子を見ると気をとりなおし、しっぽをふって、むしゃむしゃ食べた。

そのとき、店の奥《おく》からがらがら声があがった。一人だけ、板敷《いたじ》きに寝《ね》ころがったままの男がいたのだ。職人《しょくにん》風の男は真っ昼間《ぴるま》から酒に酔《よ》っているのが、声でわかった。

「おらぁ前にも一頭、見たことがあらぁ。役立たずめ、沼津《ぬまづ》の手前の一里塚《いちりづか》（街道《かいどう》に一里ごとに設《もう》けられた印《しるし》。土を盛《も》ってつくり、榎《えのき》などを植《う》えた）で、おっちんじまってたぜ」

みな、興《きょう》ざめた。

若《わか》い女は立ちあがりざま、さけんだ。

「なんてこと、いうんだぃ。ひどい男だね。これから江戸《えど》を発《た》とうっていうこんぴら狗《いぬ》に向かって。あやまんな。あやまんなよ。縁起《えんぎ》が悪い。このバチあたり！」

女はかけよると、もっていた巾着《きんちゃく》で男の頭をひっぱたいた。

「いてぇー。なにすんでぇ。ほんとのこったぜ」

「ほんとのことでも、いっていいとき、悪いとき、あるんだよ」

「まあ、まあ、まあ、お客さん……」

あいだにわってはいった亭主《ていしゅ》も、女に手ひどくひっぱたかれた。

ご隠居《いんきょ》は天をあおぎ、ため息をついた。

「さ、もう行こう。水は飲んだね？」

もちろんムツキはこたえなかったが、団子《だんご》の甘《あま》みが先ほどまでの不安を少しばかりまぎらわせたようだった。

みんなの関心がムツキからけんかにうつったのを幸《さいわ》い、ご隠居はすくっと立って茶屋を出た。

ムツキは、今度はすんなり新橋《しんばし》をわたった。まだ、ときおりうしろをふりかえったが、見ず知らずの土地に足をふみいれると、かえって素直《すなお》にご隠居《いんきょ》にしたがい歩いていった。

一行は、まだ日の高いうちに品川《しながわ》についた。

海ぞいの宿場《しゅくば》は眺《なが》めにも海の幸《さち》にもめぐまれていたので、江戸《えど》市中から遊びに来るものも多かった。また、旅人の見送り、出迎《でむか》えでもにぎわった。

ふいてくる風には潮《しお》のかおりがみちている。ムツキは鼻をあげ、何度も風をかいだ。品川宿《しながわしゅく》にはいってからは、これまでうしろからついてくるばかりだった番頭《ばんとう》が、先に立って歩いた。よい旅籠《はたご》を知っているという。宿場のなかほどまで進んでから、まよわず一軒《けん》の旅籠の暖簾《のれん》をはねあげた。

「海の見える、二階の座敷《ざしき》をひと晩《ばん》、たのみますよ」

「はい、はい。どうぞ、どうぞ」

「あー、それから……犬を連れているんだが、ここの土間《どま》にでも寝《ね》かせてやってもらえるかね？」

「いぬ？」

女将《おかみ》はおどろいて、外でまっている一行にちらりと目をやった。そして、ムツキの首の袋《ふくろ》に気がつくと、

「あれぇ、こんぴら狗《いぬ》ですね」

と、黄色い声をあげた。

「こんぴら狗だよー。こんぴら狗のおとまりだよー!」

女将は店の奥《おく》に向かって、にぎやかにさけんだ。

すぐさま女中《じょちゅう》たちが、どやどやとかけつけた。ムツキはここでもまた、あっという間《ま》に女たちにとりかこまれた。その勢《いきお》いにひるんで、しっぽをまき、困惑《こんわく》したような目でご隠居《いんきょ》に助けを求める。

「どこでも大歓迎《だいかんげい》だな。よしよし」

ご隠居が頭をなでてやると、ようやく少し安心したようだった。

さわぎがおさまり、女中たちが客の一人ひとりに水をはった桶《おけ》をもってきた。土ぼこりでよごれた足を洗《あら》うためだ。

ご隠居が上《あ》がり框《がまち》に腰《こし》をかけ、草鞋《わらじ》や足袋《たび》をぬいでいるあいだに、ムツキは頭を桶につっこみ、ペチャペチャ、音を立てながら浴びるように水を飲んだ。

その飲みっぷりに、思わずみんな笑った。

ムツキは一度でこれに味をしめ、どこへ行っても、旅籠《はたご》につくたびに足洗《あしあら》いの水を飲むようになった。

その晩《ばん》、ご隠居《いんきょ》、息子夫婦《ふうふ》と番頭《ばんとう》の四人は、座敷《ざしき》の障子《しょうじ》を開けはなち、一時《ひととき》の別れをおしんで酒をくみかわした。上弦《じょうげん》の月が、波間《なみま》に無数の月影《つきかげ》を落としていた。

いっぽう、ムツキは、ご隠居たちが二階へあがってしまうと、にげださないようにと引《ひ》き綱《づな》で柱につながれたまま、ぽつんと土間《どま》にとりのこされた。知らない場所で、ますます心細さがつのった。

ときおり、キュン、キュン、鼻をならしたが、そんなときにかぎって、だれも様子を見にきてくれなかった。休むどころか、じっとしていられず、綱《つな》がのびる範囲《はんい》でうろうろと歩きまわり、ただでさえ短い綱を足にからませ身動きがとれなくなった。

夕方になると、旅籠の前に女たちが何人も出て、通りかかる旅人に声をかけ、袖《そで》をひき、客をよびこむのにいそがしかった。どこの宿場町《しゅくばまち》でも見られる、日暮《ひぐ》れどきの光景である。

「ちょいと、そこ行くお姉さん。うちの旅籠におとまりよ」

「シマさん、うちにおとまりよ。ほかはもう、どこも満員だよ」

シマさんというのは、縞《しま》がらの着物の人のことだ。

似《に》たりよったりのかけ声のなかに、ムツキのとまる旅籠《はたご》の前では、ききなれないせりふが声高《こわだか》にまじった。

「うちにしときなよ。今夜はこんぴら狗《いぬ》もおとまりなんだから」

「ほら、ごらんよ」

女たちは旅人たちにムツキをさししめした。ときには柱から綱《つな》をとき、店の前に連れだして披露《ひろう》した。

「うそやろ。われんとこで、飼《か》っとるんとちゃうか？」

「二階のお客さんのお伴《とも》だよ」

「ほんまかいな」

そんなこんなで日がしずみ、人々の往来《おうらい》がとだえて戸が立てられるころには、ムツキはくたくたにつかれていた。うす暗い土間《どま》に横だおしになってあえいでいると、

「ごめん、ごめん。おそくなったね」

と、女中《じょちゅう》が小走りに残飯をもってきた。

食べもののにおいをかいだとたん、ムツキは腹《はら》ぺこだったことに気づいてとびおきた。女が鍋《なべ》を下におくまでもなく、がつがつと食べはじめ、あっという間《ま》にたいらげた。

旅籠《はたご》ではのこりものにはこと欠かなかったし、動物に食べものをやるのはだれにとっても楽しいことだ。相手がこんぴら狗《いぬ》とくれば、なおさらだ。だから、銭袋《ぜにぶくろ》に餌代《えさだい》ははいっていても、それをとる宿はあまりなかった。

ムツキは腹がくちくなると、土間《どま》のすみに丸くなって、あっという間にねむりこんだ。柱につないだ引《ひ》き綱《づな》や首輪はきゅうくつだし、あごの下の銭袋と木札《きふだ》はうっとうしかったが、そんなことに気をとられるよゆうもないほど気づかれしていた。

きっと、それはムツキにとって幸運なことだったろう。そうでもなければ、見知らぬ場所の闇《やみ》のなかで、弥生《やよい》をよんでいつまでも細い声でなきつづけたにちがいない。

第四章

東《とう》海《かい》道《どう》へ

四月九日

翌日《よくじつ》、日がのぼる前に朝食をすませたご隠居《いんきょ》は、息子夫婦《ふうふ》の見守るなか、念入りに旅支度《たびじたく》をととのえた。それから、ゆっくり階段《かいだん》をおりてゆくと、ムツキが土間《どま》で女将《おかみ》になでてもらっていた。

ご隠居のすがたをみとめると、ムツキはすぐさまうれしそうによってきて、しっぽをふりながら上《あ》がり框《がまち》にあごをのせた。

「おお、ムツキ。ご飯はもらったのかい？」

ご隠居がたずねると、かわりに女将がこたえた。

「ええ、ええ、だいぶ前にやりましたよ」

「世話になったね。餌代《えさだい》はとったかね？」

「まあ、ご隠居さま。こんぴら狗《いぬ》から餌代をふんだくろうなんて、ケチな了見《りょうけん》、わたしどもにはございません」

女将の口調はおこっていたが、顔は笑っていた。

「うん、うん。ありがとう」

「わたしどもこそ、おとまりいただき、ありがとうございます。では、お達者で行ってらっしゃいませ」

女将《おかみ》は深々と一同に頭をさげてから、ムツキにいいふくめた。

「いいかい。がんばって、無事にお参りしてくるんだよ。帰りもうちへよっておいき」

夜明けとともにどこの旅籠《はたご》からも、のぼりくだりの旅人たちが、三々五々《さんさんごご》、街道《かいどう》へ出てゆく。

ムツキもまた、ご隠居《いんきょ》に綱《つな》をひかれ歩きだした。きのうのように、ぐずりはしなかった。ひと晩《ばん》ぐっすりねむったからか、足取りは軽やかだ。

理由はわからない。目的地もわからない。でも、たった今は、ご隠居にしたがい歩いてゆくのが自分のつとめだ、とうすうす悟《さと》ったかに見えた。

息子夫婦《ふうふ》と番頭《ばんとう》は見送りの常《つね》で、品川宿《しながわしゅく》をぬけるまでついてきた。宿場《しゅくば》の南のはしまでやってくると、いよいよお別れだ。

「おやじさま、くれぐれも無茶をしないでくださいよ。無理だと思ったら、意地をはらずすぐにもどってきてください」

「そうですよ、お父さま。あしたにでも、もどってこられたって、かまわないんですよ」

「わかった、わかった。もう百度も同じことをきいたよ。では、番頭《ばんとう》さん、店をよろしくたのみますぞ」

「承知《しょうち》しております。では、大旦那《おおだんな》さま、お達者で行ってらっしゃいませ」

最後に嫁《よめ》がムツキに向きなおって、ねじこむようにいった。

「いいかい、お父さまをしっかりお守りするんだよ。決して悪いやつらをよせつけるんじゃありませんよ」

ムツキは嫁を上目づかいに見あげた。いわれた意味はわからなかったが、悪いこともしていないのに、おこられている気分だった。どうもこの女は好きになれなかった。

それを知ってか知らずか、ご隠居《いんきょ》がぐいと綱《つな》をひいた。

「さ、今度こそ、ほんとうに行きますぞ。

郁香堂《いくこうどう》さんによろしく伝えておくれ。弥生《やよい》ちゃんには、心配いらないとな。では、みなも達者でな」

ムツキは最後にちらりと三人に視線《しせん》を走らせたが、ご隠居にひかれて歩きだすと、すぐに三人のことは忘《わす》れさった。かわりに、潮《しお》のにおいに関心をうばわれた。

朝焼けの海では、停泊《ていはく》していた幾艘《いくそう》もの船が目をさまし、のびをするかのように、白い帆《ほ》をのんびりあげはじめている。

ご隠居《いんきょ》は足をとめずに、ほうっ、とため息をつき苦笑いした。

「やれやれ、やっとふたりきりになれたな」

そうして、百歩ほども行ったところで念のためにふりかえると、見送りの三人はまだ同じ場所に立って、同じように頭をさげたり手をふったりしているのだった。

東海道《とうかいどう》は、徳川家康《とくがわいえやす》が整備《せいび》した五街道《ごかいどう》のひとつだ。江戸日本橋《えどにほんばし》から京都《きょうと》の三条大橋《さんじょうおおはし》まで、百二十五里《り》（約五〇〇キロメートル）に五十三の宿場《しゅくば》がさだめられていた。それぞれの宿場には飛脚《ひきゃく》や人足《にんそく》（力仕事をする人）、馬などが用意され、幕府《ばくふ》のための運搬《うんぱん》・伝達をになった。また、大名はもちろんのこと、一般《いっぱん》の旅人のための宿もとともっていた。一里ごとに一里塚《いちりづか》のおかれた街道は、松並木《まつなみき》が多かった。

ご隠居は本格的《ほんかくてき》な旅となる初日を、戸塚宿《とつかしゅく》まで歩こうと思っていた。品川《しながわ》からは八里半（約三四キロメートル）の道のりだ。

瀬戸物問屋《せとものどんや》の商《あきな》いは、二年ほど前、完全に息子にゆずった。とはいえ、健康《けんこう》にもめぐまれ、なにひとつ不自由に感じることはない。健脚《けんきゃく》にまかせて、ムツキと楽しく旅ができるにちがいない。

「富士山《ふじさん》が少しずつ近くなるぞ」

ご隠居《いんきょ》は子どもを相手にするように、ムツキにいった。

江戸《えど》を出てからしばらくは、左に太平洋《たいへいよう》、右前方に富士山をながめながら歩く。歩いた距離《きょり》だけ、少しずつ、少しずつ、大きくなる富士山に旅人は心をおどらせた。

「そのうち、原《はら》（いまの静岡《しずおか》県沼津《ぬまづ》市）のあたりまで行くと富士山がおおいかぶさってくる、といったもんがおったが、さて、さて……」

きょうもよい天気だった。八重桜《やえざくら》はすでに散ったが、若葉《わかば》の緑が花におとらず美しい季節だ。ご隠居は遠い山なみをながめてから、足もとのムツキを見おろした。

いい犬になったな、とあらためて思う。

弥生《やよい》が昼も夜も胸《むね》にだいて、命をつないだ犬だ。弥生の愛情《あいじょう》をひとりじめして、元気に育った犬だ。その成長ぶりを、おりにふれ見てきたご隠居は、ムツキがかわいかった。

ムツキはご隠居と歩調をあわせることに、早くもなれたようだった。引《ひ》き綱《づな》がぴんとはらない位置をたもって、じょうずにわきを歩いた。ときおり、かぎなれないにおいが鼻をかすめると、立ちどまって鼻の横の皮膚《ひふ》をふくふくと動かし、においのもとをつきとめようとした。

そんなときは、ご隠居《いんきょ》も足をとめてあたりを見まわしてみる。風向きによって微《び》妙《みょう》に変わる潮《しお》のにおい、道ばたの若草《わかくさ》の青くささ、浜辺《はまべ》にほした魚のなまぐささ、沿《えん》道《どう》の家々のたき火や煮炊《にた》きの、こげをふくんだなつかしいにおい……。ご隠居も犬になったように鼻をふくらませ、みたされた気分になるのだった。

こうしてのんびり街道《かいどう》を歩いているあいだにも、ムツキの首の袋《ふくろ》に目をとめる人たちがいた。

「ほー、こんぴら狗《いぬ》じゃないか」

「あんれ、まあ、めずらしいねぇ」

「ほら、おいで。見てみな、こんぴら狗だよ」

畑仕事の百姓《ひゃくしょう》を手まねきしたり、気づかずに通りすぎる旅人をわざわざよびとめるものもいる。すると、あっという間《ま》にムツキは人々にとりかこまれ、なでまわされることとなる。

そのたびにムツキは愛想よくしっぽをふるが、くちびるは横にひいて半分はめいわくそうな表情だ。それをみんなは笑い顔とうけとり、さらにところかまわずなでさすった。

ご隠居《いんきょ》がムツキの引《ひ》き綱《づな》をといたのは、川崎宿《かわさきしゅく》でのことだった。

早めの昼飯に、ご隠居は名物の奈良茶飯《ならちゃめし》を味わった。ムツキも少しだけ茶飯を分けてもらい、出された水を飲むと満足げに縁台《えんだい》の足もとにふせていたが、そのうちごろりと横になった。ほてった体を地面にあずけると、ひんやりして心地よい。ついうとうとと、まどろんだ。

ご隠居もたっぷり休憩《きゅうけい》した。腰《こし》をあげる段《だん》になって、ようやくそのときが来た、というふうにつぶやいた。

「もう、そろそろいいだろう」

江戸《えど》を発《た》つときには、しかたなく綱《つな》をひいて無理やり連れてきたが、ここまでくれば、もうだいじょうぶ。ムツキはこの先、かならず自分についてくる——ご隠居には確信《かくしん》があった。

ムツキがその気になれば、弥生《やよい》のもとへかけもどるのは、たやすいかもしれない。

だが、今はまだそのときではない。ムツキには、うすうすそれがわかっている……。ご隠居《いんきょ》はそう思って、首輪からゆっくりと綱《つな》をほどいた。

ムツキは頭をふりまわしてから、その場でしっぽを追いかけるように、何度も、くるくる回転した。自由になったことをたしかめているようだ。

ひとしきりはしゃいだあとは、ご隠居の真正面にきちんとすわり、もの問いたげに穴《あな》のあくほど目を見つめる。

「だめなんだよ、ムツキ。木札《きふだ》と銭袋《ぜにぶくろ》ははずせん。金毘羅《こんぴら》さんに行けなくなる。弥生《やよい》ちゃんのところへも帰れなくなる」

ムツキは首をかしげ、いっしょうけんめいにご隠居の言葉をきいた。もちろん意味はわからなかったが、弥生という名が出たときには、耳をぴくっとふるわせた。一瞬《いっしゅん》、ふっと心をうばわれた様子を見せたが、すぐにいつもの犬の顔にもどった。

「さ、行こうか」

ご隠居はためらうことなく、先に立って歩きだした。ムツキがおくれがちについてくるのを目のはしでたしかめはしたが、あえてまってやることはせず、ついてくるのをほめてやりもしなかった。

そうして、その日の夕暮《ゆうぐ》れどき、戸塚宿《とつかしゅく》へ到着《とうちゃく》するまでのあいだに、ムツキはつながれていなくてもご隠居《いんきょ》といっしょに歩くことをおぼえた。

たいていは、それまで同様ご隠居のわきを歩いたが、ときどきはどんどん前をかけていったり、のろのろおくれたり、ときには猫《ねこ》を追いかけてにげられたり、道をはずれて草むらのなかへ消えてしまったりもした。けれども、しばらくすると、いつの間《ま》にかもどってきて、とことこ、ご隠居の横を歩いているのだった。

東海道随一《とうかいどうずいいち》の難所《なんしょ》といわれる箱根《はこね》の山ごえは、小田原《おだわら》から三島《みしま》までの八里《り》（約三二キロメートル）に加え、とちゅう、芦ノ湖《あしのこ》の岸には関所《せきしょ》（おもな街道《かいどう》、国境《こっきょう》などで通行人をとりしらべる施設《しせつ》）もひかえていた。

けわしいのぼりの山道にそなえ、ご隠居は小田原を発《た》つ際《さい》、山駕籠《やまかご》をやとうことにした。

「えいっほ！　えいっほ！」

杖《つえ》をつきながら、声をかけあい調子をとって、屈強《くっきょう》な二人の駕籠かきはご隠居を乗せて走りだした。

そうして、いったん箱根《はこね》の山中にはいると、うっそうとした森のなかを行く道は、幅《はば》がたったの二間《けん》（約三・六メートル）。このせまい道を徒歩で、駕籠《かご》で、馬に乗って、旅人が行きかった。それどころか、何百もの家来《けらい》をぞろぞろしたがえ、大名行列も通ったのである。

昔は雨が降《ふ》ると、ひざまでつかるほど道がぬかるんだというが、当時は石畳《いしだたみ》がしかれて久《ひさ》しかった。しかし、道の中央に組みあわせたように並《なら》べられた石は、かたちも大きさもまちまちの自然石で、表面もたいらとはいえない。足場をえらぶ歩きにくい道を、駕籠かきは、なれた調子で力強くのぼっていった。

「えいっほ！　えいっほ！」

日本橋《にほんばし》周辺をうろついて育ったムツキは、駕籠など見なれていた。が、せまい山道では逃《に》げ場《ば》がない。駕籠かきのかけ声や乱暴《らんぼう》な動きも、はでにゆれうごく駕籠自体もおそろしかった。

また、石畳は肉球《にくきゅう》にあたるといたいので、道ばたのせまい地面や草の上をえらびえらび、ぴょん、ぴょん、とびはねていった。

「ムツキ、だいじょうぶか？」

ときどきはご隠居《いんきょ》が声をかけてきたが、その顔に笑《え》みはなかった。けわしい山道をかけあがる山駕籠《やまかご》の乗り心地ときたら、まるで拷問《ごうもん》のようだったからだ。自分の足でのぼらなくてもすむ――ただそれだけのことだった。ゆれがはげしいので、転がりおちないように体勢《たいせい》をたもちながら、天井《てんじょう》からたれさがっている綱《つな》に必死でしがみついていなければならない。尻《しり》も腰《こし》もいたくてたまらず、体中の骨《ほね》がばらばらになりそうな気がした。

「いや、いや、これはなかなか難儀《なんぎ》なことじゃな」

そうつぶやくそばから、ご隠居は駕籠のなかで炒《い》り豆《まめ》のようにはねあがって舌《した》をかんだ。

江戸《えど》時代、庶民《しょみん》が旅に出るには、往来手形《おうらいてがた》（住所氏名、旅の目的などを記した身分証《みぶんしょう》兼通行証）が必要だった。ご隠居も江戸を発《た》つ前に、京《きょう》の本願寺《ほんがんじ》へお参りをしたいといって、菩提寺《ぼだいじ》（代々、仏事《ぶつじ》で世話になっている寺）の住職《じゅうしょく》に手形を書いてもらっていた。

昼すぎに関所《せきしょ》へ到着《とうちゃく》してみると、江戸口御門《えどぐちごもん》は警備《けいび》がきびしく、ものものしいふんいきに包まれていた。門の前の広場では、百人ほどの人がしんぼう強く取りしらべの順番をまっていた。

ご隠居《いんきょ》は、すぐには駕籠《かご》をおりられなかった。足はしびれ、尻《しり》はいたみ、腰《こし》はなかなかのびない。杖《つえ》にたよって、ようやっとおりたつそばから、ムツキがすりよってきた。

「ムツキ、たいへんだったな。おまえも、さぞつかれたろう」

ずっと駕籠の横を走ってきたムツキをねぎらって、ご隠居はひとしきり頭や背中《せなか》をなでてやった。ムツキはよろこんでしっぽをふり、ご隠居の脚《あし》をわき腹《ばら》でこすりながら、まわりをぐるぐるとまわった。

ご隠居は腰をさすり、足ぶみをして体をほぐしてから、ゆっくりと人々の列につらなった。ムツキが人ごみにまぎれてしまわぬよう、また、役人に失礼があればおとがめがあるかもしれぬと思い、首輪に引《ひ》き綱《づな》をむすんだ。

長いことまたされて、ようやく関所《せきしょ》のなかへ通された。ご隠居はかぶっていたすげ笠《がさ》をとり、ムツキの綱《つな》をひいて役人たちの前へ進みでると、うやうやしく手形《てがた》をさしだしてから地面にすわって頭をさげた。

関所のそこここには、これ見よがしに武器《ぶき》が並《なら》べられ、役人たちの態度《たいど》もいかめしい。さすがのご隠居《いんきょ》も緊張《きんちょう》した。

それを敏感《びんかん》にかぎとって、ムツキも落ちつかなかった。綱《つな》をひっぱったまま、ご隠居の背後《はいご》をうろうろする。

「おすわり」

ご隠居がこっそりと小声で、しかし、強く命じても、すわったとたんに立ちあがる。

その様子を見とがめて、一人の役人がたずねてきた。

「犬連れか？」

「はい、こんぴら狗《いぬ》にございます」

ご隠居はかしこまってこたえた。

「ほぉ……」

役人はめずらしそうに声をあげると、ほかの役人をふりかえった。

「はじめて見ましたな」

「はぁ、拙者《せっしゃ》は前にも見たことがあります」

「して、犬とはどこからだ？」

「は？　ああ、はい。江戸《えど》からでございます。江戸を発《た》つとき、知りあいからたくさ

れました」

「ふむ。そうか。先は長い。気をつけて参れ」

「ありがとうございます」

ご隠居《いんきょ》は深々と頭をさげると、にげるように京口御門《きょうぐちごもん》へ向かった。

門の外へ出てほっとしたところで、ムツキの綱《つな》をほどいてやった。ムツキはまってましたとばかり、はげしく頭をふりまわす。

「あれは、おまえにいったのだぞ。わたしにではない」

通行人をあらためるたびに、「気をつけて参れ」などと、いうはずがない。あの役人は、けっこうな犬好きなのかもしれない。

そう思いながらご隠居が門のなかをふりかえると、旅芸人の一座《いちざ》が手品《てじな》を披露《ひろう》しはじめたところだった。手形をもっていないので、芸を見せるのと引きかえに関所《せきしょ》を通してもらおうとしているのだ。

深い山のなかにつめている役人たちには、娯楽《ごらく》などなにもない。さきほどの役人がことさら気むずかしい顔をつくって、だが、内心は手品を楽しんでいるのが見てとれた。

第五章

別れ

四月二十四日

東海道《とうかいどう》の旅は、おおむね平穏《へいおん》にすぎていった。

ご隠居《いんきょ》は箱根《はこね》の山ごえには、のぼりくだりとも山駕籠《やまかご》を使ったが、そのあとはもっぱら徒歩の旅をつづけた。山駕籠はもう、こりごりだったからだ。

だから、急勾配《きゅうこうばい》の宇津《うつ》の谷峠《やとうげ》や佐夜《さよ》の中山《なかやま》など、難所《なんしょ》として知られる場所は、ふうふう息を切らしながら、休み休み、ようやっとこえた。ムツキも舌《した》をたらし、あえぎながらついていった。

橋のない川では川ごえの厄介《やっかい》も知ったが、それは徳川幕府《とくがわばくふ》が江戸《えど》防御《ぼうぎょ》のため、多くの川に橋をかけることを禁《きん》じていたからだ。渡《わた》し船《ぶね》さえ禁止の川もあった。そのような川では、旅人は川越《かわご》し人足《にんそく》にたよるしかなかった。肩車《かたぐるま》をしてもらったり、複数《ふくすう》の人足がかつぐ輦台《れんだい》（旅人を乗せて川をわたる乗りもの）に乗ってわたしてもらうのである。

ご隠居とムツキも、こうして何本もの川をわたったが、そのたびにご隠居がムツキの船賃《ふなちん》や人足代をはらおうとすると、「こんぴら狗《いぬ》の分はいらない」と、ことわられた。これは当時、どこの渡し場でも同じだったという。

旅の楽しみは、街道《かいどう》ぞいの名所旧跡《めいしょきゅうせき》や名高い景色だった。とくに、沼津《ぬまづ》ではどこまでも森のように広がる千本松原《せんぼんまつばら》の美しさに、原《はら》ではすそ野から立ちのぼってゆくような雄大《ゆうだい》な富士山《ふじさん》に目を見はった。また、行く先々で、安倍川餅《あべかわもち》だの、原《はら》のウナギのかば焼きだの、丸子《まりこ》のトロロ汁《じる》だのと、名物が旅人をまちうけていた。

もちろん、ムツキは毎度おこぼれにあずかるので、茶屋や料理屋での休憩《きゅうけい》を心待ちにしていた。ご隠居《いんきょ》が茶屋の前を素通《すどお》りすると、あてがはずれたような顔つきをしてご隠居を見あげたり、未練がましく何度も茶屋をふりかえったりした。

長旅には予想外のちょっとした出来事はつきものだが、大井川《おおいがわ》の渡《わた》しでの事件にはくらべるべくもなかった。

そもそも大井川では、上流で雨がつづいたため水かさがましたといって、三日間の川止めをくった。手前の島田宿《しまだしゅく》で水がひくのをまつことになったのである。

暇《ひま》をもてあましたご隠居は、息子と弥生《やよい》あてに、はじめて手紙を書いた。ここまでの旅は順調だったが、たった今は大井川が川止めになっている、と報告《ほうこく》した。

息子には、返事が返ってこないのを承知《しょうち》のうえで、「商売は順調か？」と、たずねた。

弥生には、「ムツキは元気だ。いっしょに旅を楽しんでいるので、心配せず養生《ようじょう》するように」と、書きおくった。

川止めがとかれたのは、四日目の朝だった。

幅《はば》十二町《ちょう》（約一三〇〇メートル）の大井川《おおいがわ》をはさみ、東西の河原《かわら》には、渡《わた》りの順番をまって人々が群《む》れをなした。

さすがに川止めの直後とあって水量は多く、流れもはやいのが見てとれた。ご隠居《いんきょ》は四人の人足がかつぐ輦台《れんだい》をたのんだ。床は一枚板《いちまいいた》で、左右を丈《たけ》の低い柵《さく》がかこんでいる。これならムツキとふたり、安全にゆっくりわたしてもらえるはず……だった。

ところが、川のなかほどまで進んだところで、一人の人足《にんそく》がとつぜん体勢《たいせい》をくずし、どぼっと水にしずんだ。石に足をとられたらしい。流れは思いのほかはやく、川底の状態《じょうたい》も雨の前とは変わっていたのだろう。

一瞬《いっしゅん》のことだったが、ほかの人足たちもふいをつかれ、ぐらりとよろけた。その拍子《ひょうし》に輦台は左にかたむいた。ご隠居は必死で柵にしがみついたが、ムツキには無理なことだ。ころりと川へ落ちてしまった。

「ムツキ！　ムツキ！」

人足たちがすぐさま水平にかつぎなおした輦台の上で、ご隠居は腰《こし》をうかせてさけんだ。

名前をよばれるまでもなく、ムツキは輦台へもどろうと必死で泳いだ。しかし、無《む》我夢中《がむちゅう》で水をかいても、かいても、少しずつ下流へ流されてゆく。あわてふためきさけんでいるご隠居《いんきょ》から、どんどんはなれてゆく。

「ムツキー！」

ご隠居はあらんかぎりの声をあげた。

人足たちも川の真ん中に足をとめ、下流をわたっているほかの連中に大声でよびかけた。

「犬が落ちたー！」

「つかまえてくりょー。こんぴら狗《いぬ》だー！」

川止めのとかれたあとだ。川はいつになく、こみあっている。間《ま》もなくムツキは、旅すがたにしては、やけに着かざった女の輦台《れんだい》のほうへ流されてゆき、かつぎ棒《ぼう》のつけねにひっかかった。

ああ、よかった、あの女がひきあげてくれる……。

ご隠居が胸《むね》をなでおろしたのもつかの間、女は手にした杖《つえ》でムツキを早瀬《はやせ》のほうへおしやった。どうやら、「あっちへお行き。着物がぬれるじゃないか」とでも、いったようだ。

「なんてことを！」

ご隠居《いんきょ》は頭をかかえた。それから、すぐに気をとりなおし、口に手をあて川下《かわしも》をわたる人々に向かってさけんだ。

「おーい、助けてくれー。犬を、犬を助けてやってくれー！」

そんななか、通りすがりに腕《うで》をのばし、むんずと首輪をつかんだのは、くだりの輦《れん》台《だい》に乗る浪人《ろうにん》（主君《しゅくん》をもたないさむらい）だった。だが、この男も、ずぶぬれの犬をひきあげてやる気はさらさらなさそうだった。どうやらムツキを泳がせたまま、岸《きし》までひっぱっていくつもりらしい。

このままでは、大井川《おおいがわ》をはさんで、ご隠居とムツキは、はなればなれになってしまう。

「だんな、どうするだ？」

年長の人足《にんそく》が、面倒《めんどう》くさそうにたずねた。

「悪いがもどってくれ」

「へぇ」

人足はのこりの三人をうながした。

「おい、もどらざー」

こうして、輦台《れんだい》は東側の岸へあともどりしていった。川下《かわしも》の少し先を行く浪人《ろうにん》から、ご隠居《いんきょ》は一瞬《いっしゅん》も目をはなさなかった。

ムツキは首輪をつかまれたまま、強引に水のなかをひっぱってゆかれる。手足をばたばたさせているが、その様子から、泳いでいるというよりは、おぼれかけているのがわかった。

気が気ではなかった。ようやく川岸につくやいなや、ご隠居はムツキ目ざしてかけていった。

びしょぬれになった犬は河原《かわら》へ無造作《むぞうさ》にひきあげられていた。浪人と人足《にんそく》、近くにいた旅人が、まわりに立って見おろしていた。

ムツキははくのもすうのも、ひと息、ひと息が苦しそうだ。それでも横目でちらりとご隠居をみとめると、横だおしになったまま、ぱたり、ぱたり、しっぽを河原の小石に打ちつけた。

いじらしいそのしぐさに、ご隠居は胸《むね》をつかれた。すぐ横にひざをつくと、ぬれるのもかまわず、頭といわず、体といわず、なでさすった。

「助かるといいが」

浪人《ろうにん》はひと言《こと》いいおいて、裾《すそ》をひるがえして去っていった。

「ありがとうございます」

ご隠居《いんきょ》は、やせたうしろすがたに向かって頭をさげた。

幸《さいわ》い天気はよく、河原《かわら》はあたたかかったが、ご隠居は手ぬぐいでムツキの体をふいてやった。手ぬぐいは、すぐにびしょびしょになる。それをしぼっては、またふいてやった。

しばらくすると、ムツキは横になったまま体をくねらせ、ゴボッ、と水をはいた。心なしか、少し呼吸《こきゅう》が楽になったようだ。

それに勢《いきお》いをえて、ご隠居はさらに手ぬぐいで背中《せなか》をさすってやった。するとムツキはもう一度、音を立てて水をはいた。

「おお、これで少しは楽になるじゃろう」

ムツキは横たわったまま何度か大きく息をついていたが、それから、むっくりと頭をおこした。そして、ふせをしたまま、苦しかった息をとりもどそうとするように、舌《した》をたらし、ゼーゼー、はげしくあえいだ。

ご隠居《いんきょ》はほっとすると同時に、どっとつかれが出て、その場にすわりこんでしまった。

川止めがとかれた直後の河原《かわら》には、旅人目当てに歩きまわる、もの売りのすがたがあった。ちょうどにぎり飯《めし》を売りに来た女がいたので、ご隠居は、「ふたつ、たのむ」と、声をかけた。

うけとるとき見あげると、弥生《やよい》と同じ年ごろの田舎娘《いなかむすめ》だ。しょっちゅう河原に出て、こうして日銭《ひぜに》をかせいでいるのだろう。その顔は日に焼け、着古した着物はつくろったあとばかりが目立つが、人なつこい目をしていた。

「さっきおぼれた犬ん、いるってきいたけえが、この子だらあ。助かりそうだか？」

「ああ、ありがとうよ」

ご隠居はためしににぎり飯をちぎり、手のひらにのせて、さしだしてみた。ムツキはいつものようによろこんで、ぺろり、となめとった。

「ほら、もうだいじょうぶだ」

「ほんとだ。ええっけなぁー」

女の子はムツキの前にしゃがみこむと、自分もにぎり飯をやろうとした。

ご隠居《いんきょ》はそれをおしとどめた。

「いや、いや、それはしまっておきなさい。大事な売りものであろう。それに、今はまだ、あまり食べないほうがいいだろう」

女の子は、うん、とうなずいた。

「これから金毘羅《こんぴら》さんまで行くだらあ。遠いわええー」

「ああ。金毘羅さんはもともと、海上交通の守り神だ。これからお参りに行くムツキを、川から救ってくださったのだろう」

「やあ、きっとそうだらいな」

女の子は無邪気《むじゃき》にうなずいた。

なりも言葉つきもおさなかった。きっと寺子屋《てらこや》に通ったこともないのだろう。袖《そで》がぬれるのもかまわず、しきりにムツキの頭をなでている。

ムツキもしっぽをふる元気をとりもどしていた。

「ああ、ムツキ、おまえにもしものことがあったら、弥生ちゃんになんといいわけしたらいいものか。命がちぢんだぞ」

ご隠居は、ふぅー、と安堵《あんど》のため息をついてから、ゆっくりとのこりのにぎり飯《めし》をほおばった。麦のまざった飯《めし》は少しかたくなっていたが、塩がきいている。こんなにうまいものは食べたことがない気がした。

こうして、東海道随一《とうかいどうずいいち》の難所《なんしょ》、箱根山《はこねやま》と大井川《おおいがわ》をなんとかこえたふたりの旅は、この先、はるかに平穏《へいおん》なものになると思われた。

浜名湖《はまなこ》を船でわたり、新居《あらい》の関所《せきしょ》を無事にぬけると、ふりかえっても、もう富士山《ふじさん》は見えなかった。東海道を半分以上来たことになる。

運命がくるいだしたのは、七里《しちり》の渡《わた》しからだった。

宮《みや》から桑名《くわな》までの海上七里（約二八キロメートル）は、伊勢湾《いせわん》を船でわたる。帆《ほ》かけ船《ぶね》は風だのみのうえ、潮《しお》の満《み》ち引《ひ》きによって航路《こうろ》も左右される。運が悪ければ、数時間かかることもあった。

ご隠居《いんきょ》が乗ったのは、三人の水主《かこ》（船乗り）があやつる三十四人乗りの船だったが、たまたま客は半分ほどしかいなかった。おかげで、ゆったりした気分で、しばらくは順風にまかせ快調《かいちょう》に進んでいった。が、とちゅうから、にわかにバラバラ音を立てて、大粒《おおつぶ》の雨が落ちてきた。

客は、「わっ！」と、さけんで、水主《かこ》が投げわたす菰《こも》（藁《わら》でおった莚《むしろ》。敷物《しきもの》の一種で、風よけ、雨よけなどにも使う）をかぶり、背《せ》を丸めた。

ついで、強風が来た。沖《おき》からの風が不気味なうなりをあげだすと、水主たちはあわてて帆《ほ》をおろした。風はますます強くなり、荒波《あらなみ》を立て、船を、ぐらん、ぐらん、もてあそぶ。横なぐりの雨がたたきつけてくる。

一時《いちじ》しのぎの菰など、なんの役にも立たなかった。みんなぬれネズミになりながら、寒さとおそろしさにふるえあがった。思わず、念仏《ねんぶつ》をとなえだすものもいる。

ムツキはご隠居《いんきょ》がかぶせてくれた菰の下で、船底に爪《つめ》を立て、はいつくばった。おそろしくて声も出なかった。

ところがふしぎなことに、しばらくすると暴風雨《ぼうふうう》は来たとき同様、ぱたりとやんだ。こんなこともあるものか、と人々はなかばあきれながら空をあおぎ、せっせと手ぬぐいで体や顔をふいた。

ムツキも菰から、ごそごそとはいだした。それから、何度でも気がすむまで、ぶるぶる、体をふるった。水びたしの船底に、さらに水しぶきがとびちった。

波はまだ高かったが、ふたたび帆をあげると、船はどうにか方向をさだめ、どぶん、どぶん、と進みだした。やがて、水主《かこ》の指さす先に小さく桑名城《くわなじょう》が見えてくると、人々は心底ほっとして、ぬれた着物もさほど気にならなくなった。

だが、ご隠居《いんきょ》は……。

ぐっしょりぬれて重くなった菰《こも》の下で、同じくぬれそぼったまま、弱々しくまだふるえているのだった。

雨がやむと同時に元気をとりもどしたムツキが、はしゃぎ半分、鼻先で、ぐんぐん、つついて菰をめくりあげようとする。しつようにつつくので、ご隠居はしぶしぶ顔を出し頭をなでてやった。

「よし、よし。こわかったたな……」

声をかけるはしから、くちびるがふるえた。その手も顔も、襟《えり》からのぞく胸《むな》もとも、すっかり血の気が失せている。

それからずいぶん時間がかかって、ようやく揖斐川《いびがわ》の川口《かわぐち》に近づいた。桑名城が一《いち》段《だん》と大きく見えてくると、水主たちは帆《ほ》をおろし、川口の船つき場まで櫓《ろ》（舟をこぐ道具）をこいで進んでゆく。

そのころまでに、ご隠居の具合はいっそう悪化していた。悪寒《おかん》が体中をかけめぐり、ふるえは歯の根もあわぬほどで、いっこうにおさまる気配もない。

ひどい風邪《かぜ》をひいてしまった……。

心のなかでいいながらムツキをなでてやろうとするが、手はムツキの背《せ》の上で、ぶるぶる踊《おど》ってしまう。

ご隠居《いんきょ》は両腕《りょううで》で自分をぎゅうとだきしめて、うずくまった。

異常《いじょう》をかぎとり、ムツキは不安にかられた。ご隠居の腕を鼻でついたり、ひざにふせた顔を横からはげしくなめたりして、いつもの笑顔を見せてくれ、とでもいうようにせがみつづけた。しかし、いくらしつこくせがんでも、ご隠居はこたえてくれない。ムツキはしかたなく、ふるえる脚《あし》にぴたりとよりそった。

昼すぎに、船はついに船つき場へ到着《とうちゃく》した。

「ひどい嵐《あらし》だったよぉ。まだ気分が悪いぜ」

「さんざんな船旅だったな」

乗客は口々にいいながら、そそくさと船をおりてゆく。

「犬連れのご老人、だいぶ具合が悪そうだぜ」

下船まぎわに、男が船《ふな》ばたの水主《かこ》に告げて、ご隠居のほうへ視線《しせん》を投げた。

「ああ、えらいぬれたでな。あんな雨もめずらしいで」

ぽつんととりのこされたご隠居《いんきょ》のところへ、二人の水主《かこ》がやってきた。ムツキはしっぽをふりながら男たちに何度もとびついた。助けを求めているのだ。

「旦那《だんな》、だいじょうぶか？　そこに客待ちの駕籠《かご》がおるで、たのんでやろうか。いちばん近い旅籠《はたご》まで乗るとええ」

水主たちはご隠居をかかえるようにして船からおろした。駕籠かきとは顔見知りと見える。ふだんから、船酔《ふなよ》いの客をひきわたすこともあるのだろう。強引にご隠居を駕籠におしこむと、事情《じじょう》をふた言《こと》み言《こと》、説明した。

駕籠はすぐに走りだした。大きな鳥居《とりい》をくぐって宿場《しゅくば》へはいると、一軒《けん》の旅籠の前にとまった。駕籠かきの一人がご隠居を助けおろしているあいだに、相棒《あいぼう》がなかへはいってゆき、さっそく注文をつけている。

「すぐに風呂《ふろ》にでも入れたってくれ。あ、それから、犬連れやで。たのむわな」

間《ま》もなく用意された風呂に、ご隠居は長々とつかった。熱すぎるほどの湯のなかで、最初はかえって悪寒《おかん》がました。あごまでがくがくさせながらお湯のなかにちぢこまっていると、冷えきった体がすぐにお湯をぬるくする。

「たのむ、もっと炊《た》いてくれ！」

風呂《ふろ》の炊き口にひかえている老婆《ろうば》へ、何度もふるえ声をかけた。

そうやって、どれほどじっとしていただろう。少しずつ、少しずつ、ふるえはおさまってきた。体が芯《しん》まであたたまってきた。ご隠居《いんきょ》はほっとして、はじめてゆっくりと体をのばした。

日はまだ高かったが、大事をとって横になることにした。この分では、ひと晩《ばん》ゆっくり休めば、きっとだいじょうぶだ。

床《とこ》の準備ができるまでのあいだ、ムツキの様子を見にいった。ご隠居が元気になったのを見てとると、ムツキははげしくしっぽをふって、とびついてきた。

「よし、よし。心配をかけたな。もうだいじょうぶだよ。おまえも……うん、うん、すっかりかわいておるな。たくさん餌《えさ》をもらうんだぞ」

ご隠居は布団《ふとん》にもぐりこんでから、つくづく、あぶなかったな、と思い、あらためて肝《きも》を冷やした。

「そうだ。薬がいくつかあったではないか」

枕《まくら》もとの荷物のなかから印籠《いんろう》（携帯《けいたい》用の薬入れ）をさぐりだし、湯飲み茶わんに水をそそいだ。

漆塗《うるしぬ》りの印籠《いんろう》には、反魂丹《はんごんたん》、大森《おおもり》の和中散《わちゅうさん》といった薬が、三、四種類おさめられていた。

たしか風邪《かぜ》にもきいたはずだ……。

ご隠居《いんきょ》は紙包みの和中散を水で飲みくだした。

明けがたにしばらく深い咳《せき》がつづいた。しかし、いつになくすっきりと目ざめた朝には、その記憶《きおく》さえおぼろだった。ただ、胸《むね》の奥《おく》に小さなしこりがのこったような気がしたが、朝飯《あさめし》が運ばれてくると、それさえすっかり忘《わす》れて旺盛《おうせい》な食欲《しょくよく》でたいらげた。

「たいへん世話になったね。助かりましたよ」

ご隠居は礼をいい旅籠《はたご》をあとにした。いつものようにムツキが横を軽快《けいかい》に歩きだす。

桑名《くわな》の焼きハマグリは、おそらく東海道随一《とうかいどうずいいち》の名物だろう。

茶店の軒下《のきした》に火鉢《ひばち》を出し、松ぼっくりでハマグリをあぶるのが桑名流だ。こうばしいかおりが、そこらじゅうにただよっている。そういった茶店が街道《かいどう》ぞいに、えんえんとつづいていた。値段《ねだん》も一個《こ》、二、三文《もん》と安かったので、旅人は歩きながら、あっちでも、こっちでも、焼きハマグリを楽しんだ。

朝飯《あさめし》をすませて間《ま》もないのに、ご隠居《いんきょ》も茶店の縁台《えんだい》に腰《こし》をおろし、ジュワジュワ、音を立てる焼きたてを注文した。

「あれ、こんぴら狗《いぬ》や。めずらしいやんなー。おまえにもやろか」

茶店の亭主《ていしゅ》は、焼きすぎて売りものにならずすておいたハマグリを、ムツキの前においてやった。

ムツキは前足と舌《した》を使って、貝から身をひきはがそうと躍起《やっき》になった。ところが、貝が地面の上をとことこと動くので、思うようにならない。ムツキはよだれをたらし、ングング、うなりながらハマグリと格闘《かくとう》する。じれて地面をかきむしっては、またハマグリに突撃《とつげき》する。通りがかりの人々が足をとめ、おもしろがってながめた。

四日市《よっかいち》をすぎると、ご隠居とムツキは伊勢湾《いせわん》に背《せ》を向け内陸を進んだ。規模《きぼ》の小さな宿場《しゅくば》がつづくこのあたりは、どこよりもひなびた田舎《いなか》だった。なだらかな山をあおいで畑が広がり、百姓《ひゃくしょう》たちが立ちはたらいている。雨はきのう、ここにも降《ふ》ったのだろうか。若葉《わかば》の緑がひときわあざやかだった。

ご隠居は初夏の日を浴びながら、機嫌《きげん》よく歩いていった。一里塚《いちりづか》があると足をとめ、ほっとひと息つくのが習慣《しゅうかん》になっていた。ご隠居《いんきょ》は木陰《こかげ》に腰《こし》をおろし、キセル（刻《きざ》みタバコをすうための道具）を使う。ときには、竹筒《たけづつ》に入れた水をムツキと分けあって飲むこともあった。

庄野宿《しょうのしゅく》をすぎてしばらく行ったところに、粗末《そまつ》な出茶屋《でぢゃや》があった。農家の年寄《としよ》りが、天気のいい日にだけ通《かよ》いで開いているらしい。客は外におかれた縁台《えんだい》に腰かけて休むようになっている。

街道《かいどう》の両側には、水がはられるのを心待ちにしている田んぼが広がっていた。稲《いね》が育ったら青々としてきれいだろう。それがいっせいに風にでもなびいたら、さぞ美しいにちがいない。

そんなことを思いながら、ご隠居はお茶をすすった。たのんだ団子《だんご》の半分は、出される前から、今か今かとまちかねているムツキの腹《はら》へ一瞬《いっしゅん》で消えた。

「まあ、ムツキったら、おぎょうぎが悪くなって。ご隠居さんのせいですよっ！」

弥生《やよい》の口調をまねて声に出し、ご隠居は笑った。

田舎道《いなかみち》を歩いてくるあいだには、いかにも貧《まず》しいが、その貧しさになんの疑問《ぎもん》もいだかぬ、おおらかな娘《むすめ》たちを見かけることがよくあった。大井川《おおいがわ》の河原《かわら》で、息をふきかえしたムツキににぎり飯《めし》をやろうとした子もそうだった。

みな元気でたくましく、野暮《やぼ》ったさのなかにも、かざらぬ美しさが一瞬《いっしゅん》、きらりとかがやくことがある。そんなとき、ご隠居《いんきょ》はかならず弥生《やよい》を思いだした。

小さいころからちっとも変わらぬおてんば娘《むすめ》だが、そこは江戸《えど》の老舗《しにせ》の跡取《あとと》り娘《むすめ》。気取りはかけらもないが、美しいだけでなく洗練《せんれん》されていた。

今ごろは、少しでも元気になっているだろうか？　まさか、すでにあの世へ旅立ってはいまい。今しばらくがんばるのだぞ。ムツキが金毘羅《こんぴら》さんにお参りをはたすまでは……。

ご隠居はのこっていたお茶をごくり、と飲みほすと立ちあがった。

そのとたん、はげしい咳《せき》がわきあがった。ご隠居はたおれこむようにして縁台《えんだい》に手をつき、本格的《ほんかくてき》にせきこんだ。

ムツキは首をのばし、うつむいている顔を横から心配そうにつついた。

「どうしたね？」

茶屋から老婆《ろうば》が出てきて、すじばった手でご隠居の背中《せなか》をたたいた。

「毒でももったか……」

ご隠居《いんきょ》があえぎながらつぶやくと、老婆《ろうば》は目を丸くした。

「冗談《じょうだん》ですよ。りっぱな茶柱《ちゃばしら》が、のどにひっかかっただけだ」

ご隠居は笑おうとしたが、笑えなかった。いうそばから、またはげしくせきこんだからだ。背中《せなか》をたたく老婆の手が、前より乱暴《らんぼう》になった。

「いたい、いたい。あ、ありがとう。もういい」

ご隠居は老婆の手をおしのけ、そろそろと息をすいこんだ。

「ほら、もうだいじょうぶだ。ただむせただけだからね」

多めにお茶代をおくと、今度はすくっと立ちあがった。ゆっくりと歩きだしてから笠《かさ》をかぶり、きゅっとひもをしめた。いつもと変わらぬ歩調で歩いてゆく。

なんの問題もない。少し胸《むね》がいたむが、咳《せき》のせいですじがこったのだろう……。

ご隠居の様子が落ちついたと見ると、ムツキは人通りの少ない田舎道《いなかみち》だからこそ、あっちで、ふんふん、こっちで、ふがふが。心行くまでにおいをかぎまわった。

あっ！　とがったものがふたつ、道ばたの草の上に立ちあがった。

耳だ！

とたんに、ムツキは猛然《もうぜん》とかけだした。

太いしっぽをなびかせ、あぜ道をとぶように走ってゆくのはキツネだ。それをムツキが夢中《むちゅう》で追う。犬とくらべると、先を行くキツネはいかにもすばしこい。目指しているのは、あぜ道の先にある雑木林《ぞうきばやし》だ。

「やれやれ」

ご隠居《いんきょ》は頭をふって、かまわずに歩を進めた。

ムツキがご隠居のもとへもどってきたのは、四半時《しはんとき》（三十分）もたってからのことだった。口の横から舌《した》をたらし、ハーハー、あえぎながら小走りに追いついてきた。

ご隠居は竹筒《たけづつ》の水を、手のひらのくぼみに何度もつぎたし、なめさせてやった。

「え、のがしたろう？　あれはきっと、この村の御眷属《ごけんぞく》さまだ。かみついたりしたら、血祭りにあげられるのは、おまえのほうだぞ」

眷属というのは、神さまのお使いである。

「関宿《せきじゅく》まで、まだまだ歩かなくちゃならん。さ、行くぞ」

ムツキは荒《あ》れる息をもてあましていたが、今度はご隠居のわきにぴたりとついて、おとなしく歩きだした。

それから百歩も行かぬうちに、ご隠居は、コホン、とひとつ咳《せき》をした。さらに十歩も行かぬうちに、また、コホン、コホン、と咳《せき》が出た。

出茶屋《でぢゃや》ではげしくむせたのとはことなり、軽い咳だ。にもかかわらず、ご隠居《いんきょ》はなぜかあたりを見まわし、かすかな不安にとらわれた。

すると、明けがたに深い咳におそわれたことを、ふと思いだした。

「ふん！」

大きく息をついた。ため息というよりは、怒《いか》りのこもった息だ。

ご隠居は足をとめると印籠《いんろう》をとりだし、粉薬《こなぐすり》を口に入れてまゆをしかめた。竹筒《たけづつ》の水はみんなムツキにやってしまった。唾《つば》でとかして飲みこめばよい。すぐに口のなかいっぱいに複雑《ふくざつ》な苦《にが》みが広がった。

ムツキがのびあがるようにして、印籠から、ご隠居の息から、もれでたにおいに鼻をうごめかせた。

かいだことのない薬だったが、やっぱり気にくわぬにおいだった。

それからも断続的《だんぞくてき》につづいた咳は、亀山宿《かめやましゅく》にはいるころには、すっかりおさまっていたが、ご隠居はさらに先へ進むのはひかえ、大事をとって早めに旅籠《はたご》にはいった。

夕方から、にわかに風が強くなった。ときどきバラバラと音を立てて、大粒《おおつぶ》の雨が屋根をたたく。音からすると、雨はときどきやむようだが、風の勢《いきお》いはいっこうにおさまらない。

「梅雨《つゆ》の走りやろか？」

食事を運んできた女将《おかみ》がいった。

「梅雨にはまだ早かろう」

ご隠居《いんきょ》は、ちびり、ちびり、酒を飲みながらこたえた。

「朝までにおさまるといいが……」

どこの旅籠《はたご》でも同じだったが、ムツキは今夜もたっぷり残飯をもらうと、土間《どま》で丸くなった。昼間に長い距離《きょり》を歩くので、くたびれてねむりこみ、夜中に目をさますこともない。

が、この日はなにを思ったのか、夜半《やはん》にとつぜん、オー、オー、遠ぼえをはじめた。

ご隠居がおどろいてとびおきると、遠くで雷《かみなり》がなっていた。雨戸のすきまからかすかに稲光《いなびかり》がもれいるたびに、かえって闇《やみ》は深くなる。雷鳴《らいめい》はじょじょに強くなり、じきに轟音《ごうおん》となって空気をもふるわせた。

暗闇《くらやみ》のなか、ふすまごしにゴソゴソ夜具《やぐ》の音がする。ひそめた声がきこえる。おおかたの客も目がさめているようだ。

ご隠居《いんきょ》は畳《たたみ》をはってゆき、手さぐりでふすまを開け階下へ向かって声をあげた。

「あかりを！　あかりをたのむ！」

旅籠《はたご》では、ともしたあかりの油が切れたら、つぎたしてくれることはなかった。だから、夜が明けるまでは真っ暗だ。

しばらくしてから、年老いた主《あるじ》が、ゴトゴト音を立てて階段《かいだん》をあがってきた。ろうそくの火に、しかめつらがうす暗くてらしだされた。

「わたしにもあかりをくれ。犬がほえている。見にいってやりたい」

ご隠居のたのみを、主はこともなげにはねつけた。

「犬はみんな雷《かみなり》がこわいんや。この音や。客もみんな寝《ね》れやんで、気にせんでええ」

主はぴしゃりとふすまを閉《し》めると、階段をおりていった。

雷鳴《らいめい》は遠くなり近くなり、ときには壁《かべ》やふすまをふるわせてなりひびいた。ムツキの遠ぼえが、いつまでもそれにまじった。

ご隠居は寝がえりばかりうって、ねむれぬ夜をすごした。

明けがたになって、ようやくうとうとした。次にはっと目ざめたときには、とうに朝になっていた。ぬれてふくらんだ雨戸を、ぎしぎしひきあけてみると、くもり空だが雨はあがっている。やれやれだ。

きのうの咳《せき》のせいで、みぞおちのあたりがしくしくする。寝《ね》たりないからだろう、また横になりたい気分だったが、そうもいかない。

江戸時代の旅には制限《せいげん》が多く、たとえば、宿場《しゅくば》以外でとまるのはご法度《はっと》だったし、旅籠《はたご》にも連泊《れんぱく》はゆるされなかった。病気にでもかかり、どうしても連泊が必要な場合は、役人にとどけでなければならないのだ。夜が明ければ朝飯《あさめし》をかきこみ、追いたてられるように旅籠をあとにするのが旅人の宿命だった。

具のとぼしい味噌汁《みそしる》は熱いだけがとりえだったが、体があたたまると、ご隠居《いんきょ》はすっかり元気をとりもどした。

きょうは鈴鹿《すずか》の峠《とうげ》ごえだ。

「よし、行くぞ！」

声に出して気合いを入れ、いつもより念入りに旅支度《たびじたく》をととのえた。

階下《かいか》へおりてゆくとちゅうから、ムツキはもう足音をききつけ、ヒャン、ヒャン、ほえだした。甘《あま》えるときの高い声だ。見おろすと、土間《どま》でぴょんぴょん、とびはねている。こんなことは、はじめてだ。昨夜《さくや》の雷《かみなり》がよほどおそろしかったのにちがいない。

ムツキはたがいの無事をたしかめるように、何度でもご隠居《いんきょ》にとびついては顔をなめまわした。

「じゃまだよ、ムツキ。どいとくれ」

ご隠居が笑いながら手荒《てあら》におしやっても、くんくん、においをかぎ、まとわりついてはなれない。草鞋《わらじ》のひもをむすぶにも手間どるありさまだ。

「どうした？　まるで死に別れた主人に、ばったり出くわしたようなさわぎじゃないか」

ふと口をついて出た言葉に、自分がぎょっとした。盛三郎《せいざぶろう》の死後、弥生《やよい》からきいた言葉が彷彿《ほうふつ》としたのだ。

「ムツキには、いろんなことがわかるんです。ほんとうにお利口《りこう》なんですもの。お兄さまが亡《な》くなる寸前《すんぜん》だって、遠ぼえしてわたしたちをおこしてくれたんです」

ご隠居はぶるっ、と身ぶるいすると、あらためてムツキを念入りになでてやった。

「ひどい雷だったな。もちろん、そのせいだ。

こわかったろう。あいつめ、あかりもわたさんで。やはり様子を見にきてやればよかった」

旅籠《はたご》を出て街道《かいどう》を歩きだしてからも、しばらくのあいだ、ムツキはご隠居《いんきょ》のすねにはねつくようにして歩いた。

「よし、よし、もうやめなさい。きょうは雨は降《ふ》らんぞ。西の空が明るい」

「東の箱根《はこね》、西の鈴鹿《すずか》」といわれるように、鈴鹿峠《すずかとうげ》は難所《なんしょ》のひとつにかぞえられていた。とくに江戸《えど》方面からは、「八町二十七曲がり《はっちょうにじゅうななまがり》」とよばれる、曲がりくねった急なのぼりである。うっそうとしたその山中には山賊《さんぞく》が出る、といういい伝えがあり、それも旅人をおびえさせる原因となっていた。

とはいうものの、ここはなんといっても東海道《とうかいどう》。大勢《おおぜい》の人、馬や駕籠《かご》が行き来する。現《げん》に坂道を見あげれば、ご隠居より先に茶屋を発《た》っていった小間物屋《こまものや》（化粧品《けしょうひん》や装身具《そうしんぐ》などを商《あきな》う人）の、大きな風呂敷包《ふろしきづつ》みのうしろすがたが見える。坂をくだってくるものや駕籠とは、しょっちゅうすれちがう。

めったに山賊の餌食《えじき》になることもあるまい。こちらにはムツキもいる。

ご隠居《いんきょ》はそう思って、石畳《いしだたみ》に足をとられぬよう、そればかり気にかけながら、はぁはぁ、とのぼっていった。箱根《はこね》で味わった山駕籠《やまかご》の苦痛《くつう》にくらべれば、息が切れても自力でのぼるほうが、はるかに楽だ。馬をやとうことを考えぬでもなかったが、ムツキがこわがると思った。

ムツキにとってもけわしい坂道だった。わき目もふらず、あえぎながらのぼっていった。一歩ごとに、しっぽが左右にゆれる。

ボッッ！

足もとの石畳に音を立てて、水滴《すいてき》がはねた。

ムツキはひょい、ととびのいた。

ボツ、ボツ、ボッッ！

立てつづけに水滴は落ちてきた。

雨だとわかるまでに、一瞬《いっしゅん》、間《ま》があった。

高い梢《こずえ》が突如《とつじょ》、ザザーッ、と大きくゆれてから、ドーッ、と雨がふきつけた。

ご隠居はあっけにとられた。

「また雨か。しかも、いきなり大雨だ」

あわてて道ばたの杉《すぎ》の木に身をよせたが、雨宿りの用をなすどころではない。幹《みき》をつたいおちる大量の雨水で、かっぱをとりだすより早くぬれネズミになった。石畳《いしだたみ》を洗《あら》う雨はたちまち道の両わきにあふれ、泥《どろ》の色になって坂を流れおちてゆく。ご隠居《いんきょ》は泥水の川のなかに、ぼうぜんと立ちつくした。

ムツキもいたいほど雨にたたかれ、うなだれて目をしょぼしょぼさせている。最初は前足で顔をこすり、体をぶるぶるさせ、何度も水をふりとばしていたが、それでは間《ま》にあわないとわかったのだろう。今はしっぽをたれ、じっと雨に打たれている。

「かわいそうに……」

ご隠居はつぶやいたが、どうしてやることもできない。

ご隠居は気をとりなおし、石畳の中央に出て周囲を見まわした。降《ふ》りしきる雨がとばりとなって見通しが悪いうえに、山道は曲がりくねっている。前にもうしろにも人影《ひとかげ》はなかった。

さっきの小間物屋《こまものや》はどうしたろう？　その先を曲がったあたりで雨宿りをしているのだろう。うしろからのぼってきていた連中は、きっとすぐ下にある曲がり角の陰《かげ》で、同じようにおどろき、こまりはてているのだろう。立《た》ち往生《おうじょう》しているのは自分一人だけではない、と思った。

それにしても、七里《しちり》の渡《わた》しからこっち天気がどうかしている。これほどとつぜんの土砂降《どしゃぶ》りなど、見たことがない。

ご隠居《いんきょ》は、どうしたものか、ととほうに暮《く》れた。役にも立たぬかっぱを両手でひきよせ、ちぢこまってはいたが、雨はすげ笠《がさ》を素通《すどお》りして襟首《えりくび》をぬらし、背中《せなか》へ流れおちる。ぞくぞく寒気をおぼえた。

「えいっほ！　えいっほ！」

坂の下から雨にくぐもったかけ声がきこえてきたと思ったら、駕籠《かご》が二丁《ちょう》、あいついでかけぬけていった。声をかけようとしたが、とりつく島もない。あっという間《ま》に見えなくなった。

歩いたほうがいい。そのほうが体もあたたまる。こんなひどい降りが長くつづくはずがない。雨足が弱まるころには、峠《とうげ》をこえていられるだろう。峠には茶屋もあるときいている。

ただでさえ歩きにくい石畳《いしだたみ》は、雨に洗《あら》われ、すべりやすかった。ご隠居は、一歩一歩、足の裏《うら》でさぐるようにしながらのぼっていった。

ムツキがいっしょにいるだけで、心強いではないか……。

やがて、その昔、大水に流されてしまったという宿場《しゅくば》のあとを通った。杉林《すぎばやし》のところどころに、点々と苔《こけ》むした石垣《いしがき》がのこっているばかりだ。かつては人々が行きかい栄えた町も、こんなふうに、いともかんたんにくずれさってしまう。

これこそ無常《むじょう》（人の世の変わりやすく、はかないこと）というものだ……。

ご隠居《いんきょ》はふと、自分もこの町ごと消えさった住人だったかのような、奇妙《きみょう》な錯覚《さっかく》にとらわれた。今でも古びた石垣の上へ、舞《ま》いおりては舞いあがり、ふわふわと杉木立《すぎこだち》をさまよっている魂《たましい》のひとつであるような気がした。

「いかん、いかん。さ、行こう」

ムツキにかける声は寒さにふるえていた。

ふたたび、のろのろ山をのぼってゆくうちに、雨は少し勢《いきお》いをなくしたようだ。

やがて、ようやく視界《しかい》が開け、あたりが明るくなった。峠《とうげ》にたどりついたのだ。ご隠居は安堵《あんど》のため息をつき、峠の茶屋へとかけこんだ。

茶屋は、一時《いっとき》でも雨をさけようとする旅人でこみあっていた。いつものことながら、「あっ、こんぴら狗《いぬ》だ」と、だれかがさけぶと、ムツキのまわりに人垣ができる。しかし、きょうばかりは、びしょぬれの犬をだれもなでようとしなかった。

「お茶を。熱いお茶をたのむ」

茶わんをもつ手があまりにふるえるので、ご隠居《いんきょ》はあせった。足もとからはいあがってくる冷たいしびれも、背《せ》すじを走る悪寒《おかん》もおさまらない。ご隠居は何杯《なんばい》も茶をつぎたしてもらった。

笠《かさ》の雨をはらってはいってくる人、天をあおいで笠をかぶり出てゆく人……。客がすっかり入れかわっても、ご隠居はうずくまるようにして体の芯《しん》に火がともるのをまっていた。

こうしていては、夕暮《ゆうぐ》れまでに次の宿《しゅく》、土山《つちやま》につけなくなる。

ご隠居は茶屋の娘《むすめ》をつかまえて、細い声でたずねた。

「土山へのもどり駕籠《かご》はないだろうか？」

もどり駕籠というのは、客をおろして空《から》でもとの宿場《しゅくば》へ帰る駕籠のことだ。

「きいてみるわ」

娘は駕籠かきが何人か集まっている店のすみへ歩いてゆき、男たちを見まわしながらなにかいっている。ご隠居は祈《いの》るような気持ちで、そのうしろすがたを見守った。

娘《むすめ》はすぐにふりむいたが、こちらにもどってくるまでもなく、ただかぶりをふってみせた。


「そうか……」

ご隠居《いんきょ》は大きくうなずくと、意を決して立ちあがった。

「ムツキ、行くぞ。じゅうぶんに休んだろう」

まるでムツキのつかれがとれるまで、まってやったような、ものいいだった。

「これから土山《つちやま》までは、ゆるやかなくだりだそうだ。さ、どんどん歩くぞ」

雨はだいぶ弱まっていたが、その分、風が出ていた。西側の山すそから音もなくふきあがってくる風は、ぬれた体から意地悪く熱をうばってゆく。

ほどなく咳《せき》が出はじめた。足を止めせきこむご隠居を疑《うたが》うような目で見あげて、ムツキは首をかしげた。

「心配ない。これがある」

ご隠居は印籠《いんろう》をとりだした。ムツキのきらいなにおいだ。不安をさそうにおいだ。

それは少しのあいだご隠居のまわりをまってから、雨まじりの風にふきあげられていった。

咳《せき》はとまらなかった。それどころか、どんどんひどくなった。ご隠居《いんきょ》はしょっちゅう立ちどまっては、ふりしぼるような咳をした。そのうち両ひざに手をあて、はげしくせきこむようになった。

ムツキはじれたように小さなうなり声をあげ、周囲をうろうろしながらご隠居が歩きだすのをまった。

雨はまだ、やみそうもない。先を急ぐ人々がふたりを足早に追いこしてゆく。峠《とうげ》へのぼってきた東の斜面《しゃめん》とくらべれば、なだらかなくだり坂だが、土山《つちやま》へはまだ一里《り》（約四キロメートル）以上はあるだろう。

午後もだいぶおそくなった。

急がねば、またずぶぬれになる。

急がねば、日が落ちる……。

気がせくと、ますますせきこんだ。咳はようしゃなく体力をうばう。気力をうばう。胸《むね》ものども、ずきずき、ひりひりいたかった。

ご隠居はふるえる手で印籠《いんろう》を開けふたたび薬を飲みくだしたが、もうきかなかった。

それでもとぼとぼ歩いていると、道ばたに古ぼけた小さなお地蔵《じぞう》さんが立っていた。屋根が低くさしかけられている。

ご隠居《いんきょ》は思わずお地蔵《じぞう》さんに手をあわせ、つぶやいた。

「しばらく屋根をお借りしますよ」

お地蔵さんの背後《はいご》にのろのろまわりこみ、土台の石にすわりこんだ。風向きによっては、直接《ちょくせつ》雨に打たれずにすんだ。それよりは、ここにいればお地蔵さんの加護《かご》があるような気がして、ご隠居は寒さにふるえる体を両の腕《うで》でだいた。

そう、きっとお地蔵さまのおかげだ。咳《せき》が弱まったではないか……。

しかし、そう思っているうちに、咳ははげしくなってもどってきた。

ムツキはご隠居がせきこむたびに、びくっと、あとずさった。あとずさってはすぐに近づいて、もの問いたげに鼻で腕をつついた。目は不安に見開かれていた。

そのうち、ご隠居は胃がとびだすかと思われるほど強い咳をした。そのとたん、わき腹にびりっ、と強烈《きょうれつ》な痛《いた》みが走った。

「骨《ほね》だ……」

ご隠居は絶望的《ぜつぼうてき》につぶやいた。

肋骨《ろっこつ》がおれた、とわかったのだ。そうっと息をととのえた。すうのもはくのも、そろそろと、そろそろと……。そのたびに激痛《げきつう》が走った。

「まいった。これはまいったな……」

ご隠居《いんきょ》はかすれ声でつぶやいた。

ムツキもぬれそぼった、みじめななりをしている。肩《かた》をなでてやると、やはりわき腹《ばら》に強い痛《いた》みが走ったが、ご隠居はかまわずになでてやった。ぬれた短毛の下の、あたたかい皮膚《ひふ》が指にふれる。

ふと気がつくと、あたりはすっかり暗くなっていた。街道《かいどう》には人通りもたえている。

ご隠居はしばらく気を失っていたらしい。それでも奇跡的《きせきてき》に目ざめたのは、ムツキがぴったりとよりそい、横だおしになったご隠居をあたためつづけたからだった。

いつの間《ま》にか雨はやんでいた。杉林《すぎばやし》の暗がりに横たわったまま半開きの目で見あげると、高い梢《こずえ》のすきまに星がまたたいている。

もう咳《せき》は出なかった。咳も出ないほど胸《むね》がちぢんでしまったのだ、と思った。

ご隠居は細い息を出し入れしながら、五十数年の来《こ》しかたをふりかえった。

思いのこすことはなかった。五代つづいた店も自分の代でつぶすことなく、無事に息子にひきついだ。妻《つま》には早くに先立たれたが、すすめられても後妻《ごさい》ももらわず、三人の子どもたちを一人立ちさせた。

そう……思いのこすことはない。だからこそ、気楽な旅に出てきたのだ。

気がかりなのは、ただひとつ——ムツキのことだ。弥生《やよい》との約束を守れなかったことだ。

京《きょう》までは、わたしがムツキを連れてゆこう。その先へは、だれか信頼《しんらい》のおける人物にあずけよう……。

ご隠居《いんきょ》は最後の力をふりしぼって、ムツキの頭をなでてやった。目を閉《と》じていても、さかんにしっぽをふるのがわかる。

「いいか、ムツキ。よくきくんだ……」

ご隠居はきれぎれにいいふくめた。

「東海道《とうかいどう》を……まっすぐに行きなさい。決してくだるんじゃない。のぼりの道をだ……。だれかが、かならず連れていってくれる。

京からは大坂《おおさか》へ。その先は、金毘羅船《こんぴらぶね》に……。りっぱにお参りをはたし、弥生ちゃんのもとへもどるんだぞ。弥生ちゃんが……首を長くしてまっている……。

うん、うん、ありが……とう……」

ムツキはご隠居《いんきょ》に息をふきこもうとするように、冷えきった鼻や口をしきりになめた。夢中《むちゅう》でなめつづけた。

ご隠居が最期《さいご》に感じたのは、この上もなくやわらかな、でも、ざらついた舌《した》の感《かん》触《しょく》と犬くさい熱い息だった。

そのあとの遠ぼえをきくことは、もうなかった。

第六章

薬売り

四月二十九日

山奥《やまおく》の古寺《ふるでら》には、おとずれるものもなかった。小僧《こぞう》はとうににげてしまい、年老いた住職《じゅうしょく》がひとり、コツリ、コツリ、碁盤《ごばん》に石をおいて日がすぎるような寺だった。

小がらな寺男《てらおとこ》が、のろのろと勝手口《かってぐち》へ向かって歩いてゆく。右足をひきずるうしろすがたから、かなりの年齢《ねんれい》だとわかる。男は三十年あまり、この寺の雑用《ざつよう》を一手にひきうけてきたが、朝晩《あさばん》の勤行《ごんぎょう》（仏前《ぶつぜん》で経《きょう》を読むこと）はとんときいたことがなかった。

男は重たい引き戸を、ぎしぎし開けると、奥《おく》に向かって、「和尚《おしょう》さま、和尚さま！」と、体に似《に》あわぬ荒々《あらあら》しい大声をあげた。小さな声ではきこえないのだ。

男がしんぼう強くまっていると、ささくれた床《ゆか》をふんで、しなびたような老僧《ろうそう》がことさらのたのた歩いてきた。

「井戸《いど》のつるべは、なおしたんか？」

そっけなく、いきなりきいてくる。

「へえ」

こたえるほうも同様にそっけない。が、きょうは、そのあとに言葉をつづけた。

「あの犬、じいさんの墓《はか》からはなれへん」

「村のもんに、街道《かいどう》まで連れていかせたんやろ」

「また、もどっとります」

僧《そう》は「はぁ」と、ため息をついた。

「犬畜生《いぬちくしょう》にも仏心《ぶっしん》のかけらがあるんか、それとも、そこまで仏《ほとけ》さんになついてたんやろか。どっちにしろ、やっかいなこっちゃ」

寺男《てらおとこ》はまるできこえていないかのように、だまってつったっている。

「こんぴら狗《いぬ》やさけ、ほうっておくわけにもいかん。縄《なわ》でもつけて、土山《つちやま》までひいていき。役人にとどければええ。

おお、せっかくじゃ。宿場《しゅくば》で酒、買《こ》うてきてくれへんか。今、金をとってくるさけ」

ご隠居《いんきょ》が亡《な》くなってから、五日目のことだった。

なきがらが発見されたのは、ご隠居が息をひきとった翌日《よくじつ》の昼のことだった。

お地蔵《じぞう》さんの陰《かげ》の土台の下にたおれていたので、街道《かいどう》からは見通しがきかなかったからだ。草陰《くさかげ》に犬のすがたをみとめた旅人が、あらためて目をこらし、はじめてご隠居を見つけた。

知らせをうけ、名主《なぬし》（村を統率《とうそつ》する役人。身分は百姓《ひゃくしょう》）が駆《か》りだした男たちは、山寺になきがらを運び、荒《あ》れた墓地《ぼち》のかたすみに穴《あな》をほった。筵《むしろ》にくるまれただけのご隠居《いんきょ》は、うめられたあとに真新しい低い畝《うね》をのこしただけだった。

ムツキはこの間《かん》、一時《いっとき》もご隠居からはなれようとしなかった。男たちがお地蔵《じぞう》さんの裏手《うらて》にやってくるまでは、なかばのしかかるようにして、冷たくなってしまった体をあたためつづけていた。

男たちがなきがらを運びだそうとすると、腰《こし》を落とし、牙《きば》をむいてほえながら、必死でご隠居を守ろうとした。獣《けもの》の本性《ほんしょう》をあらわにして、男たちに立ちむかった。みな、多かれ少なかれ傷《きず》を負った。すねをしたたか、かみつかれた男もいる。

なきがらが墓地に運ばれてからも、ムツキは太いうなり声をあげながら、追いはらわれても、けとばされても、男たちの足もとにまとわりついた。かたちばかりの埋葬《まいそう》がすみ、男たちが立ちさったあとは、墓《はか》のまわりを、ヒーン、ヒーン、なきながらかけまわった。

もし、先々《さきざき》にて病死《びょうし》等《など》、仕《つかまつ》り候《そうら》わば、その所にて御慈悲《おじひ》をもって、然《しか》るべく御取《おと》り

置《お》き下《くだ》さるべく候《そうろう》

当時のたいていの通行手形《つうこうてがた》は、この手の一文でしめくくられていた。「もし万一、旅のとちゅうで病死などしたら、その土地のやりかたでほうむってくれればよい」というのである。ご隠居《いんきょ》のそれも同様であった。なかには、「国もとに知らせる必要はない」と、わざわざうたったものさえあった。

手形にはもちろん、旅人の氏名や住所が書かれている。住職《じゅうしょく》は、きょうかあす、暇《ひま》があったら、丁重《ていちょう》にほうむったむねを国もとへ書きおくってやろうか、と思った。

もしかしたら、あさってにでも……。

寺男《てらおとこ》が墓地《ぼち》へやってくると、ムツキはご隠居の墓《はか》によりそうようにして横たわっていた。男は一瞬《いっしゅん》、死んでいるのではないか、と思ったが、ムツキはすっかり打ちひしがれ、つかれはててねむっているのだった。

ムツキはこの五日間、なにも食べていなかった。悲しさのあまり腹《はら》もへらなかった。水だけは欠かせなかったが、大雨のあとである。あたりをうろつけば、古い墓石《はかいし》や敷石《しきいし》のくぼみには雨水がたまっている。きたない水だが、かわきをいやしては墓《はか》へもどった。

ムツキは近づいてくる寺男に気づくと、頭をもたげ、ちらりとふりむいたが、小さくため息をついて、また、くたっと墓に頭をあずけた。それほど心身ともに弱っていた。

「おい！」と、男は声をかけた。

ご隠居《いんきょ》が亡《な》くなると同時に、ムツキは名前を失ったのだ。首からさげた木札《きふだ》に飼《か》い主《ぬし》は記されていても、犬の名前はない。ムツキの名を知るものは、これから先、もういなかった。

「おい！」

もう一度男がよぶと、ようやくムツキはのろのろと立ちあがった。男はさらに近づいて、首にぐるりと縄《なわ》をまきつけむすんだ。

ムツキは逃《に》げもしなければ、抵抗《ていこう》もしなかった。

「なにも食《く》っとらんな」

男はムツキのしょぼくれた様子を目のあたりにすると、このままでは宿場《しゅくば》までもたないかもしれない、と思った。しかたがないので、寺の裏手《うらて》にある自分の住居《じゅうきょ》へひっぱっていった。ひとりものが寝起《ねお》きするだけの、ほったて小屋である。

男はふちのかけた丼《どんぶり》にのこりものの麦飯《むぎめし》をもり、やはりのこりものの味噌汁《みそしる》の、うわずみだけをかけて土間《どま》においてやった。

ムツキはつったったまま、無表情《むひょうじょう》に丼を見おろしている。いつもはあんなによろこんで、だれからでも食べものを分けてもらっていたのに、食べかたを忘《わす》れでもしたみたいだった。

ひと呼吸《こきゅう》おいてから、ようやく、うさんくさそうに、においをかいだ。

「わいの晩飯《ばんめし》や。上等やろが」

男は口のなかでぶつぶついいながら、キセルをすいだした。

事実、それだけが男の晩飯だった。

ムツキはなにやら考えているふうだったが、ゆっくりと丼に頭を落とし、そろりと麦飯をなめてみた。もう一度、そろり……。次に鼻先で飯をつついてから、ひと口だけ食べてみた。

男は、ふうっ、と鼻からけむりをはいた。

「全部たいらげや。おのれの食いのこしは、わいは食わへん」

けれど、ムツキは二度と口をつけなかった。頭をたれ、あとずさりして、ぼうぜんと立ちつくしている。

男は腹《はら》を立て、カンカン、音を立ててキセルの灰《はい》をたたきおとした。そして、ふと思いついて立ちあがった。ムツキの首の銭袋《ぜにぶくろ》から、たっぷりと餌代《えさだい》をちょうだいしたのだ。

宿場《しゅくば》にはそば屋がある。久《ひさ》しぶりにそばを食おう……。

男はムツキをひいて、ひょこり、ひょこり、土山《つちやま》へとおりていった。男は片足《かたあし》をひきずるので歩くのがおそい。おかげで体力を失ったムツキも、どうにかついていくことができた。


土山は鈴鹿《すずか》の山ごえをひかえる旅人、すでに山ごえをおえてほっとした旅人、また、近江《おうみ》商人の物流でもにぎわう宿場だった。

ムツキは町の中心にある問屋場《といやば》にあずけられた。

問屋場というのは、宿場にもうけられた旅の中継基地《ちゅうけいきち》のようなものである。大名や幕府役人《ばくふやくにん》の必要に応《おう》じて、人馬《じんば》の調達や飛脚《ひきゃく》の管理をしたり、旅人からも人馬や駕籠《かご》の申しこみをうけたりするなど、さまざまな業務《ぎょうむ》をこなす宿場《しゅくば》の中心だった。

寺男《てらおとこ》からムツキをあずかったのは、馬子《まご》（馬をひいて荷物や旅人を運ぶ人）たちのあいだで立ちはたらいている若《わか》い役人だった。あずかったといっても、仕事の合《あ》い間《ま》におよその話をきいただけで、「わかった。とりあえず、あそこへつないでおけ。あとでとりはからう」と、あごの先を動かした。馬の積み荷をはかる役目のようだった。

寺男は、あとは知らぬとばかり、いそいそ、そば屋を目指して行ってしまった。

ムツキは長いこと、問屋《といや》の外においた縁台《えんだい》の足につながれたままほうっておかれることとなった。

目の前を大勢《おおぜい》の旅人、人足《にんそく》、役人、駕籠や馬や大量の荷がいそがしく行きかった。ムツキはおびえて少しずつあとずさってゆき、最後には縁台の下に完全にもぐりこんだ。そして、不安にみちた目だけを、きょろきょろ動かしながら、うずくまっていた。

昼どきになり、さっきの役人が昼飯でも食おうというのだろう。問屋にもどってきた。そのときになってはじめて、犬をあずかったことを思いだした。あたりを見まわすと、縁台の下からしっぽがのぞいている。

た。

「おい、出てこい！」

ここでもムツキは、「おい」とよばれた。ますますおそろしくなって、ちぢこまった。

役人はちょうど通りかかった仲間の袖《そで》をひき、目で合図すると、いきなり二人で縁台《えんだい》をひょいともちあげた。ムツキはおびえた目をしばたたかせながら日にさらされた。

「こんぴら狗《いぬ》だろう。こんなところで、うろうろしとる場合じゃなかろう」

こんなところにつなぐよう命じたのは、当の役人だ。それを棚《たな》にあげてそういうと、縄《なわ》をといてやった。それから、うしろをふりかえり見わたして、一人の馬子《まご》をよびとめた。

馬子は木綿《もめん》を山ほど積んだ馬をひいて、今まさに歩きだそうとしていた。

「こんぴら狗だ。水口《みなくち》まで連れてってやれ」

役人にいわれては、いやでもことわるわけにいかない。

「へぇ、わかりやした」

うなずいた馬子だが、ムツキを見て明らかに足手まといになる、と思った。

「ちぇっ、よけいなお荷物、しょわせやがって」

ぶつぶついいながら乱暴《らんぼう》に手まねきする。

「おい、こら、こっちや！」

何度もどなると、ムツキはいやいや近づいていった。けれど、すぐそばまではよっていかない。馬子《まご》のすぐ横には、大きな馬の顔があるからだ。背中《せなか》とわき腹《ばら》に荷物をくくりつけられた馬は、ことさら巨大に見えた。

馬子が手綱《たづな》をひき合図を送ると、馬は馬子のあとから、ポクリ、ポクリ、歩きだした。目にはあきらめたようなやさしさをたたえている。

ムツキは馬は見なれていた。においもよく知っている。おどろくことはない。しかし、ただでさえ体は弱り、気もなえている。街道《かいどう》をならんでいっしょに歩くとなると、たえがたい威圧感《いあつかん》があった。

だから、馬の前に出たり、うしろにさがったり、ちょろちょろにげまわる。馬子とも、馬とも歩調《ほちょう》がそろわない。馬にしてみれば、逆《ぎゃく》に犬におそわれそうで落ちつかず鼻息が荒《あら》くなる。

「ちぇっ、だからいわんこっちゃない」

馬子はがらがら声でさけんだ。

「じゃまや。うろうろすな。うしろからついてきい。ずーんとうしろや」

ムツキはいわれたとおり、馬には近づかないようにした。馬のずっとうしろを歩いた。

いや、どんどんおくれがちになった。

そして、ついには立ちどまり、馬の尻《しり》が小さくなってゆくのを悲しそうに見送った。

やがて、あきらめたように道ばたにすわりこむと、自然に前脚《まえあし》がのび、そのまま横だおしになった。土の冷たさが心地よい。すぐに泥《どろ》のようにねむりこんだ。

「うっ、犬が死んでる。

「ほんとだ。かわいそうにな」

「無念だろうに」

そんな言葉が頭上でかわされもしたが、目を開けることはなかった。こんぴら狗と気づかぬ旅人は、犬の死骸《しがい》をさけて通った。

水口宿《みなくちしゅく》を目指し足早に歩いてきた僧《そう》は、托鉢《たくはつ》すがただった。托鉢というのは、僧が家々の門口《かどぐち》で経《きょう》をとなえ、鉢《はち》のなかにお布施《ふせ》（読経《どっきょう》などのお礼として僧侶《そうりょ》に渡《わた》す金品）をもらってまわる修行《しゅぎょう》のことだ。若《わか》い托鉢僧《たくはつそう》は、名前を玄祐《げんゆう》といった。

玄祐は道ばたに犬の死骸《しがい》を見つけると、当然のように足をとめた。相手は野良犬《のらいぬ》だ。経《きょう》をとなえるまでもないが、やせた背中《せなか》に向かって手をあわせ、つかの間《ま》、目を閉《と》じた。

ふたたび歩きだそうとする段《だん》になって、はじめて首のひもに気がついた。木札《きふだ》と銭《ぜに》袋《ぶくろ》があごの下からはみだしている。こんぴら狗《いぬ》だとわかると、玄祐はかぶった笠《かさ》を少しもちあげ、ちらりと空をあおいだ。

飼《か》い主《ぬし》に願いをたくされ、遠くここまで歩いてきたものの、力つきたのだろう。どんな願いか知るよしもないが、願いをたくしたものにも、たくされた犬にも、仏《ほとけ》さまの御慈悲《おじひ》を……。

心のなかでそう念じ、最後にもう一度犬を見おろすと、その視線《しせん》にさそわれるように、ムツキはおもむろに目を開いた。

「生きていたか……」

玄祐はおどろいて、思わず口走った。

僧たるもの、生きているのに手もさしのべず、死んでいるとかんちがいしたなど、もってのほか。おのれの未熟《みじゅく》さに腹《はら》が立った。

いっぽう、ムツキは自分を見つめていたものの人となりをいち早くかぎとると、ほっとした。人を見る目は、ある意味、人よりもするどい。

頭をあげ、横だおしになっていた体をもぞもぞふせの姿勢《しせい》にすると、急に小さくあえいだ。弱りきってはいても、舌《した》を出すと笑った顔になる。

玄祐《げんゆう》ははじめてムツキの頭にふれ、それから静かに背中《せなか》をなでてやった。手のひらに背骨《せぼね》がごつごつふれる。

こんぴら狗《いぬ》なのに、どうしてだれも食べものをやらなかったのか……。

いぶかしく思いながら、玄祐は首からさげた布袋《ぬのぶくろ》をさぐり、托鉢《たくはつ》に使う鉢《はち》をとりだすと竹筒《たけづつ》にのこっていた水を全部そそぎいれた。

さしだされた水を、ムツキはためらうことなく飲んだ。音を立てて飲みつくした。空《から》になった鉢をいつまでもなめつづけるムツキのひとみに、少しずつ光がもどってくる。

その光に勢《いきお》いをえて、玄祐は袋からにぎり飯《めし》をとりだした。今朝《けさ》、宿の女将《おかみ》がもたせてくれたものだ。ひとつを半分に、それをさらに細かくしては黒い鼻先にさしだすと、そのたびにムツキはぺろりとなめとった。

ムツキはもっと食べたそうだった。それだけ元気が出たということだ。だが、急にたくさん食べては体に悪い。玄祐《げんゆう》は心を鬼《おに》にして、のこり半分はしまった。

それから、若《わか》い僧《そう》は長いあいだ、座禅《ざぜん》でも組むように、ムツキの横にただただすわっていた。飢《う》えたあとで急にあたえた水とにぎり飯《めし》が腹《はら》に落ちつくのを、ゆっくりとまってやったのだ。

だいぶたってから、玄祐はすくっと立ちあがった。

「歩けるな？」

玄祐にひと言《ひと》、念をおされると、ムツキは歩くことができた。

一人と一頭は、つかずはなれず坂道をおりていった。

水口宿《みなくちしゅく》までは、なだらかな山あいに、だらだらと田舎道《いなかみち》がつづく。本来の元気はなかったが、ムツキはけんめいについていった。

太陽が西の空にうつるころ、行く手に水口城《みなくちじょう》が見えてきた。ぽつぽつと民家があらわれ、宿場《しゅくば》にさしかかった。

玄祐は一軒《けん》ごとに立ちどまって、般若心経《はんにゃしんぎょう》をとなえだした。

「かんじーざいぼさつ、ぎょうじんはんにゃはらみたじ、しょうけんごーおんかいくう……」

たいていは間《ま》もなく家のなかからだれかが出てきて、ささげもつ鉢《はち》にお布施《ふせ》を入れ手をあわせるが、留守《るす》なのか留守をよそおっているのか、最後までだれも顔を見せないこともある。それでも玄祐《げんゆう》は心をこめて最後までお経《きょう》をとなえ、深く一礼して次の家へとうつってゆく。

「かんじーざいぼさつ、ぎょうじんはんにゃはらみたじ……」

最初はじっとまっていた。そのうち、そわそわしはじめた。ついで、うろうろするようになった。ムツキはすぐに托鉢《たくはつ》にあきてしまった。

経をとなえているあいだ、玄祐ははなから犬の存在《そんざい》など忘《わす》れている。笠《かさ》にスズメがとんできて、チュンチュン、さえずったこともあったが、微動《びどう》だにしなかった。心ははるかかなたに遠のいている。

ムツキは少しはなれたところまで、のそのそ歩いていってはもどってきたが、玄祐は同じ門口《かどぐち》に立っている。動いたとしても、二、三軒《けん》先の家あたりまでである。もっと遠くまで足をのばしもどってきても、やはり同じ場所で、「ぎゃていぎゃてい、はらぎゃてい……」などと、うなっている。

そのときだ。さっとムツキの耳がとがった。

家並《いえな》みの日陰《ひかげ》をたどる三毛猫《みけねこ》を見つけたとたん、ムツキは猛然《もうぜん》とかけだした。ついさっきまで、打ちひしがれ、飢《う》えかけていた犬とは思えない瞬発力《しゅんぱつりょく》だ。動物の底力にはおどろくべきものがある。

だが、ムツキは猫の相手ではない。猫はこの町をよくよく知りつくしている。するりと路地にはいったら、塀《へい》をかけあがり、屋根にとびうつり、とびおり……忍者《にんじゃ》のようにすがたを消す。挑発的《ちょうはつてき》に、においだけはたっぷりとふりまいて……。

ムツキはくやしそうに自分のしっぽを追いかけ、その場でくるくる回転した。それから、においをたどろうと鼻を地面につけんばかりにして、くんくん、かぎまわった。すると、そこらじゅう、新しいのや古いのや、猫のにおいだらけだとわかった。鼻を地面にこすったまま、あっちへこっちへ、足早に歩いていった。

水口《みなくち》はおもしろいかたちの町だった。街道《かいどう》は町の入り口で三本に分かれ、それぞれの通りに旅籠《はたご》や店をつらね、並行《へいこう》して町のなかを通っている。街道一本をはさんで発《はっ》展《てん》したほかの宿場《しゅくば》とはことなり、ひじょうにわかりにくい町だった。

猫《ねこ》のにおいをたどるのにあきてしまうころ、ムツキは完全に迷子《まいご》になっていた。

夕焼けの赤みがうす墨《ずみ》にのまれてゆくと、急に街路は暗くなった。どこの旅籠《はたご》もせわしなく戸じまりをはじめるころ、ムツキはとぼとぼと高札場《こうさつば》へやってきた。公《おおやけ》の知らせを記した木の札《ふだ》をかかげる場所である。

あの男のにおいが、そこここに、のこっていた。しかし、においをたどる元気はもうなかった。

あたたかい夜だった。ムツキは高札場をかこむ柵《さく》によりかかって、すわりこんだ。心も体もくたびれはてている。ずるずると前脚《まえあし》が地面にのびた。脚をおり体を丸めると、あごはすぐにしっぽの上に落ちた。

街道《かいどう》から急ぎ足で宿場《しゅくば》へはいってくる人影《ひとかげ》があった。その足音でムツキは目ざめ、顔をあげた。男は大きな四角い箱をせおっていたが、人足《にんそく》ではなかった。その証拠《しょうこ》に、やけにはでな着物をまとっている。

高札の下をすぎようとして、ふと足をとめ、首をかしげてムツキを見た。

ムツキは、ぴっと耳を立て、身がまえた。もしかしたら、すぐにでもにげださなけ

ればならぬ相手かもしれない。

「へぇ、こんぴら狗《いぬ》じゃねぇか。話にきいたこたぁあるがよぉ、見るのは、はじめてだぜ」

とっくり拝見《はいけん》、とでもいうのか、男は地面に膝《ひざ》をついた。

「で、連れはいねぇ……ってわけだ」

くるっとあたりを見まわした。

「天下のこんぴら狗がよぉ、野宿ってぇのは感心できねぇ」

べらんめえ調は、どうやら江戸《えど》の男だ。

「おっ、ついてきな。この先に、前にもとまった木賃宿《きちんやど》があらぁ。飯《めし》、炊《た》いてやっからよ。ほら、こっちだ」

木賃宿というのは、朝夕の食事も風呂《ふろ》もない安宿だった。客は薪代《まきだい》をはらって、持参した米や野菜などを自炊《じすい》するしくみである。

男はムツキがこれまでつきあったことのない類《たぐい》の人間のようだった。が、悪いやつでもなさそうだ。ほかにあてもない。ムツキはのっそり腰《こし》をあげ、長々とのびをしてからついていった。

男のせおった荷物は大きかったが、たいして重そうではなかった。男は、ひょいひょい、先を急ぐ。ときどきうしろをふりかえり、ムツキがちゃんとついてきているのをたしかめた。

男はその木賃宿《きちんやど》へ最後にとびこんだ客だった。やとわれの中年女が、今まさに戸を閉《し》めようとしているところへ、やっと間《ま》にあい、板戸を手でおしもどすようにしながら、ついてきたムツキを先に通した。

「あかん！　犬なんぞ入れて。出しとくれ」

女はどなった。

宿のなかは外より暗いくらいだったから、ムツキはただの犬にしか見えなかった。

「ってやんでぇ。首の袋《ふくろ》を見てくんねぇ。こんぴら狗《いぬ》だぜ。追いだそうってか？　金《こん》毘羅《ぴら》さんのバチがあたらぁ」

こうして、ムツキはその夜の宿と食べものにありついた。

夜が明けると、朝日のもれいった木賃宿には、きのうの男のほかに行商人がもう一人、旅芸人の親子と、女の巡礼《じゅんれい》が数人いた。朝から米を炊《た》くもの、昨夜ののこりですますもの、それぞれだったが、みんながムツキに少しずつ食べものをさしだした。そして、朝飯《あさめし》をおえるが早いか、ばらばらと街道《かいどう》へ散《ち》ってゆく。

昨夜の男も身支度《みじたく》をととのえ立ちあがった。頭には白い手ぬぐい。藍染《あいぞ》めの着物は、やたらと大きな丸い模様《もよう》が目ざわりなほどだ。売りものを入れた四角い木箱は、せおうと男の頭と同じくらいの高さになる。箱の左右には「登龍万能丸《とうりゅうばんのうがん》」と書いてあった。

男の名前は孫市《まごいち》。にせ薬の行商人であることは、だれよりムツキがかぎあてただろう。ムツキのきらっている漢方薬《かんぽうやく》のにおいは、男からも、男の荷物からもみじんも感じられなかったからだ。

孫市は宿《やど》を発《た》つと、主に山間部の民家を一軒《けん》一軒、たずねてまわった。宿場《しゅくば》ではとまるだけで、商売はしないことに決めていた。山や田畑で働く人々は、日々の生活に追われ世間の事情《じじょう》にはうとかったが、宿場の人間は、東海道《とうかいどう》を行き来する旅人から日常的にさまざまな情報《じょうほう》を仕入れている。にせの薬売りが少なくないことも、知られている可能性《かのうせい》があった。

しかし、孫市はその事実をまず明かしておいて、それからだましにかかるという手のこんだことを常套手段《じょうとうしゅだん》にしていた。

「ちょいとごめんなすって。前にもここへ薬売りが来たこたぁあるだろう?」

医者にかかるよゆうはない。いや、そもそも医者などいない田舎《いなか》では、体調をくずせば、まずは売り薬にたよる生活だ。答えが「ない」ということは、まずなかった。

「で、そいつから薬は買ったのかい?

そりゃあ、まずいぜ。知らねぇのかい、にせ薬が出まわってんだ。いちおう、疑《うたが》ってはみたのかい?

ええー? のんきだね。人がいいね。バカがつかぁ。

そいつを飲んだことはあるのかい? 飲んで病気はなおったのかい?

そりゃあ、運がよかったぜ。ほっといてもなおる程度《ていど》の病気だったってことだ。

で、その薬、まだのこってんのかい? どれ、見せてみな。

ほれ、思ったとおりだ。正真正銘《しょうしんしょうめい》のにせものだ。かえって腹《はら》をこわさぁ。すてちまいな。おっ、面倒《めんどう》だろ。おれがすてててやらぁ」

べらんめえ調でまくしたてられると、世間知らずの田舎者たちはすっかり気《け》おされ、まるで悪いことでもしたように、しょんぼりしてしまう。

「ところで、登龍丸《とうりゅうがん》は知ってるよな？

　こりゃ、おどろいた。江戸《えど》の青雲堂《せいうんどう》、秘法《ひほう》の妙薬《みょうやく》だぜ。えっ、きいたこともねぇのかい？　咳《せき》や痰《たん》や、胸《むね》の病《やまい》はなんでもひと晩《ばん》でなおるっていう妙薬よ。それだけでもありがたーい薬によ、二匙《さじ》、三匙、四匙、生薬《しょうやく》をたしてよ、今年かぎりの万能薬《ばんのうやく》をつくったってぇじゃねぇか。青雲堂は人だかりで店がゆれるって、もっぱらのうわさよ。

　おれもおっとり刀でかけつけてみたっけが、生産が間《ま》にあわねぇ、とくらぁ。ふた月もまたされて、ようやく手に入れたのが、ほら、これだ。

　胸の病はもちろんのこと、頭痛《ずつう》にめまい、立ちくらみ、腹痛《ふくつう》、便秘《べんぴ》、暑気《しょき》あたり……なんでも来いの登龍万能丸《とうりゅうばんのうがん》。さすがに買わねぇって手はねぇだろう。

　さて、ここでばかり油を売っちゃあいられねぇ。おまえんとこにゃ、まじめに話をきいてもらった礼に、うんと安くしといてやらぁ。一袋《ふくろ》五十文《もん》だ。しつこいようだが、なんにでもきく万能薬よ。この際《さい》、二袋にしねぇかい？」

　孫市《まごいち》は、一袋売れると門口《かどぐち》でまっているムツキの頭をひとなでし、「ふんふん」と、うなずいた。二袋売れるとふたなでし、「よし、よし」と、機嫌《きげん》がよかった。五袋《ふくろ》もまとめ買いする気前のよい家から出てくると、頭と耳をめちゃくちゃにかきまわした。

人里《ひとざと》から人里へ一日歩きまわり、宿場《しゅくば》の木賃宿《きちんやど》へ転がりこむ。翌日《よくじつ》も同じようにして次の宿《しゅく》へうつる。これが男の商売のやりかただった。

孫市《まごいち》は最終的には大坂《おおさか》を目指していた。日に一駅しか進まぬとしても、水口《みなくち》から大坂まで、八日もあればじゅうぶんな距離《きょり》である。それが今回、さらにまだるこしい旅になったのは、ムツキと出会ってから二日目のこと、草津《くさつ》へ向かうとちゅうでムツキがたおれたからだ。孫市ががらにもなく、回復《かいふく》するまでムツキにつきあったからだ。

その朝、ムツキはだされたものをほとんど食べなかった。前の晩《ばん》にはよろこんでたいらげたあとも、しっぽをふってさらにねだっていたのに、孫市が飯《めし》わんを鼻先にもっていっても、つっと顔をそむける。

「なんでぇ、おれの炊《た》いた飯が食えねぇか？

ちぇっ、まぁ、いいか……。腹《はら》がへったら、そういいな。とちゅうで食えるように、にぎっといてやらぁ」

だが、どこまで行っても、ムツキは腹がへった、とはいわなかった。

異変《いへん》はじょじょにあらわれた。

まずは歩くのがおそくなった。頭をたれ、しっぽをたれ、とぼとぼついてくるようになった。孫市《まごいち》がどこかの家にあがりこみ、にぎやかに商売をはじめるころ、ようやく追いついて門口《かどぐち》にじっとふせていた。

そのうち、まんまと薬を売りつけた家からほくほく顔で出てきても、ムツキのすがたは見あたらない。孫市は通りの真ん中に立ち、首を右に左にのばし、遠くから小さな犬のすがたが、のろのろ近づいてくるのをまつようになった。

「ほれ、見やがれ。よたよたしやがって。ちゃんと食わねぇからよ」

あらためてのこりの飯《めし》をやろうとするが、ムツキは鼻にしわをよせ、あからさまにいやな顔をする。

そして、ついにはある百姓家《ひゃくしょうや》の前で、うずくまったまま動かなくなった。

長旅のつかれとご隠居《いんきょ》を失った痛手《いたで》が、今ごろになってムツキをひきずりたおしたのだ。

孫市はあせって、やせた尻《しり》をけとばさんばかりにムツキの横で足ぶみした。

「おい、立てよ。立てってば。こんなところでおっちんじまうつもりじゃあるめぇ。

おめぇの子守りじゃねぇんだ。つきあってられっかよ。商売にならねぇじゃねぇか。ほら、行くぜ」

ムツキはうらめしげな目をちらちらさせるだけで、ぴくりとも動く気配はない。

「好きにしろ。いいか、知らねぇからな。おいてくぜ」

捨《す》てぜりふをはくと、孫市《まごいち》はふだんよりも足早に去っていった。

ムツキは悲しげな目を閉《と》じ、ため息をついた。鼻先の地面から、ふっ、と土ぼこりが立った。

ドス、ドス、ドス……。

腹《はら》にひびく足音とともに、孫市はすぐにもどってきた。去っていったときより早足だった。

荒々《あらあら》しい息をはきつつ、いまいましげにムツキをにらみつけていたが、ドスッ、と地面をひとけりすると、「わぁー!」とも「うー!」ともつかぬ奇声《きせい》をあげ、目の前の百姓家《ひゃくしょうや》へかけこんでいった。留守番《るすばん》の老婆《ろうば》が暇《ひま》にまかせ、孫市のお株《かぶ》をうばってしゃべりまくったすえ、ようやっとにせ薬を一袋《ふくろ》だけ買った家だった。

ムツキはこの家に六日間、世話になった。

「こんぴら狗《いぬ》といっしょやと、なんではよういわんかった？　犬がここで死んでみい。金毘羅《こんぴら》さんのバチがあたるやろ」

老婆《ろうば》は甲高《かんだか》いかすれ声でさけんでから、手のひらをすりあわせムツキをおがむようなかっこうをした。

母屋《おもや》の土間《どま》はせまかったが、そこに稲《いな》わらをしいてムツキの寝床《ねどこ》をしつらえた。老婆が、ではない。有無《うむ》をいわさず、老婆が孫市《まごいち》にしつらえさせたのだ。

「死なせるわけにゃいかん。なんとしても、死なせたらあかん。はよ納屋《なや》からわらをとってきい。ここにしいて寝かせたれや。それじゃあ、たりん。もっと厚《あつ》く。もっとや。

まずは粥《かゆ》を炊《た》いてやるわ。ほれ、かまどに火をおこさんかい」

最初、孫市はこの家にムツキをおしつけたら、自分はにげようと思っていた。犬はこのまま死ぬかもしれない。が、もし元気になったら、宿場《しゅくば》まで連れていけばすむことだ。だれかが大坂《おおさか》方面へ連れていくだろう。

なのに……どこでどうまちがったか、にげだすきっかけをのがした。

粗末《そまつ》だが朝晩《あさばん》の食事が出た。囲炉裏《いろり》の横にはせんべい布団《ぶとん》もしいてくれた。食事なし、風呂《ふろ》なし、筵《むしろ》に雑魚寝《ざこね》の木賃宿《きちんやど》より居心地《いごこち》はよかった。昼間は、これまでふみこんだことのない、山あいや川ぞいの民家をまわって行商し、夕方早くにはもどってきた。木賃宿への支払《しはら》い分を老婆《ろうば》にわたせばいいと思うと、さほど気もつかわなかった。

家族は老婆と、その息子、孫の三人だけの小さな家だった。老婆が口うるさい分、息子は無口だった。朝から晩《ばん》まで畑ですごすと、あとは食べて寝るだけ。こんぴら狗《いぬ》にも、薬売りにも、まったく関心をしめさなかった。

孫は男の子で、六、七歳に見えた。ふだんは父親と畑に行きかんたんな農作業《のうさぎょう》を手伝ったり、ひとり遊びをして退屈《たいくつ》することもなかったが、ムツキが来てからは、日がな一日、しきわらの横にしゃがみこんでいた。じっとムツキを見つめていた。

ムツキは最初、ほとんど身動きもせずそばにいるだけの男の子を、景色《けしき》の一部のように感じていた。えらんでこの家においてもらったわけではないが、この場所で元気になるまで休んでいてもいいのだ、と素直《すなお》に思えたのは、この景色のせいだったかもしれない。

そのうち、男の子はそうっと手をのばし、遠慮《えんりょ》がちにムツキをなでるようになった。まずは頭を、ついで肩《かた》、背中《せなか》を……。

するとと、自然にムツキのしっぽがゆれた。

老婆《ろうば》がしゃにむに食べさせようとする粥《かゆ》や煮《に》ものが栄養になったのはたしかだが、それよりは、しっぽをふる数がふえればふえるほど、ムツキは生きかえり、元気をとりもどしていった。

あるとき、男の子は、孫市《まごいち》におずおずといった。しばらく考えていたことを、ようやっと口にした、というふうだった。

「おじさん、薬売りなんやろ？　なんにでもきく薬なんやろ？　犬にはやらへんの？」

「そ……そりゃあ、犬と人じゃあ、薬がちがわい」

「犬には小豆《あずき》がきくって、ほんま？」

「知らねぇよ、そんなこと」

「ばあちゃんは、小豆煮て食べさせとる」

「ふーん、そうかい」

「おじさん、もっと前に来てくれたらよかったのに……。そしたら、死なんでもすんだやろ、かあちゃん……」

そういう話はききたくない。考えたくもなかった。

孫市《まごいち》はおおげさに頭をひねった。

「どうだかな。重い病気にゃ……。かならずなおると約束はできねぇ。それより……」

無理にも話題をかえにかかった。

「こいつは元気になったら金毘羅《こんぴら》参りよ。助けてやったかわりによ、金毘羅さんにかなえてほしい願いかなんかねぇのかい？」

「えっ？　この犬が、お願いしてくれはるの？」

「そりゃあ、してくれるだろうさ。世話になってんだしよ」

男の子はムツキを見おろしたまま、しばらく考えていた。

「ばあちゃんが、いつまでも元気でおるように。それから、前みたいに……とうちゃんに笑《わろ》うてほしい」

「へぇー、あのむっつりが？　昔は笑ったのかい？」

「かあちゃんが死んでからや」

「ん……じゃ、犬によくよく、たのんどきな」

孫市《まごいち》は、ふいに立ちあがった。

「ばあさん、今夜はなに、食わせてくれるんでぇ？」

炊事場《すいじば》に向かって大声をあげながら、自分のことはなにひとつ願わないんだな、と思った。


ムツキはようやっと元気をとりもどすと、相変わらず、薬売りと東海道《とうかいどう》をたどっていった。

大津宿《おおつしゅく》をすぎると、次は東海道の終点、三条大橋《さんじょうおおはし》だ。しかし、孫市は京《きょう》の都《みやこ》へははいらず京街道《きょうかいどう》へそれた。京と大坂《おおさか》をむすぶ街道である。

水運の大動脈《だいどうみゃく》、淀川《よどがわ》にそった京街道は、どこの宿場《しゅくば》も、川船の発着、乗船客の乗りおり、荷の上げ下ろしなどで大にぎわいだった。が、ここでも孫市は、ひなびた田舎《いなか》をえらび、にぎにぎしく商売に精《せい》を出した。

世なれない人たちは、「ほい、ごめんなすって」と、はいってくるなりしゃべりたおす、男の口八丁《くちはっちょう》にあっけにとられる。気がついたときには、薬を買わされぼうぜんとして、外でまっているのがこんぴら狗《いぬ》だとは、ほとんど気づかなかった。だから、ムツキはのんびりした気分だった。

体力だけでなく犬らしい好奇心《こうきしん》ももどってくると、もとどおり猫《ねこ》を見れば猫を追いかけた。猫どころか、タヌキやキジやヘビ……追いかけたくなるものがいくらでもいた。

しかし、なにを追っても、たいていはとりにがす。ムツキはくやしいのをとりつくろうように、大きなあくびをしたり、チャチャチャッ、と耳をかいてから、もうもどらなくちゃと思う。すると、自分の走ってきたあとをたどるのも、孫市《まごいち》が移動《いどう》したにおいを追うのも、人気《ひとけ》のない田舎道《いなかみち》ではたやすかった。

だが、そんな旅にも終わりが来る。

水口《みなくち》から十三日目のこと。京街道《きょうかいどう》の終点に近づくと、孫市はにわかに浮《う》き足立《あしだ》った。商売はそこそこに、昼すぎには大坂城《おおさかじょう》を半周するようなかたちで谷町筋《たにまちすじ》へとはいっていった。

ムツキは、はぐれるのをおそれ、おどおどしながら人ごみのなかをついていった。

どこをどう歩いたのか、わからなかった。せわしく行きかう人や荷物に、鼻先をぶちあてるようにして、いっしょうけんめいついていくと、孫市《まごいち》はここを目指していたのだろう。一軒《けん》の茶屋の暖簾《のれん》をためらうことなくはねあげた。

「おーい、オソノ！　オソノ、いるかぃ？　おれだ。孫市でぇ。おーい！」

店の奥《おく》に向かってなれた調子でよびかけると、言葉にならぬ声をあげながら、バタバタ、走ってくる足音がした。

「いやぁ、ほんまに市はん。どこ行ってたん？　長いこと顔、見せんで」

オソノははだしで土間《どま》にとびおりると、孫市にだきついた。

「まあ、まあ」

と、女の腕《うで》をふりほどいて、孫市は背中《せなか》の荷物をおろした。

「相変わらずのべっぴんや」

「なにいうとるん。なかなか来てくれへんさかい、そのあいだにしわがふえたわ」

「そんなこたぁ、ねぇ」

「旅、どやった？」

「まぁまぁってとこだが……にせ薬を売るのは、もうやめにすらぁ。ちっとばかしやましい気分になっちまった。第一、商売道具のこの着物、暑くってたまらねぇ。なにかめぼしい品をおろしてくれるところを知らねぇか？」

「ああ、なんぼでも知ってるよ。けど、なんなん、市《いち》はん。久《ひさ》しぶりやのに。商売の話なんか、あとにせぇへん」

二人がいちゃついている足もとで、ムツキは首を右、左、右、とふって二人を見くらべた。

そのうちムツキに気づいたオソノは、「あれぇー」と、黄色い声をあげた。

「こんぴら狗《いぬ》やね。市はんが連れてきたん？」

「おお、水口《みなくち》からや」

「まさか、金毘羅《こんぴら》はんまで連れていくつもりなん？」

「ってやんでぇ。幾日《いくにち》も船なんざ乗れるかい。商売にならねぇ」

「金毘羅船の出船所《でふねしょ》なら、淀屋橋《よどやばし》にあるさかい、ちょっとよって、おいてきたらよかったやん」

オソノは久しぶりに会う男を一人じめしたくて、犬などさっさと手ばなしてほしいのが見え見えだ。

「どないする？　道頓堀《どうとんぼり》と長堀橋《ながほりばし》の南詰《みなみづめ》にも出船所あるやんか。こっからやったら、長堀橋《ながほりばし》がいちばん近いさかい、そこ、行こ」

「おっ、じゃあ、今からそこへ連れていかぁ」

「うちも行く」

オソノはあらためて下駄《げた》をつっかけると、ちょうど使いに出していた小僧《こぞう》がもどってきたのをつかまえて耳打ちした。

「ちょっと出てくるさかい、女将《おかみ》はんにゆうといて」

オソノは孫市《まごいち》の腕《うで》をぎゅっとつかみ、ひっぱるようにして雑踏《ざっとう》を案内していった。

ムツキはわけもわからず、きょろきょろしながら二人のあとを追った。

ほどなく長堀橋に着いた。長堀川の船つき場では、停泊中《ていはくちゅう》の船が荒々《あらあら》しく荷の上げ下ろしをしていた。川ぞいには船宿や料理屋などがたちならび、大勢《おおぜい》の人が行きかい、もの売りの声がさわがしい。ムツキはあまりの活気におそれをなした。

オソノは「金毘羅出船所《こんぴらでふねしょ》」ののぼりを出している船宿を指さした。

「あそこは面倒見《めんどうみ》がええんやて。これのこと、船頭《せんどう》はんにたのみなはれ」

あごでムツキをさしていった。

孫市《まごいち》が船宿の亭主《ていしゅ》にかけあうと、金毘羅船《こんぴらぶね》の船頭《せんどう》は今、二階で寝《ね》ているところだという。船が出るまでは亭主が責任《せきにん》をもってあずかる、とうけおった。

ほっとした孫市は言葉をついだ。

「おれのあとを追ってくるといけねぇ。船に乗せるまで、つないどいてくれねぇかい。あ、それと、しばらく水をやってねぇんだ。飲ましてやってくれ」

水をはった桶《おけ》を目の前に出されると、ムツキははじめて喉《のど》のかわきに気がついた。今朝《けさ》、木賃宿《きちんやど》で飲んで以来だ。

はでに音を立て、わき目もふらず、むさぼるように飲んだ。

ようやっと飲みあきて、舌から、ぽとぽと、水をたらしながら顔をあげたときには、孫市は女と人ごみのなかへ立ちさったあとだった。

第七章

船の旅

五月十三日

金毘羅船《こんぴらぶね》は木津川《きづがわ》の川口《かわぐち》で風をまっていた。

中空《ちゅうくう》に十三夜《や》の月がまぶしい。すっかり凪《な》いだ真夜中の海面に、月明かりが船ばたまで真っ白いすじをひいていた。あたりには同じように風をまつ何十隻《せき》もの船が、遠くに、近くに、ぼんやりと影《かげ》を落としている。まるでねむっている水鳥の群《む》れのようだった。

長堀橋《ながほりばし》の出船所《でふねしょ》に川船が用意されたのは、日が落ちてからだった。町中の堀川《ほりかわ》にはいくつもの橋がかかっているため、大型船《おおがたせん》は通行できない。川口に碇泊《ていはく》している金毘羅船まで、船頭《せんどう》が川船で乗客を案内してゆくのである。

船には二十人ほどの乗客が、すしづめになっていた。日本各地から金毘羅さんを目指し、長旅の末、大坂《おおさか》へ集まってきた人々だ。

木津川の川口では、百石積み《ひゃっこくづみ》（石《こく》は大きさの単位で、約一八〇リットル。和船《わせん》の大きさは米を何石積めるかで示した。百石船《ひゃっこくぶね》は全長およそ一〇メートル）の金毘羅船がまっていた。ここから直接金毘羅船に乗りこむ客もおり、乗客は総勢《そうぜい》四十人ほどになった。

「縁起《えんぎ》がええで。ほれ、こんぴら狗《いぬ》やぞ。おまえらみんな、面倒《めんどう》みてやれ」

金毘羅船《こんぴらぶね》に乗りうつった船頭《せんどう》は、船でまちうけていた四人の水主《かこ》と乗客に向かって、ムツキを高々とかかえて見せた。

「ほぉー」と、感嘆《かんたん》の声があがった。

こんぴら狗《いぬ》を見るのは、みなはじめてだった。

まもなく船は船つき場をはなれた。が、風はない。さっそく風待ちになった。

夜もふけている。人々は屋根の下や、屋根のないところでは苫《とま》（雨露《あめつゆ》を防《ふせ》ぐための、菅《すげ》や茅《かや》でつくったおおい）の下で、せんべい布団《ぶとん》に横になったり、お互《たが》いにもたれあったりしてねむりこけた。水主たちも船乗り用の小部屋で横になった。

船頭の足もとで、ムツキはときどき目を開いては小さなため息をついた。

こんなに大きな船に乗せられたのは、はじめてだった。薬売りと別れてから旅に転《てん》機《き》がおとずれたのは感じていたが、それがどういうことか、わかるはずもない。なれぬ環境《かんきょう》にとまどうばかりだ。ごそごそと体の向きを変えては目を閉《と》じたが、ぐっすりとはねむれなかった。

明けがた近く、にわかに船のなかがさわがしくなった。ムツキもなにごとかととびおきた。

「風や！」

船頭《せんどう》がわれるような声をはりあげるやいなや、水主《かこ》たちははねとぶようにして持ち場についた。体重をあずけて綱《つな》をひき、帆《ほ》をあげる。強い風ではなかったが、帆はあげるそばから音を立てて東風をはらみ、船はゆっくりと進みだした。

ムツキは男たちのはげしい働きぶりにおそれをなした。おどおどしながらにげまどったが、乗船客たちは、ようやく船が動きだしたのを見ると、手をたたいてよろこんだ。

天候《てんこう》に左右されるとはいえ、順調に行けば四、五日。幸運にめぐまれれば二日ほどで、金毘羅《こんぴら》さんのおひざもと、丸亀《まるがめ》につくという。人々の心は早くも讃岐《さぬき》へとんでいた。

夜が明けるころ、水主見習いが飯《めし》を炊《た》いた。十三、四歳《さい》の男の子だ。漬《つ》けものだけがのった粗末《そまつ》な朝飯《あさめし》だったが、腹《はら》がくちくなると人々は自然と口が軽くなり、互《たが》いに言葉をかわし、なかには早々と、「金毘羅船々追手《こんぴらふねふねおいて》に帆かけて、しゅらしゅしゅしゅ……」（金毘羅船が追い風をうけて航海する様子を歌った民謡《みんよう》）と、歌いだすものもあった。

ムツキも、のこり飯をもらった。

「おい、こっちゃ来い」

「おいで、おいで」

このころになると、ムツキはあちらこちらから声をかけられるようになった。

船のゆれにふらつきながら、乗客の足や荷物をよけたりまたいだりして、手まねきする人に近づいてゆくと、かならず船出前に買いおいた饅頭《まんじゅう》や団子《だんご》などがもらえた。

人は動物に餌《えさ》をあたえることが大好きだ。動物はあえて、それをこばまない――というわけで、ムツキは次から次へたらふく食い、しっぽをふり、頭をなでてもらい、最後には船頭《せんどう》の足もとにもどってきて、ゲー、とはいた。

「犬にあんまりやったらいかん」

船尾《せんび》に立つ船頭が、大声でいいわたした。

「おまえらもそうだ。船になれんもんが、食いすぎてゆられてみ。船酔《ふなよ》いするで」

ムツキは胃《い》が空《から》になると少しは気分が楽になったが、うす目を開いたまま丸まって、頭がくらくらするのを、ひたすらがまんしていた。

午《うま》の刻《こく》（午前十一時ごろ）になるころ、風が弱まった。さらには、潮《しお》の流れが逆《ぎゃく》になっていた。船は明石海峡《あかしかいきょう》の手前で錨《いかり》をおろし、潮の流れが変わるのをまつことになった。

大坂湾《おおさかわん》から瀬戸内海《せとないかい》にはいるには、どうしても明石海峡《あかしかいきょう》を通ることになる。潮《しお》の満ち引きにつれ海水が東へ、西へ通りぬける海峡は、潮の流れがはやい。ときによってはうずをまく場所さえある。風だけがたよりの一枚帆《まいほ》の船が、潮にさからって進むことは不可能だった。

人々は文句《もんく》もいわず、じっとまった。すでに船旅につかれ口かずも少ない。ときどきは立ちあがって腰《こし》をのばし、あたりの景色《けしき》を見まわした。六甲連山《ろっこうれんざん》のなだらかな山々を背《せ》にすると、はるか前方には淡路島《あわじしま》が悠然《ゆうぜん》と横たわっている。

金毘羅船《こんぴらぶね》では一日二食だったが、早めにくばられた夕食は、朝飯と同じ簡素《かんそ》なものだった。今回は、ムツキはほとんど分けまえをもらえなかった。

日が落ちるころ、船頭《せんどう》の「行くぞ！」のかけ声で、水主《かこ》たちが勢《いきお》いよく帆をあげた。

風は弱いが風向きはよく、船は潮にのって進みだした。夕日に照らされ、遠くに、近くに、いくつも白帆《しらほ》が見える。みな明石海峡を目指す船だ。

海峡を通過したのは日が暮《く》れてからだった。早瀬《はやせ》のような潮の流れは、船をゆさぶりながらおしながした。布団《ふとん》をしきつめ、横になっているものもいたが、だれ一人としてねむれなかった。気分の悪いものも何人もいた。じっと横になっていられず、ひざがしらに頭をふせたり荷物によりかかったりして、たえるほかない。

ムツキも気持ちが悪いのをもてあましていた。胃が空《から》だったので、はくことはなかったが、体を丸めひたすらじっとしていた。

「昔から、船酔《ふなよ》いには小便《しょうべん》がきくいうんや。飲んでみまい」

船頭《せんどう》がなかば本気でいうと、みな言葉もなく顔の前で手をふったり、「めっそうもない」と、つぶやいて、ますますぐったりしてしまうのだった。

内海《うちうみ》にはいり、江井島沖《えいがしまおき》に達したのは夜もふけたころだった。錨《いかり》をおろし、朝をまつことになった。無事に海峡《かいきょう》をぬけたので、みなほっとして、せんべい布団《ぶとん》につっぷしてねむりについた。

見習いの少年が小声でムツキをよび、とりおいたにぎり飯《めし》をそっとさしだした。

「今なら食っても、酔わんやろう」

腹《はら》をすかしたムツキがむさぼり食うのを、少年はじっと見つめていた。それから、頭や耳をひとしきりなでてやった。

「うちのそばに、おまえによう似《に》た犬がおった。しょっちゅう、いっしょに浜《はま》までかけていって、遊んだもんや。砂《すな》をかいて、貝やらカニやらほりだすのが好きやった。とうに死んだやろうな」

少年は遠い目をして、しばらくムツキをだいていたが、そのうち太い首にもたれ、こっくり、こっくり、船をこぎだした。

くりかえし見る夢《ゆめ》を、少年はまた見はじめていた……。

おさないころの、貧《まず》しくとも幸せな日々だ。遊び仲間は同じ年ごろの、漁師《りょうし》の息子たちだ。浜《はま》へ、森へかけていって、くんずほぐれつ遊んだ。いつも犬がいっしょだった。

場面がふと変わると、枯《か》れ葉《は》のような小さな舟《ふね》で、ひとり沖《おき》へ出てゆく父の背中《せなか》を見ていた。

父は筋《すじ》を通しものをいったことで、網元《あみもと》（漁船や網をもち、多くの漁師を使っている人）の息子に逆《さか》らうらみされ、おとしいれられ、網元に縁《えん》を切られた。網元をおそれるあまり、今では一家とかかわりをもつものはだれもいない。

「漁師にはなるな」と、父はいった。

大きな船に乗りたい、と思った。

一人前の船乗りになりたい……。

少年は正体もなくねむりこみ、ずるずると床《ゆか》に横たわった。ムツキもそのとなりに背中《せなか》を丸めてねむった。少年が寝息《ねいき》を立てるのにあわせ、ムツキもいびきをかいた。ときどき自分のいびきにおどろいて、びくっと目をさましたが、暗がりをぐるりと見わたすと、また前足のあいだにあごを落とした。

船ばたをたたく波の音が、ポチャリ、ポチャリ、やさしかった。

瀬戸内海沿岸《せとないかいえんがん》には、陸にも島にも、数えきれぬほどの港町が栄えていた。港は物流の拠点《きょてん》である。遠く蝦夷地《えぞち》（いまの北海道《ほっかいどう》、千島《ちしま》、樺太《からふと》）と大坂《おおさか》のあいだを往復《おうふく》する貨物船、北前船《きたまえぶね》も瀬戸内海を行きかった。蝦夷地からは昆布《こんぶ》やニシン、カズノコや肥料《ひりょう》などを、大坂以西からは米、酒、木綿《もめん》などを運んだという。また、当時の航海は「風待ち、潮《しお》待ち、日和《ひより》（空模様《そらもよう》、晴天）待ち」だったので、港はそのための寄港地《きこうち》でもあり、避難所《ひなんじょ》でもあった。

大坂を発《た》って以来、船から右手に見える摂津《せっつ》、播磨《はりま》の景色《けしき》は、どこまでもおだやかでのどかだった。山々は海岸《かいがん》近くまでせまっているが、どれもみな低くなだらかで、とぎれることがない。それぞれを見わけることもできない。

しかし、船乗りたちはどの山も島も岬《みさき》も、また、神社の燈火《とうか》や燈台も、その位置とかたちを徹底的《てっていてき》に頭にたたきこんでいた。船の位置を知るには、それらだけがたよりの時代だった。

翌朝《よくあさ》は雨だった。梅雨《つゆ》にはいっていた。

乗客は屋根や苫《とま》の下でじっとしているほかなく、退屈《たいくつ》しきっていた。

「ぬれるで。なかにはいっとれ」

水主《かこ》たちは何度でもムツキを苫の下へ追いやったが、ムツキはつまらなそうな顔をして、すぐに外へはいだしてくる。

江戸《えど》を発《た》って以来、毎日長い距離《きょり》を歩くのがあたり前の生活だったので、急にせまい船内に閉《と》じこめられ、とまどっていた。力があまって落ちつかなかった。

ムツキは水主たちのあとを追って歩きまわり、雨にぬれると、そのたびに耳や肩《かた》を、ちゃちゃちゃ、とかいた。ときには鼻を空に向け雨のにおいをかいでから、しょざいなげにぬれた床《ゆか》をなめた。ぶるぶる体をふるわせ、水をふりとばすときだけは力がはいった。

こうして、その日はそのまま夜になった。

「一日やそこら、足止めくうなんぞあたり前のことや。四、五日つづいても、ふしぎはないで。丸亀《まるがめ》まで十日かかったことだってあるんや」

船頭《せんどう》にいわれると、みんな、ため息をついて目を閉《と》じた。

雨は夜のうちにやんだ。

日がのぼると、雲ひとつない晴天になっていた。乗客たちはよろこんで、ぬれたものをそこらにならべたり、風に向かってふりまわしたりした。見習いの少年も布団《ふとん》を日にあてた。

「よく干《ほ》してくれよ。かゆくなっちまった。ノミがいるぞ」

だれかがどなると、ほかからも声があがった。

「そうだ、そうだ。ノミがいたぞ」

少年は、「へえ」と、頭をさげると、せまい船内に干し場所をさがした。

潮《しお》の様子を見ながら朝飯《あさめし》をすませ、辰《たつ》の刻《こく》（午前八時ごろ）に出帆《しゅっぱん》した。追《お》い潮《しお》に乗って陸ぞいに進んだ。乗客はよい天気に気持ちも晴れ晴れし、陸や島々の新緑を楽しんだ。

夕方近くになって室津《むろつ》の港に近づくころ、三人連れの男が、どうしても下船したい、といいだした。船旅にあきあきして、夜の町にくりだし羽をのばしたいのだ。

船頭《せんどう》は、しぶしぶ男たちをおろした。

「夜明けにはもどってこいよ。おいてくぞ」

しかし、当然のように、男たちはもどってこなかった。

かわりに三人連れの女を乗せることになった。はでな身なりの女たちは、年配の一人が芸者置き屋の女将《おかみ》、若《わか》い二人は芸者と見習いのようだった。

船内には、女といえば白装束《しろしょうぞく》に身を包んだ巡礼《じゅんれい》が四人、ひっそりとかたまっているばかりだったので、なまめかしい女たちが乗りこんできたとたん、男たちはどっと、どよめいた。

「なんや、じろじろ見たあかんで」

女将は高飛車《たかびしゃ》にいって、男たちに背《せ》を向けてすわった。

帆《ほ》をあげたのは、きょうも辰《たつ》の刻《こく》になるころだった。追い風、追い潮《しお》という幸運にめぐまれ、船は走るように進んでいった。

こうなると、船頭《せんどう》も機嫌《きげん》がいい。

「女将《おかみ》、得意な曲でもひとつ、やりまい」

と、いいだした。

「船旅も長くなったけん、みな、えらい退屈《たいくつ》しよる」

「せやな。たまにはお日さんの下で歌うっちゅうのも、おつやね」

意外なことに、女将はすぐに承知《しょうち》して若《わか》い二人に目くばせした。

「三味線《しゃみせん》がありゃよかったの。まずはおきまりの、これからや」

「金毘羅《こんぴら》ふねふねふね……」

女たちが歌いだすと、客が全員手をたたき、声をあわせた。

ときならぬ大合唱《だいがっしょう》にムツキは興奮《こうふん》した。頭をあげ、のどをのばして、ワンワンほえた。

「犬が合いの手を入れよる」

だれかがそういうと笑い声がおこった。ムツキは調子にのって、ますますほえ声をあげた。

昼前には、左前方に少しもやのかかった小豆島《しょうどしま》が見えてきた。潮《しお》は変わったが、追い風はかえって強くなったようだ。船頭は、とちゅうどこにもよらず、一気に下津井《しもつい》まで進む、と宣言《せんげん》した。

それをきいた女たちは、今度は下津井節《しもついぶし》を歌った。

「下津井みなとによ、錨《いかり》を入れりゃよ……とこはい、とのえ、なのえ、それそれ……」

そのうち、歌うほうもきくほうもあきてくると、日に照らされ、いねむりをはじめるものもいる。

「こっち来《き》い、こっち来い」

いちばん若《わか》い芸者見習いの娘《むすめ》が、袂《たもと》からとりだした饅頭《まんじゅう》を半分にしてちらつかせながら、ムツキをよんだ。ムツキはあぐらをかいたり、寝《ね》ころがっている男たちのあいだをすりぬけ、娘のところへかけていった。

さしだされた饅頭はふた口でたいらげ、娘が口に運んでいる、のこりの半分を穴《あな》があくほど見つめている。まっすぐな、まっすぐな、きらきら光るひとみだ。娘は食べようとしていた半分を、さらに半分にしてムツキにやった。今度はひと口で飲みこんだ。

娘は、「これはうちのや」と、ゆっくり口を動かしたが、四分の一になった饅頭はすぐに食べおわった。

娘《むすめ》の名前はオトシ。年のころは十五、六だ。

「おまえも金毘羅《こんぴら》さん、行くんけ？　まあ、江戸《えど》からかいな」

オトシは首の木札《きふだ》を読むと目を丸くした。室津《むろつ》の田舎《いなか》で育ったものにとって、江戸は異国《いこく》ほども遠いにちがいない。

そんなに遠くから、いったいだれが、どんな思いで、こんなにかわいい犬を代参《だいさん》に出したのだろう。道中の犬を、毎日さぞかし心配していることだろう。

「遠くから、えらいねぇ」

オトシはムツキの頭から肩《かた》、肩から背中《せなか》へ、くりかえし手をすべらせた。まさか自分と同じ年ごろの娘が飼《か》い主《ぬし》だ、とは想像《そうぞう》もしなかった。

しかし、いっぽうのムツキは、若《わか》い女の子に特有のしなやかな指に、いや、やさしいにおいに、ふとなつかしさをかきたてられた。だれなのか思いだすことはできないが、だれかが心の底に存在《そんざい》するのはわかったのだろう。

ムツキはそのまま、オトシのとなりに腹《はら》をふせた。

オトシはムツキに好かれたのがうれしくて、あきずに背中をなでた。

すると、それを見た女将《おかみ》がとつぜん、金切り声をあげた。

「ノミや。ほら、今ぴょんとはねたど。この犬、ノミがおるで」

女将《おかみ》のあわてように、どっと笑い声がおこった。

「わしらもみなノミ持ちだで。船の布団《ふとん》におったが」

「うつされたぁたまらん。しっ、しっ！」

女将はムツキを追いはらった。

「お母さん、うちがとったるわ」

「オトシ、やめとき。うつされたら、どないすんのん」

「べっちょない（だいじょうぶ）、べっちょない」

オトシは目の細かい櫛《くし》をとりだすと、ムツキの背中《せなか》をときはじめた。

「せっかく金毘羅《こんぴら》さんに行くんやから、きれいにして行かんと」

短毛のムツキは、弥生《やよい》にさえ毛をといてもらったことはない。最初はなにごとか、と警戒《けいかい》しあとずさったが、すぐに心地よさがわかると、ひざの花がらにあごをのせ目を細めた。

オトシが丹念《たんねん》に毛をといてゆくと、ときどきノミがびっくりしてとびはねる。細くてしなやかな指が、それを器用につまみとっては、ぷちっ、とつぶしてゆく。

指先から伝わってくる犬の体温は、子どものそれと同じだ。オトシは、おさない弟のシラミをとったことを思いだした。

長いこと会っていない。ひ弱な子どもだったが、元気でいるだろうか？

ムツキへの思いは、弟への思いと重なりいっきょに深まっていた。

小豆島《しょうどしま》をすぎると、その南には四国《しこく》がある。もしかしたら、遠くにかすんで見えるのは目指す讃岐《さぬき》なのかもしれない。が、手前には大小さまざまな島が点在《てんざい》し、重なりあい、島も陸もまったく見分けがつかなかった。

見習いの少年が乗客や荷物のあいだをぬって、次々に夕飯をくばってゆく。ムツキはあとになり先になり、少年についてまわった。客がうけとる飯《めし》わんに、つい鼻を近づける。

少年は最後に船頭《せんどう》と水主《かこ》たちに食事を出すと、自分が食べるより先に、かけた茶わんにご飯をもり、ムツキの足もとにおいてやった。

「ノミ、とってもろたんか。よかったな」

あっという間《ま》に食べおわったムツキをなでながら、少年はちらちらオトシをぬすみ見た。初々《ういうい》しさと板につかぬなまめかしさの入りまじった娘《むすめ》は、少年にはまぶしすぎる。まっすぐに目をあわせることさえできなかった。

すっかり日が落ちると、船頭《せんどう》は船尾《せんび》に立ったまま、けわしい表情《ひょうじょう》をくずさなかった。入りくんだ海岸線《かいがんせん》と直島諸島《なおしましょとう》の島々にはさまれたせまい海域《かいいき》を、ぬうように進まなくてはならない。漆黒《しっこく》の海面にぼんやりうかびあがる陸や島の影《かげ》、神社や港の燈台《とうだい》をしかと見さだめ、水主《かこ》たちに指示をとばして帆《ほ》をあやつるには一瞬《いっしゅん》も気がぬけなかった。

乗客は今夜もきゅうくつなかっこうで休んだ。せんべい布団《ぶとん》の上に横になっても、気分はちぢこまったままだ。波や風の音、帆綱《ほづな》のきしりをききながら、だれもが思いきり手足をのばしてねむりたいと思った。が、そのうちに意識は遠のいてゆく。

ムツキはオトシの横に丸くなった。オトシはだまっていつまでも頭をなでていたが、そのうちに自然と手の動きがとまる。ふっとまた、なではじめる。最後にはすとんと手が落ちると、オトシとムツキは夢《ゆめ》も見ずにねむった。

真夜中近くになって、ようやく無事、下津井《しもつい》に到着《とうちゃく》した。最後の寄港地《きこうち》である。船を船つき場に横づけすると、朝から働きづめだった船頭は、まずは自分が休みたいと思ったのだろう。下船して休みたいものは船宿に案内する、といいだした。それをきいて、われもわれもと、大半の客がぞろぞろ船をおりていった。

船は翌日《よくじつ》の昼ごろ、下津井《しもつい》をはなれた。

金毘羅《こんぴら》さんのおひざもと、丸亀港《まるがめこう》には夕方までにつけるにちがいない。乗客はみな期待に胸《むね》をふくらませ、早くもいそいそ荷物をまとめはじめた。

いくつもの小さな島のあいだをすりぬけ、前方に横たわっている本島《ほんじま》の南側へまわりこんだときだ。

「そら、見えてきたぞ！　讃岐富士《さぬきふじ》や」

左前方を指さして、船頭《せんどう》がさけんだ。

「わぁー！」と、全員が声をあげ、いっせいに立ちあがった。そのままどっとかけよって、左舷《さげん》へとりついた。ムツキはこのさわぎに、わけもわからず興奮《こうふん》し、あたりをかけまわった。

「だめじゃ。いごいたらいかん。もどれ、もどれ。船がかたむくやないか」

遠路はるばるここまで来て船がしずんでは、もとも子もない。みな、いわれるとおり、しぶしぶもとの位置にもどりはしたが、目はさされた先をじっと見つめたままだった。

天気はよかったが、遠くへ行くほど霞《かすみ》のかかった讃岐《さぬき》の山々は、これまでの船旅でながめてきた中国《ちゅうごく》地方のそれとは、微妙《びみょう》にことなるおもむきがあった。山々は同じように低いが、ほんの少しばかり起伏《きふく》にとみ、ところどころに、おむすびのような三角の山が目立つ。そのなかのひとつが、美しくもやさしいすがたの讃岐富士《ふじ》だ。

ついに讃岐までやってきたのだ。

そう思うと、乗客はみな胸《むね》の高なりをおさえることができなかった。

まもなく讃岐富士の右手に、遠くもやのなかから象頭山《ぞうずさん》が、うっすらと、うっすらと、うかびあがってきた。

「あれじゃないか？　見えるか？」

「いや、わからん」

「ほら、鼻をのばした象の頭に見えるだろ？」

「おお、あれか。あの山がそうか」

人々は指をさし、互《たが》いに教えあった。

金毘羅大権現《こんぴらだいごんげん》は、象の目のあたりにまつられているという。早くもそちらに向かって手をあわせ、おがむものがいる。

大坂《おおさか》を発《た》ってから丸五日。塩飽諸島《しわくしょとう》の島々にしずむ夕日を見送ると、まもなく丸亀《まるがめ》港《こう》だ。港の背後《はいご》には丸亀城《まるがめじょう》の天守閣《てんしゅかく》がそびえていた。

船旅での最後の食事が出た。茶わんにもった飯《めし》の上には、干《ひ》ものがひと切れのっていた。

「無事に江戸《えど》までもどるんやぞ」

見習いの少年は、自分の干ものをほぐしてムツキにやりながらいった。

「おまえがいてくれて、おもしろかった」

早くも別れをおしむように、少年はしきりにムツキの頭をなでた。

「帰りもこの船に乗れると、ええけんどな」

金毘羅船は多い。無理なのを承知《しょうち》で、少年はいってみたのだった。

ムツキは少年の手を、それから、日に焼けた童顔をぺろぺろとなめた。

太陽と潮風《しおかぜ》のしみこんだ、帆布《ほぬの》と同じにおいがする。味がする。

まぎれもない、それは船乗りのにおいだった。

第八章

金《こん》毘《ぴ》羅《ら》

五月十九日

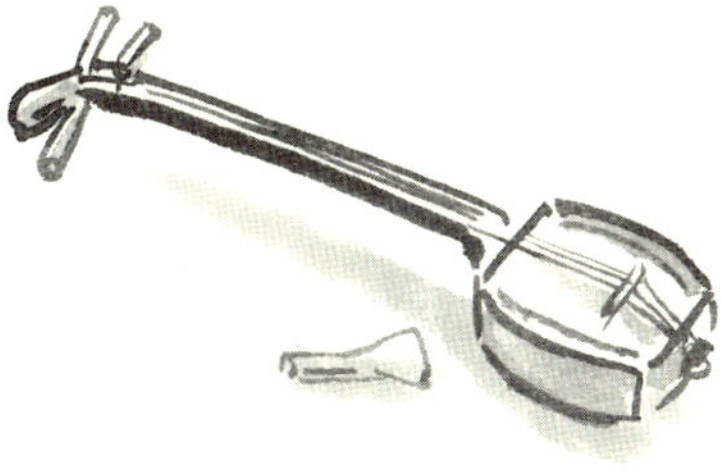

丸亀港《まるがめこう》に上陸し、宿《やど》にはいってひとねむりした人々は、朝になると、くもり空の下、三々五々《さんさんごご》、船宿を発《た》っていった。

ムツキは芸者の三人といっしょだった。

久《ひさ》しぶりに地に足をつけたよろこびに、はしゃいでも、はしゃいでも、はしゃぎたりなかった。ヒャン、ヒャン、黄色い声をあげながら、あたりをはねまわったり、全《ぜん》速力《そくりょく》でだーっ、とかけていっては、かけもどってきて、オトシに体あたりしたりした。弥生《やよい》に対してと同じような、遠慮《えんりょ》のないじゃれかただった。

また、土のにおいに飢《う》えていたように、鼻をこすり、ところかまわず、においをかぎまわった。かぎながら、どこまでも小走りに走ってゆく。もどってくると、鼻やヒゲには泥《どろ》や草の葉がくっついていた。

女たちは上機嫌《じょうきげん》で歩いてゆき、丸亀城《まるがめじょう》の先で丸亀街道《かいどう》に出た。四国《しこく》では、「すべての道は金毘羅《こんぴら》へ通ず」と、いわれる。丸亀街道もそのひとつだ。

金毘羅信仰《しんこう》にはそれほど根強いものがあり、酒樽《さかだる》に代参《だいさん》させるならわしさえあった。瀬戸内海《せとないかい》を通る船が、樽《たる》にお神酒《みき》や初穂料《はつほりょう》を入れ、「金毘羅大権現《だいごんげん》」ののぼりを立てて流すのがそれである。潮《しお》に運ばれ浜へ流れついた流し樽は、見つけたものが進んで肩《かた》にかつぎ、運んで奉納《ほうのう》したという。

女将《おかみ》はチエと並《なら》んで、楽しげにおしゃべりしながら歩いていった。うしろからついてゆくオトシは、ムツキとじゃれあってばかりだ。ひとり、おくれがちになる。

ふだんは口やかましい女将が、オトシの子どもっぽいふるまいを、しかりとばしたりしないのは、旅の解放感《かいほうかん》からだったろう。

「こんぴら狗《いぬ》連れてお参りするなんて、そうそうあることやない。話の種になるわ」

今では、そんなことをいいだす始末だった。

丸亀《まるがめ》から象頭山《ぞうずさん》の麓《ふもと》までは、さえぎるもののない平野だ。ため池が点在《てんざい》する、だだっ広い田んぼのただなかを行く道だ。

ちょうど田植えの季節だった。どこの田んぼにも、なみなみと水がはってある。どんよりとたれこめた空が、水面《みなも》に重たそうにうつっている。すでに田植えをおえた田では、まだたよりない苗《なえ》の列が、水のなかから細い緑を、ひょろひょろ、のばしていた。

街道《かいどう》はときおり直角に曲がっては進んだ。人々がふみかため、自然発生的にできた街道なので、あぜ道のかたちをそのままにのこしているのだ。見通しのよいその一本道に、ぞろぞろと金毘羅《こんぴら》への参拝人《さんぱいにん》があとをたたない。

昼前には楽に金毘羅へつける道のりだった。一歩進めば一歩だけ、もやをまとった象頭山《ぞうずさん》が近づいてくる。はやる気持ちをおさえきれなかったが、お座敷《ざしき》づとめで旅なれない女たちは、早くも茶屋で足を休めることにした。

「江戸《えど》からやろう？　おとしもこんぴら狗《いぬ》を見かけたが、そいつも江戸からやった」

茶屋の亭主《ていしゅ》がいうのを耳にして、一服していた人たちが、いっせいにふりかえった。さっそく立ちあがると、わざわざそばへやってきて首の木札《きふだ》をひっぱったり、頭をなでたりするのは、どこでも同じである。

ムツキはそのたびに愛想よくしっぽをふった。おいしいものをなにか分けてもらえないか、と期待しているのだ。

「犬がおるんな？　え、こんぴら狗なの？」

店先の縁台《えんだい》から立ちあがって、二人連れの瞽女《ごぜ》が杖《つえ》をたよりに、たどたどしい足取りで近づいてきた。

瞽女というのは盲目《もうもく》の三味線弾《しゃみせんひ》きで、家々をまわり、三味線をひいて金品をもらう門付《かどづ》けを生業《なりわい》にしていた。

「ああ、江戸《えど》からやと」

ムツキをなでていた若者《わかもの》が場所をゆずり、年老いた瞽女《ごぜ》の手をとり、ムツキのそばへひきよせてやった。

「ああ、ぬくいな。おお、よし、よし。ええ子やな。ほら、おまえもなでてみまい」

頭をなでながら、肩《かた》ごしに、連れのほうへ声をかけた。

「うん、あたしもなでてみてぇ」

若者は、もうひとりの瞽女の手をムツキの肩の上においてやった。まだうら若い娘《むすめ》だった。頭には手ぬぐいをかぶり、粗末《そまつ》な着物は着たきりとわかる。

「ほんまに、ぬくいな。いいな、あたしは犬が好きや」

目をかたく閉《と》じたままの娘は、ムツキをなでながら顔を天井《てんじょう》に向け口を開いている。声は出さないが、笑っているのだ。

オトシは思わず、声をかけた。

「室津《むろつ》から、うちらといっしょなんや。ごっつかわいいで」

「ほんまな？　かわいいかい？」

「うん、ごっつかわいいし、ええ犬やで。船のなかでノミがたかったから、うちが一匹《びき》のこさずとってやったんや」

若《わか》い瞽女《ごぜ》は相変わらず顔を上に向けたまま、ムツキにいった。

「そうかい、よかったな。ノミはかゆいけん。たかっても、とれんのに」

オトシは思わず言葉を失った。

目の見えない娘《むすめ》は、ノミがついても、とることもできない。そんな不自由な身で、三味線《しゃみせん》を小わきにかかえ旅まわりをしているのだ。

オトシは無理にも気をとりなおし、明るい声でいった。

「うちもお三味線、ひくんやで。芸者の見習いや」

「芸者さんな。いいな、きっときれいなんやろうな」

オトシはついはげしく首をふる。

「まだ、かけだしや」

「金毘羅《こんぴら》さんは、これからかい？　うちらはきのう、お参りしたんや。これから丸亀《まるがめ》で門付《かどづ》けするんや」

「そう。じゃあ、もし帰りに丸亀で見かけたら、声かけるわ」

「ああ、そうしておくれ」

二人のやりとりを横できいていた女将《おかみ》は、そっとため息をついた。

「さあ、もう出かけるで」

「うん。さいなら」

オトシは瞽女《ごぜ》にいいおいて、ムツキを手まねいた。

「オトシ……」

しばらくして、歩きながら女将が背中《せなか》でいった。

「人はみんな、それぞれの運命のもとに生まれとるんや。な」

「うん」

オトシ自身、お父《とう》に売られたも同然、女将のところへ来た。だが、お父をうらむ気持ちはみじんもない。山あいの畑では、ろくな作物はとれないし、オトシの下には五人も弟妹《きょうだい》がいる。

お母さんはきびしい。最初はこわくてしかたがなかった。でも、おぎょうぎも、お三味線も、踊《おど》りも教えてもらえる。きれいな着物も着せてもらえる。久《ひさ》しぶりにお休みをして、こうして金毘羅《こんぴら》さんにまで連れてきてもらっている。かわいい犬までが道連れだ。

この一瞬《いっしゅん》を幸せといわずに、なんといおう。

「ね、かけっこしよ!」

オトシはぱっと裾《すそ》をからげ、ムツキの尻《しり》をたたくと、先行く人たちを追いこしかけていった。

今度も女将《おかみ》はしからなかった。


女たちは象頭山《ぞうずさん》を目指し、丸亀街道《まるがめかいどう》をさらに歩いていった。

じきに丸亀街道の終点をすぎ、銅《どう》でできた鳥居《とりい》をくぐると町のなかへはいった。旅籠《はたご》や料理屋、茶店などがところせましとたちならんでいる。まるで別世界に足をふみいれたようだった。

田舎道《いなかみち》とは明らかに、においが変わったのだろう。ムツキは鼻面《はなづら》をつきあげ、右を向き、左を向き、鼻をひくひく動かした。

町にはいってから右におれると、川に出た。寺のような屋根をのせた、めずらしいつくりの鞘橋《さやばし》をわたると、道はそのまま表参道《おもてさんどう》になる。橋のたもとでは、参拝《さんぱい》をひかえた男たちが川で身を清めている。ムツキは川岸《かわぎし》へかけおりて、浴びるほど水を飲んだ。

表参道《おもてさんどう》とその周辺のにぎわいは、ひとしおだった。日本全国からやってきた老若《ろうにゃく》男女《なんにょ》が行きかい、それを目当てに、もの売りが歩きまわる。あちらからも、こちらからも、旅籠《はたご》や茶屋や、みやげもの屋の客引きの声がにぎやかにとびかう。

久《ひさ》しぶりの雑踏《ざっとう》と喧騒《けんそう》にムツキはとまどった。うっかりしたら迷子《まいご》になりそうだ。そう思ったのは、ムツキばかりではない。オトシもチエも、女将《おかみ》にはりつくようにして歩いた。目だけは、きょろきょろ、おどっている。

じきに道はのぼり坂になった。いよいよありがたいお山にのぼるのだと思うと、女たちの胸《むね》は高なった。見あげれば、参道の両側にも茶屋やみやげもの屋がぎっしりとつらなっている。

どこの店にも、杖《つえ》やすげ笠《がさ》、草鞋《わらじ》をはじめ、名物のうちわや一刀彫《いっとうぼ》りの置きもの、竹細工、饅頭《まんじゅう》やせんべいなど、ありとあらゆるものが、ところせましと並《なら》んでいた。名物なのか、飴《あめ》を売る店も多かった。

ムツキはあっちの店へ、こっちの店へと、小走りによっていっては、並んでいるみやげものをかぎまわった。

「あれぇ、こんぴら狗《いぬ》やぞ」

だれかが声をあげると、とたんに人々にかこまれもしたが、そうと気づかぬ売り子たちには、「しっ、しっ!」と、追いはらわれた。

「犬連れのお姉さんがた、杖《つえ》がないやない」

店の外へ出て客の袖《そで》をひく女が、女将《おかみ》たち三人に目をとめた。

「杖、買《こ》うていきまい。先は階段《かいだん》もきついんで」

さっそく買ってもらった杖を、オトシはもてあましてふりまわした。

「お母さん、杖なんか、かえってじゃまや」

オトシは杖よりほかに買ってほしいものがいっぱいある。

「買いものはお参りしてからや」

女将はぴしゃりといったが、オトシは帰りになにを買ってもらおうか、きっとなにか買ってもらえると思って、数々のみやげものに目をうばわれ、わくわくしながら歩いていった。

こうして、にぎやかな参道をのぼってくると、やがて一之坂《いちのさか》とよばれる、けわしい石段《いしだん》になる。さっそく杖《つえ》が役に立った。

細い雨が降《ふ》りだした。

女将《おかみ》は笠《かさ》をひょいとあげ、ちらりと空を見あげた。いまさらひきかえし、宿《やど》をとるわけにもいかない。あすなら天気がよくなる、という保証《ほしょう》もない。少しの雨なら笠が防《ふせ》いでくれるだろう。

「さ、行くで」

女将は先に立ってのぼりだした。

ムツキはそれまで女たちの前になり、うしろになり、うろうろついてきたが、一之坂《いちのさか》にかかると、ぴょんぴょん、とぶようにして石段をかけあがった。ハッハッ、と息の音を立てながら、勢《いきお》いをつけてはねあがり、あっという間《ま》にすがたを消した。

ふぅふぅ、いいながら三人がようやっと二王門《におうもん》にたどりつくと、ムツキはすでにすました顔にもどり、参拝《さんぱい》をおえ門から出てきた人々にとりかこまれていた。得意げな顔をして、さかんにしっぽをふっている。

この門をくぐると、いよいよ金毘羅《こんぴら》さんの境内《けいだい》、神域《しんいき》になる。みやげもの屋はいっさいすがたを消す。境内で唯一《ゆいいつ》、代々飴売《あめう》りをゆるされているのは五人百姓《ごにんびゃくしょう》だ。門のすぐ内側で大きな傘《かさ》を立て、その下で加美代飴《かみよあめ》（金毘羅《こんぴら》名物のべっこう飴。小槌《こづち》でくだいて食べる）を売っていた。

さっきから降《ふ》りだしていた雨は、少し雨足が強くなったようだ。五人百姓《ごにんびゃくしょう》たちは、店じまいしようか、すまいか、決めかねているふうで、ちらちらと空を見る。

「御本社《ごほんしゃ》まで、あとどのくらいやろか？」

女将《おかみ》がたずねると、傘の外に出て、手のひらに小雨をうけながら中年の女がこたえた。

「まだ半分以上、のこっとる。お山へのぼる前に、御守《おまも》り札所《ふだしょ》で先にお札をいただくんじゃ。最後の階段《かいだん》がきついんで」

女将はうなずいてから、「さ、急ごか。本降《ほんぶ》りになったらことやしの」と、足早に歩きだした。

若《わか》い二人があとにつづき、ムツキもひょいひょい、小走りに走りだした。顔にかかる雨が気になってしかたがない。ときどき前足で目をぬぐうようにしながら、三人の前へ出たり、うしろへさがったり、思いだしたように立ちどまって、ぶるぶる頭をふりまわしたりした。

雨のけぶるなか、桜《さくら》の木々がおいしげる参道をたどってゆくと、やがてあらわれた大きな門のなかに松尾寺金光院《まつおじこんこういん》の本坊《ほんぼう》が、そのわきには五人百姓《ごにんびゃくしょう》の女がいっていた御守《おまも》り札所《ふだしょ》があった。お札を求める人たちが群《む》れていた。

三人は順番をまってから、こんぴら狗《いぬ》を連れてきた、と伝えた。札所につめていた人々は、「ほぅ」と、声をあげ、腰《こし》をうかせてムツキを見た。だれかに報告《ほうこく》に行くのだろう。奥《おく》へ走ってゆくものもいる。

女たちが自分たちのお札を求めてからしばらくまっていると、年老いた僧《そう》が足をひきずって出てきた。

「どれ、どれ」

僧はしわがれた声でいってから、首の木札をあらため、「よし、よし」と、ひとしきりムツキの頭をなでてやった。

ムツキは耳をふせ、おとなしくなでられていたが、そのうち僧の腕《うで》にわき腹《ばら》をこすりつけるようにして、ぺたりと足もとにふせた。うやまうべき相手だ、とわかったのだろう。

僧はムツキの首からさがった銭袋《ぜにぶくろ》をおもむろに開け、「初穂料《はつほりょう》」と表書きのある紙包みをとりだして、お札を用意させた。紙包みは道中、雨にぬれてはかわき、ぬれてはかわきをくりかえし、しわがよってうすよごれていた。

包みのなかには、願いごとを記した書きつけもはいっていたのだろう。

「病治癒《やまいちゆ》の祈願《きがん》やな」

オトシたちは、僧《そう》がつぶやくのをきいてはじめて、この犬が代参《だいさん》に出されたわけを知った。

お札は油紙で何重にも包み、さらに白い布《ぬの》でまいてから、ムツキの首にくりつけられた。江戸《えど》へもどるまで決してほどけることのないように、念入りにむすびつけられた。

ムツキにしてみれば、うっとうしいだけである。何度も頭をふりまわした。

「さ、お参りしてきなさい。無事にもどるんよ」

僧にいわれて、女たちは札所《ふだしょ》をあとにした。

ムツキはお札がじゃまでしかたがない。くりかえし立ちどまっては、頭をぶるぶるさせた。すわりこんでうしろ足をあげ、しゃにむにひっかき落とそうともした。何度やってもうまくいかないと、じれてあおむけになり、ングー、ングー、うなりながら、首やら肩《かた》やら地面にこすりつけた。全身、泥《どろ》だらけだ。

「ああ、あかん、あかん。もったいないお札《ふだ》や」

オトシがそのたびに、あわててとめにはいった。

こうして、小雨のなかを進むのに思いのほか手間どったが、やがて二天門《にてんもん》をくぐり、小さな橋をわたると、とうとう御本社《ごほんしゃ》の真下にたどりついた。

だが、目の前には、けわしい石段《いしだん》が壁《かべ》のように立ちはだかっている。とちゅうに三か所の踊《おど》り場《ば》があるというが、下から見あげると、ひとつらなりにしか見えないほどのけわしさだ。

石段の両わきには木々が生いしげり、右から左から梢《こずえ》を段上にのばしている。ここをのぼりきれば、目指す金毘羅《こんぴら》さんの御本社だ。

女将《おかみ》は襟《えり》を正し、あらためてひと呼吸《こきゅう》おいてから、若《わか》い二人に目くばせをした。

「さあ、行こか」

二人は同時に、「へえ」と応《おう》じた。

こぬか雨をまといながら、女たちはゆっくりとのぼりだした。一段、一段、足もとにだけ注意をはらい、杖《つえ》をつきながらのぼってゆく。じょじょに足腰《あしこし》が重くなり、息が荒《あら》くなる。が、心はふしぎと無心になる。

オトシのあとからムツキものぼりだした。

最初は、ここをのぼるのか、とひるんだようだった。しかし、いったんのぼりだすと、あっという間《ま》に三人を追いぬいた。勢《いきお》いをつけてとびはね、とびはね、かけあがっていくからだ。そうでもしなければ、ムツキにはのぼれそうもない急勾配《きゅうこうばい》だった。

一段《だん》ずつも、かなりの高さがある。ムツキもまた、目の前、前足の位置、一段ずつにのみ注意を集中していた。

そうして、すぐに最初の踊《おど》り場《ば》についた。ムツキは舌《した》をふるわせ、ハァハァ、あえぎながら、さらにのぼらなければならないのかと、ふと目をあげた。

背《せ》たけの低いムツキには、石段のつらなりは、そそりたつ崖《がけ》のようだ。首をかしげ、崖をあおぐと……上空には朱《しゅ》の色もあざやかに、壮麗《そうれい》なお社《やしろ》がうかんでいるではないか……。

あそこまで行くんだな、とはっきりとわかった。

ムツキはふたたびかけだした。もう踊り場で休むことはない。一気にはねあがってゆく。

ハー、ハー、ハー……。

息の音がはげしくなる。

鼻をつくのは、雨と、雨にぬれた木々がはなつ濃密《のうみつ》なにおい。そして、石のにおいだけだ。長年にわたり数知れぬ人々が、願いを胸《むね》に、のぼっていった石段《いしだん》だ。草鞋《わらじ》の底を通し、人々の汗《あせ》がしみこんでいる。

ハー、ハー、ハー……。

胸の高まりが教えるような気がした。

あそこまで……。

あそこまで……。

ムツキにはわかっただろうか。すべては、ここへ来るためだったのだ……。

金毘羅大権現《こんぴらだいごんげん》の御本社《ごほんしゃ》は静かな雨に洗《あら》われ、いいようのない荘厳《そうごん》な空気に包まれていた。

その日はお山全体がうすい霧《きり》をまとっており、そのせいもあって、華麗《かれい》な装飾《そうしょく》をほどこした朱塗《しゅぬ》りのお社《やしろ》は、美しくもしんとしたたたずまいで、まるで夢《ゆめ》のなかから静かに立ちあらわれたかのようだった。

雨をついて石段《いしだん》をのぼってきた人々は、いっきょにそのおごそかな空気に包まれ、気《け》おされて、あの世とこの世の境目《さかいめ》にういているような夢見心地《ゆめみごこち》になった。

女将《おかみ》はかぶりものをとり、若《わか》い二人をしたがえて御本社《ごほんしゃ》に詣《もう》でた。三人とも深く頭をたれ、長いこと祈《いの》った。

オトシは室津《むろつ》を発《た》つ前、女将にいいふくめられたことを思いだしていた。

「うちらは船乗り相手の商売や。船でやってくるお客相手の商売や。金毘羅《こんぴら》さんには、航海と船乗りの安全を、ようようお祈りせなあかん」

女将の言葉どおり、オトシは瀬戸内《せとうち》の海を走るすべての船と船乗りたち、旅人たちのために祈った。

オトシの頭には水主《かこ》見習いの少年のすがたが、しかとあった。室津からの航海のとちゅう、少年が幾度《いくど》となくオトシをぬすみ見ていたことは気づいていた。気づいてからは、オトシもことあるごとに少年をぬすみ見た。

ムツキはオトシと少年によくなついていた。たいていはオトシといっしょにいて、なでてもらったり遊んでもらったりしていたが、少年が仕事から解放《かいほう》されほっと息をつく時間になると、船首へかけていった。こうして、二人のあいだを往復《おうふく》するたびに、ムツキは二人のひそやかな思いを相手に運んでいたのかもしれない。二人とも、ムツキが自分の手もとへもどってくると、笑ってぎゅうとだきしめ、そっとにおいをかいだ。

二度と会うことはないだろう。でも、あの少年がきっとりっぱな船乗りになれますように――言葉にするにはためらいがあった。しかし、オトシは、そう思ったことで願いがとどきますように、と願った。

そして、なにより、お父《とう》とお母《かあ》、弟や妹たちの幸せを祈《いの》った。早く一人前の芸妓《げいぎ》になれますよう、お力をお貸《か》しください、とせつに祈った。りっぱな芸妓になって、かならず家族を助けますから……。

それはオトシのかたい決意であり、神さまへの約束でもあった。

いっぽう、ムツキは女たちがお参りしているあいだ、舌《した》をたらし、あえぎながら所《しょ》在《ざい》なげに立っていた。

ついさっき、石段《いしだん》のとちゅうで御本社《ごほんしゃ》を見あげたときは、あそこまで行くんだ、と意気ごみかけあがってきたが、のぼりきってしまった今は、とほうに暮《く》れているようだった。

あたりを包む神聖《しんせい》な空気は、犬にもなんとなく感じられた。ほかの場所とはちがうこともわかったが、なにをどうしてよいのか見当もつかない。においをかぎまわることもなく、ただ、きょろきょろ、あたりを見まわしていた。

そんなムツキを、参拝《さんぱい》をおえた三人は、申しあわせたようにがっしりとつかまえた。

「さ、おまえの番や。お参りしいや」

女将《おかみ》がいうと、「おすわり!」と、チエが尻《しり》をつついた。立ちあがらないように、若《わか》い二人がわき腹《ばら》をささえる。女将が両耳のあいだをぎゅうとおさえつけ、御本社《ごほんしゃ》に向けて鼻が地面につきそうなほど深くおじぎをさせた。女将があんまりおさえつけるので、ムツキはぺたんと、はいつくばった。

お守《まも》り札所《ふだしょ》で僧《そう》が銭袋《ぜにぶくろ》からとりだした書付《かきつけ》には、病《やまい》の治癒祈願《ちゆきがん》、と書かれていたらしい。病気なのはこの犬の飼《か》い主《ぬし》か、飼い主の家族だろうか? 犬を代参《だいさん》に出すほど、重い病気なのだろうか?

オトシは、話にきく江戸《えど》の町を、そのにぎやかさを、ちらり想像《そうぞう》してみた。江戸は異国《いこく》ほども遠い。主《あるじ》の願いをせおい、長旅にたえてきた犬のけなげさに、あらためてうたれた。

オトシはかがんでムツキの耳にくちびるをよせ、ささやいた。ムツキにきこえるように。そして、声に出すことで、神さまにもよくきこえるように……。

「神さま、この犬の願いをきいたってください。きっとこの子の大切な人です。その人の病気が、一日も早くなおりますように。元気になりますように。

それから、犬が無事、江戸《えど》へもどれますように。ありがたいお札《ふだ》を、主《あるじ》のもとへとどけられますように。帰り道の無事をお願いいたします。この犬を、どうぞ、どうぞ、お守りください」

オトシのほおに、ひとすじの涙《なみだ》がつたっていた。

ムツキはこのあいだ、じっとしおらしくしていた。神前のおごそかな空気、オトシの祈《いの》りの言葉となによりその口調には、ムツキの心をしんと静めるなにかがみちみちていた。

やがて、周囲から「こんぴら狗《いぬ》だ」という声があがった。

「見てごらん。えらいもんだな。犬だってお参りするんだよ」

「どこからだろうな？　金毘羅船《こんぴらぶね》で来たのかね？」

オトシはようやく立ちあがり、裾《すそ》のちりをはらった。

「さ、これで無事、おつとめははたしたで。よかったな」

いつもの陽気な声にもどっている。いいながら、ムツキの頭をごしごしなでた。

ムツキも立ちあがって、思う存分《ぞんぶん》、体をふるった。毛がとびちり、首のお札《ふだ》が、ガサガサなった。

江戸《えど》を発《た》ってからひと月半……。

こうしてムツキは無事、金毘羅参《こんぴらまい》りをはたした。

弥生《やよい》をはじめ小杉家《こすぎけ》の人々の願いは、しっかと神さまにとどいたろう。

道中出会った人々が、声をかけ、頭をなで、食べものを分けてやりながら内心ムツキにたくした祈《いの》りも、きっと伝わったにちがいない。

第九章 もどりの旅

五月二十日

帰りの金毘羅船《こんぴらぶね》が最初に寄港《きこう》したのは、田《た》の口《くち》だった。瑜伽山蓮台寺《ゆがさんれんだいじ》のもよりの港である。金毘羅との両参《りょうまい》りをはたすため、蓮台寺にも参拝《さんぱい》する客が多かったが、芸者の三人もその予定だった。

オトシはムツキもいっしょに瑜伽山へ連れていきたい、といいはったが、女将《おかみ》はがんとして承知《しょうち》しなかった。

「この犬は金毘羅さんへお参りするのが役目や。それを無事はたしたんやから、オトシのわがままで寄《よ》り道《みち》なんか、さしたらあかん。一日も早《はよ》う、飼《か》い主《ぬし》のもとへ帰してやらなあかん」

こうして、また別れのときが来た。

オトシは涙《なみだ》ながらにムツキをだきしめ、耳もとにくりかえしささやいた。

「元気でな。かならず無事に江戸《えど》へもどるんやで」

女将は銭袋《ぜにぶくろ》に餞別《せんべつ》を入れてやった。

女たちがほかの乗客につらなって船をおりようとすると、ムツキはワンワンほえながら、必死にあとを追った。それを船ばたで、すかさず船頭《せんどう》がかかえあげた。ムツキはところかまわず爪《つめ》を立て、両足をもがき、とりのこされぬよう半狂乱《はんきょうらん》になったが、船頭《せんどう》のたくましい腕《うで》をのがれることはできなかった。

西からの潮《しお》がよかったので、船は一刻《いっこく》も休まず岸をはなれた。

「元気でなー。さようならー！」

船つき場で、オトシはちぎれんばかりに手をふった。

背《せ》の低いムツキには、声はきこえても、船べりの板壁《いたかべ》がじゃまになってオトシのすがたは見えない。キュン、キュン、なきながら、爪《つめ》がはがれるほど板壁をひっかいた。その様子を見るに見かねた水主《かこ》の一人が、女たちに向かってムツキを高くかかえあげた。

じきに舳先《へさき》がはっきりと海原《うなばら》に向き、船つき場からしずしずと遠ざかってゆくと、ムツキはのどをそらせ、いつまでも遠ぼえをくりかえした。

船は追い風を帆《ほ》いっぱいにはらみ、夜どおし航海して翌朝《よくあさ》には牛窓《うしまど》についた。夜半《やはん》から降《ふ》りだした小雨《こさめ》は、そのころにはおさまったが、同時に風もすっかりやんでしまった。海もべったりと凪《な》ぎ、むしあつい。こうなっては、錨《いかり》をおろして風待ちをするしかなかった。

牛窓港《うしまどこう》では二日間、足止めを食った。

ムツキはオトシと別れた悲しさに、しばらくはふさぎこんでいた。体を丸め、うす目を開いたまま、いつまでもじっとしているかと思うと、ふいにオトシがすわってい た場所へ走ってゆき、あたりをかぎまわった。

潮《しお》をふくんだ霧《きり》と太陽にさらされ、オトシのにおいが日に日にうすれてゆくと、ムツキはとうとうオトシのことをあきらめた。人と別れ、別れた人を忘《わす》れることに少しだけなれていた。

三日目の夜明け前になって、金毘羅船《こんぴらぶね》は西風におしだされるようにして牛窓を出航した。風はじょじょに強くなり、それ以後の航海は思いのほか順調だった。

その日の夜がふけるころには、いったん明石海峡《あかしかいきょう》の手前で潮待ちをしたが、翌朝《よくあさ》、まばゆい朝日に向かい、はやい追い潮に乗った。船は一気に海峡をぬけ、大坂湾《おおさかわん》へ出た。丸亀《まるがめ》を発《た》ってから四日目のことだった。

ムツキは潮のにおいを、くんくんかいで、長い船旅が終わりに近づいたのを知った。自分がもと来た道をもどっていることを、どこか深いつながりのある場所へ帰ってゆく使命を、本能的《ほんのうてき》にかぎとったのかもしれない。なぜかみょうに気があせるらしく、そわそわしながら、しきりに歩きまわった。

行きの金毘羅船《こんぴらぶね》は木津川《きづがわ》から大坂湾《おおさかわん》へ出たが、今回乗ったのは、安治川《あじがわ》の川口《かわぐち》へつく船だった。安治川口は商都大坂の物流の拠点《きょてん》である。「帆柱千本《ほばしらせんぼん》」といわれたように、日本全国からやってくる千石船《せんごくぶね》（米を千石積める大型の貨物船《かもつせん》）がところせましと肩《かた》を並《なら》べ、ここで荷の上げ下ろしをした。

ムツキはそのにぎわいをきき、鼻をあげ、しきりに空気をかいだ。人とものであふれかえる大都市のにおいが、ぷんぷんしたにちがいない。

船頭《せんどう》は、江戸《えど》へ帰るという老夫婦《ろうふうふ》にムツキをたくすことにした。夫婦が船をおりる番になると、船頭みずからムツキをだいて二人のあとにつづいた。

「元気で行くんやで」

自分の船にこんぴら狗《いぬ》を乗せたのは、はじめてだった。もう二度とないかもしれない。

船頭は、がらにもなく少しばかり感傷的《かんしょうてき》になった自分をゆるせず、ぐずぐずしているムツキの尻《しり》をこづいた。

「さ、行かんか」

老夫婦《ろうふうふ》とはぐれるのに、さして時間はかからなかった。夫婦は長い船旅でちぢこまった足をひきずるようにして、淀屋橋《よどやばし》のほうへ歩いていった。

ムツキはきょろきょろしながら夫婦のあとを追っていったが、そのうち、荷物をかついだ人足《にんそく》の列が目の前を横切った。先導《せんどう》している男に、「じゃまや、どかんか！」と、したたかに尻《しり》をけられ、びっくりしてとびあがった。

さらには追いうちをかけるように、馬を数珠《じゅず》つなぎにして馬子《まご》が通った。先頭の馬がムツキに頭をふりたて、ブホッ、と荒《あら》い息をはいた。ムツキはあとずさりし、それから、くるりと向きを変えてにげだした。

気がついたときには、夫婦のすがたも、においも見失っていた。

雑踏《ざっとう》にもまれながら、その日の午後じゅうあてもなく、うろつきまわった。ときおり、「あ、こんぴら狗《いぬ》や！」と、声があがることもあったが、自分からよっていくことはなかった。おそろしいほど活気にみちた町も人も、ムツキの気分を動転させたままだったからだ。

日が西にかたむくころ、とうとうつかれた足をとめたのは、川に向かって幅広《はばひろ》いひな壇《だん》をすえたような場所だった。道路から川面《かわも》まで数段《すうだん》の石段がおりている。京《きょう》へのぼる川船の船つき場、八軒屋《はちけんや》だった。

西日がうすい雲をすかし、商都の家並《いえな》みをうっすらと赤く染《そ》めている。

その光景に背《せ》を向けて、石段のはしに若《わか》い男が、ぽつんとすわりこんでいた。ももひきに藍色《あいいろ》のはっぴをはおり、首から手ぬぐいをたらした姿は職人《しょくにん》と見える。小さな荷物をわきにおき、ちびちび酒をなめている。

男はふと気配を感じたらしく、ぐるりと首をめぐらせた。ムツキとばったり目があった。

「こいつぁおどろいた。こんぴら狗《いぬ》じゃねぇか」

男は口もとの酒を手の甲《こう》でぬぐってから、手まねきした。

ムツキが近づいていこうか、どうしようかまよっていると、「来いってば！」と、催促《さいそく》した。

「それ、金毘羅《こんぴら》のお札《ふだ》か？　もう讃岐《さぬき》まで行ってきたってぇわけかい。見せてみな」

首に腕《うで》をまわし、強引にムツキをひきよせた。

安酒のにおいが、ぷんぷんする。

「ガサガサすらぁ。油紙で包んだんだな」

首にまいた白い布《ぬの》をさぐって、納得したようにいった。それから、首からたれた木《き》札《ふだ》を、ぎゅっとひっぱって、

「なんだ、瀬戸物町《せともものちょう》か。いいとこの坊《ぼっ》ちゃんってわけだ」

と、からかうようにいった。

「で、連れはどこだ?」

きょろきょろ、あたりを見まわした。

「いねぇのか?　しょうがねぇな。船は夜まで出ねぇってよ。ここでまちな」

男は自分の尻《しり》の横を、ぺたぺた、たたいた。

あてもなければ、連れもない。とほうに暮《く》れていたムツキは、いわれるまま石段《いしだん》にすわった。すると足の力がへなへなとぬけ、その場にずずーっ、と腹《はら》をふせた。

「おっ、ふかし芋《いも》だ。おい、ひとつくれぃ」

男は通りがかった芋うりから、ムツキにだけふかし芋を買った。自分がもらえるのだとわかったとたん、ムツキは芋にとびついた。そして、獲物《えもの》を横どりされぬよう、

男に背《せ》を向けて、むぐむぐと、またたく間《ま》にたいらげた。

「ちぇっ、うまそうだな」

となりで、ぐー、と腹《はら》がなった。

男は江戸横大工町《えどよこだいくちょう》の大工で、健太《けんた》といった。上方《かみがた》は堺《さかい》まで西行《さいぎょう》に来た帰りだった。

西行というのは、職人《しょくにん》が旅に出て街道《かいどう》すじの親方のもとで、次々に短期間ずつ仕事をさせてもらうことだ。こうして腕《うで》をみがきながら旅をすると、故郷《こきょう》へもどるころには一人前の職人になっているというわけだ。

「きのう女にみつかいじまってよ。伏見《ふしみ》（京都南部）までの船賃《ふなちん》はらったら、文《もん》なしよ。早いとこ、てきとうな親方見つけておいてもらわねぇと、飢《う》え死《じ》にしちまうぜ」

船賃はすでにはらい、夜までここで船をまつつもりのようだ。少ない残金で酒を買い、出会ったばかりの犬には芋《いも》を買いあたえる、おっちょこちょいだ。

そのうち酔《よ》いがまわったのだろう。健太は石段《いしだん》をずるっ、と一段すべりおりた。そして、今まで腰《こし》かけていた場所に両腕《りょううで》をかけ、もぞもぞ体勢《たいせい》をととのえると、腕に顔をふせて寝《ね》てしまった。

ムツキは健太の肩《かた》のあたりを、くんくん、かいでから遠慮《えんりょ》がちに腕をついたが、いっこうに目ざめる気配はない。

ムツキは石段《いしだん》をおり、首をのばして川の水を飲んだ。

「ここでまちな」

いわれたことが、はっきりわかったわけではなかったが、どのみちもう動く元気はなかった。ムツキは男の横で体を丸め、目を閉《と》じたり開いたり……そのうちには、少しだけねむったりした。

いつの間《ま》にか、とっぷりと日が暮《く》れた。

「船は出るぞー！」

京《きょう》、伏見《ふしみ》へのぼる川船の出発を知らせる声がひびいた。あちらこちらから、三々《さんさん》五々《ごご》客が集まってくる。

周囲がにわかにさわがしくなって、健太《けんた》はようやく目をさました。ムツキがすぐ横にいるのに気がつくと、「なんだ、いたのか」と、あごがはずれそうな大あくびをした。

船つき場には知らぬ間《ま》に何艘《なんそう》もの川船が、準備万端《じゅんびばんたん》、出発をまっていた。

健太はあわてて立ちあがると、石段をかけおりた。どの船に乗ればよいのか、船頭《せんどう》

たちにきいてまわった。すぐに目的の船が見つかると、船頭《せんどう》になにやらかけあってい
る。
「おい！ 来いよ、早く乗れ！」
石段《いしだん》の上から二人のやりとりを見おろしているムツキを、健太《けんた》は得意げにさしまね
いた。
淀川《よどがわ》は、京《きょう》と大坂《おおさか》をむすぶ水運の大動脈《だいどうみゃく》だった。貨客船《かきゃくせん》をはじめ、大名の乗る御《ご》
座船《ざぶね》や、もの売りの船、漁船や農民の小舟《こぶね》など、大小さまざまな船が数千も行きかっ
ていた。
健太とムツキが乗りこんだのは、三十石船《さんじっこくぶね》とよばれる二十八人乗りの客船で、四人
の船頭があやつった。京からは流れに竿《さお》をさしてくだればよいので、半日、あるいは
半夜で大坂についたが、のぼりはそうはいかなかった。
淀川の流れを竿さしだけでさかのぼるのは不可能《ふかのう》だった。船頭たちが堤《つつみ》にあがり、
綱《つな》で船をひきあげる場所も多々あった。その際《さい》、土手がとぎれたり、障害物《しょうがいぶつ》があった
りすると、船頭たちはそのたびに船にもどり、川を横切り、対岸《たいがん》の土手にあがってふ

たたび綱《つな》をひいた。

そんな困難《こんなん》な船旅だったので、いくら夜船《よふね》とはいえ、客もぐっすりとはねむれなかった。が、健太《けんた》だけは例外《れいがい》だった。客の足や荷物のすきまにはさまりこんで、大いびきをかいていた。

ムツキが川船に乗るのは久《ひさ》しぶりだったが、川での苦い経験《けいけん》は今でも不安をかきたてる。すわったり立ったり、気をとりなおして体を丸めてもみたが、いっこうに落ちつかない。そのうち、船のなかほどから伏見《ふしみ》の女に手まねきされ、そのとなりにようやく居場所《いばしょ》をさだめた。

しばらくして、少し気持ちが落ちついたころ、船《ふな》ばたと苫《とま》のすきまから外が見えることに気がついた。鼻面《はなづら》を船の外につきだすと、東の空にのぼってきた半月が、川面《かわも》に無数の影《かげ》を落としている。月光はちらちらと川にはじかれ、向こう岸をもぼんやりと照らしだしていた。

濃《こ》く、うすく、墨《すみ》を流したような空と岸。どこまでも船を追ってくる銀色の月明かり……。

それらをぼんやりながめていると、やわらかな悲しみにも似《に》た空気に包まれる。それは、犬も人も同じだったろう。

ムツキは小さく、ヒンヒン、と鼻をならした。伏見《ふしみ》の女はだまったまま白い手をのばし、ムツキの耳やあごをそっとなでた。

船頭《せんどう》たちは屈強《くっきょう》な男たちだ。夜を徹《てっ》して竿《さお》をさし、船をひき、翌朝早《よくあさ》くついに京《きょう》の西の玄関口《げんかんぐち》、京橋《きょうばし》にたどりついた。きゅうくつな船にまるひと晩閉《ばんと》じこめられていた乗客は、船つき場に立つと、一様にほうっと息をつき腕《うで》や腰《こし》をのばした。

ムツキも大あくびをしてから、ぶるぶる、と体中の毛をふるった。胸《むね》が地面につくほど前脚《まえあし》をつきだし、背《せ》をそらせてのびをした。それから立ちあがると、すっかり元気をとりもどし、きらきらする目で健太《けんた》を見あげた。

「はぁ？　腹《はら》へったなんて、いうんじゃねぇぞ。そりゃ、おれのせりふだ」

伏見《ふしみ》の女が、健太の言葉をそれとなく耳にして、小さな竹の皮包みをさしだした。

「これ、もっていかはります？　うち、もう食べしまへん」

健太は女をじろりとふりかえった。

「ほどこしもんかい。いるか！　お高くとまりやがって。これだから都《みやこ》の人間は性《しょう》にあわねぇ」

「あんさんとちがいますえ。犬にどす」

健太《けんた》は鼻の穴《あな》をふくらませ、「はん！」と大きく息をはいた。

「おまえにだとよ」

ひったくるようにうけとった包みを、ムツキの鼻先でふりまわした。

「それより、来るとき京《きょう》の町は見てまわった。もうたくさんだ。三条《さんじょう》へ出るにはどう行きゃあいい？」

「江戸《えど》へもどらはるんどっしゃろ？　まずは京町通《きょうまちどお》りをまっすぐ北へ」

と、女は指をさした。

「おお、ありがとよ。じゃあな」

女の説明がすむより早く、健太はもらった包みを挨拶《あいさつ》がわりにひょいとあげ、くるりと向きを変えて歩きだした。

中身はにぎり飯《めし》だな、と思った。

若《わか》い大工は元気だった。夜船《よふね》のなかでたっぷりねむったからか、京の町を足早に縦《じゅう》断《だん》した。いにしえの都《みやこ》に背《せ》を向けたまま、さっさと三条大橋《さんじょうおおはし》をわたった。東海道《とうかいどう》へ出たことになる。

ムツキはこれまでいろんな人間と旅をしてきたが、こんなに足のはやい男ははじめてだ。走るようにして、ついていった。

健太《けんた》はそのまま大津《おおつ》をぬけ、草津《くさつ》へ向かった。街道《かいどう》から左に見える琵琶湖《びわこ》には、無数のさざ波が立っている。いつの間《ま》にか風が出ていた。

昼どきになって、ようやく健太は足をとめた。道ばたの木陰《こかげ》に陣《じん》どり、ますますざわついてきた琵琶湖をながめながら、ムツキと分けあってにぎり飯《めし》を食べた。もっと塩をきかせればいいのに、と思った。

犬にもらったにぎり飯で、ちゃっかり昼飯をすませた健太は、腕《うで》をあげ、ぐうっとのびをしたまま草の上に大の字になった。次の瞬間《しゅんかん》には、もうねむりこんでいる。

ムツキは前足で太い腕をひっかき、鼻で顔や首をつついたが、ふりはらわれるばかりだ。しかたなく、自分もすぐとなりに体を横たえた。

風は少しずつ強くなってきた。今朝《けさ》は晴れていた空に、西から雲がふきよせられてきた。雲はだんだん厚《あつ》くなる。ときおりいちだんと強い風が、さっとムツキの耳をふきなでる。木々の梢《こずえ》が、ザワザワ、と不吉《ふきつ》な音を立てたとき、さすがに健太も身ぶるいした。

「なんでおこしてくれねぇんだ。寝《ね》すごしちまうとこだったじゃねぇか。さあ、行くぜ。風が出た。雨に降《ふ》られちゃ、たまらねぇ」

健太《けんた》はいうなり、急ぎ足で歩きだした。ムツキはあわてて、あとを追った。

江戸《えど》方面から西行《さいぎょう》に出る多くの職人《しょくにん》が、行きは東海道《とうかいどう》を、帰りは中山道《なかせんどう》を通ったという。両方の街道《かいどう》ぞいの町々で修業《しゅぎょう》をさせてもらうことができるからだ。

じきに草津宿《くさつしゅく》にはいると、宿場《しゅくば》のなかほどに東海道と中山道の追分《おいわけ》（道が分かれるところ）がある。健太も、まよわず中山道へ進んだ。

琵琶湖《びわこ》にそって北上するにつれ、ますます風は勢《いきお》いをました。雨が降りだすのは時間の問題だった。次の宿場、守山《もりやま》へは、まだだいぶある。

健太はいよいよ足をはやめた。すれちがう旅人も、ちらちら空をにらみながら、笠《かさ》を手でおさえ、体を前にたおすようにして小走りに歩いてくる。あたふたと走ってくるものさえいた。

ボツリッ！

最初の雨粒《あまつぶ》が、かわいた地面に小さな砂煙《すなけむり》をあげた。

ボッ、ボッ、ボッッ……。

健太《けんた》は雨足《あまあし》と競争で走った。

守山宿《もりやましゅく》にさしかかると、息せききって最初に見つけた木賃宿《きちんやど》にとびこんだ。いかにも古くて小ぎたない家がまえだったが、直前に何人かの客が、やはりあわててかけこんだらしい。老夫婦《ろうふうふ》が対応《たいおう》に右往左往《うおうさおう》していた。

「金毘羅《こんぴら》帰りの犬を連れてるんだが、たのむ」

肩《かた》で息をしながら、健太はいった。

「なに、犬やて？」

血相《けっそう》を変えて、老婆《ろうば》がつめよってきた。

「あかん、あかん。よそ、行っとくれ」

いわれて、健太はおどろいた。

「なにいってやがる。外を見やがれ。この雨のなか、出ていけだと」

うすっぺらい板壁《いたかべ》をたたきつける音で、早くもどしゃぶりになっているのがわかる。

ムツキは何度も体をふるわせ、勢《いきお》いよくあたりに水しぶきをふりとばした。老婆はますます腹《はら》を立てた。

「雨でも風でもかまわん。出とってくれ」

健太《けんた》も負けずに腹《はら》を立て、口早にたたみかけた。

「そんじょそこらの犬じゃねぇ。はるか讃岐《さぬき》の金毘羅《こんぴら》さんまで、りっぱにお参りに行ってきた犬よ。道中みんなに守られてきた犬をよ、この雨のなか、追いだすか？　雨に打たれて風邪《かぜ》ひいて、あしたの朝には死んじまわぁ。これから江戸《えど》へ帰《けぇ》ろうってときによ。守山宿《もりやましゅく》の恥《はじ》っさらしめ。

なぁ、そう思わねぇか？　思うだろ？」

宿《やど》へはいったばかりで、まだ草鞋《わらじ》のひももとかぬ数人の客へ、健太は強引に同意を求めた。その足もとで、やっぱりムツキは水をふりとばしている。

「おれは別にかまへんで、犬がおっても」

そう応《おう》じたのは、背中《せなか》の荷物をおろしたばかりの金物屋《かなものや》だ。

老亭主《ろうていしゅ》が、妻《つま》をなだめるように奥《おく》へおしやった。

「まあ、まあ、ええから、とりあえずあがっとくれ。裏《うら》に古い鶏《にわとり》小屋《ごや》があるさけ、小雨《こさめ》になったら、犬はそこへ入れとくれ」

健太は舌打ちして、「雨が完全にあがったらだ」と、決めつけた。

健太《けんた》がとびこんだ宿は、木賃宿《きちんやど》にしても、ことさらみすぼらしかった。せまい土間《どま》には最初からなにやらごたごた積みあげてある。客のぬいだ草鞋《わらじ》だけでも、すでにいっぱいだ。戸を閉《し》めきった室内はうす暗い。雨をふくんだ旅人たちの着物や荷物、泥《どろ》だらけの草鞋から立ちのぼるにおいが、強烈《きょうれつ》に鼻についた。

なのに、老婆《ろうば》は手をふって空気をかきまぜながら、何度でもくりかえす。

「ああ、くさい、くさい。ぬれた犬のにおいや」

風雨は日が落ちる前におさまった。戸を開けてのぞいてみると、雲のすきまから夕焼けが光のすじとなって、まっすぐにさしているところもある。しかし、雲はまだ全体的に低く、厚《あつ》くたれこめており、ふたたびあばれだしそうな予感もした。

「ほれ、雨がやんだ。犬を外へ連れていき」

老婆がきつくせまった。

健太は悪態《あくたい》をついて立ちあがり、ムツキを手まねきしながら老婆のあとにしたがった。宿の裏《うら》にまわると、板壁《いたかべ》にそって小さな小屋があった。長いこと使われていないのは一目瞭然《いちもくりょうぜん》だ。

老婆《ろうば》は曲がった腰《こし》を片手《かたて》でささえながら、もういっぽうの手で屋根をはずし、あごさきをひょいと動かして、ここへ入れろと合図した。

「しょうがねぇな」

と、健太《けんた》はムッキをだきあげた。

「ひと晩《ばん》だけがまんしな。あとで食うもん、もってきてやっからよ」

ムツキは長い旅のあいだ、あとにも先にも、こんなにみじめなあつかいをうけたことはなかった。雨でぐちゃぐちゃになった、おんぼろの鶏《にわとり》小屋《ごや》に閉《と》じこめられるだなんて……。

何年も前にここで飼《か》われていた鶏が死んでから、掃除《そうじ》ひとつしたこともない小屋だ。背面《はいめん》を木賃宿《きちんやど》の板壁《いたかべ》に、のこる三方を間《ま》にあわせに打ちつけた縦格子《たてごうし》にかこまれ、上からは屋根がわりに板をおもしのようにかぶせてある。格子《こうし》のすきまからは落ち葉やゴミがふきこんではくさり、泥《どろ》のようになっていた。

ムツキがここへ閉じこめられたとき、足もとのゴミは雨にとけ、すでにどろどろだった。その不快《ふかい》な感触《かんしょく》は、足裏《あしうら》からじとじととのぼってくるうちに、かえって増幅《ぞうふく》し全身の毛をさかだてた。

こんなところへは、すわる気にもなれない。小屋は丈《たけ》が低いので、ムツキの立ち耳は屋根板にふれる。ムツキは何度も乱暴《らんぼう》に耳をふりまわした。鼻をならしながら、格子《こうし》を爪《つめ》でひっかいた。

やがて、欠けた茶わんにうすい粥《かゆ》のようなものを入れて、健太《けんた》が急ぎ足でやってきた。

「すまん、すまん。まぁ、食え。飯《めし》だ」

健太は屋根板をはずすと、腕《うで》をのばし小屋の底に茶わんをおいた。

今、外へ出してやったら、そのままどこかへにげてゆくかもしれない、と思ったからだ。

ムツキは食べものよりなにより、外に出してほしかった。うしろ足で立ちあがり、格子の横枠《よこわく》に前足をかけて、ワンワン、ほえてうったえた。

「悪いな、ひと晩《ばん》だけがまんしろ。おれのせいじゃねぇ。あのばばあだ。こんなとこ、夜が明けるめぇに出てってやる。な！」

いくらじたばたしても出してもらえない。そう悟《さと》ったムツキは前足をおろし、うらめしげに健太《けんた》を見あげた。

「よし、よし。さ、食っちまいな」

健太はいって、ぶ厚《あつ》い手で力の加減《かげん》もせず、ひとしきりムツキの頭をなでてやった。

夜半《やはん》の嵐《あらし》は雷鳴《らいめい》の一撃《いちげき》からはじまった。ついで大粒《おおつぶ》の雨が、ドドー、と突風《とっぷう》にたたきつけられてきた。

ムツキは仰天《ぎょうてん》してはねあがった。恐怖《きょうふ》にかられ、叫《さけ》び声《ごえ》をあげた。雨は格子《こうし》ごしにふきこみ、全身が早くも滝《たき》に打たれたかのようだ。

次々に稲光《いなびかり》が闇《やみ》をさき、それを追って雷鳴が地をゆるがした。すぐにもどこかへにげこみたかったが、身をかくす場所はない。ムツキは板壁《いたかべ》にもぐりこまんばかりに身をよせて、ふるえながらちぢこまった。

雨は突風とともに、ものすごい勢《いきお》いでおそってくる。が、しばらくすると、ぱたりとやんだり、小雨《こさめ》になったりもする。何度もそれをくりかえした。いっぽう、雷《かみなり》は引きも切らず、大地を攻撃《こうげき》しつづけた。

そのうち、宿からほど近い街道《かいどう》の上へ雷が落ちた。ムツキは格子《こうし》のすきまから、真

金

っ白い光の柱がそそりたつのを目のあたりにした。同時に、バシャーン！　と爆発《ばくはつ》するような轟音《ごうおん》が耳をつんざいた。

ムツキは、おそれおののいた。

半狂乱《はんきょうらん》になった。

もう一瞬《いっしゅん》もじっとしていられなかった。

とにかくにげなければ、と思った。

ムツキはうしろ足で立ちあがり、不自然な中腰《ちゅうごし》のまま、屋根板を下から猛然《もうぜん》とひっかいた。砂でもほるように、前足をものすごい早さで交互《こうご》に動かし、かきまくった。

すると、ゴトリ、ゴトリ……。

板が動いた。

次にやってきた疾風《しっぷう》がふわりと板をもちあげ、それから、われるような音を立ててさらっていった。

稲光《いなびかり》が光るたびに、一瞬だけ周囲の状況《じょうきょう》がわかった。格子《こうし》の横枠《よこわく》がはっきりと見えた。

ムツキはその場で、ぴょんぴょんはねあがり、格子をとびこえようとした。それが無理だとわかると、今度はのびあがって格子《こうし》の横枠《よこわく》に前足をかけた。うしろ足をけり体をもちあげて、なんとか枠を乗りこえようとした。

それから、なにかに足をひっかけようと、横枠にぶらさがったまま、うしろ足を宙《ちゅう》にばたつかせた。

格子全体が、ぐらぐらとゆれた。

不自然な姿勢《しせい》のまま格子ごとゆれるおそろしさに、ムツキは腹《はら》をゆすり、うしろ足をけり、宙《ちゅう》ぶらりんのままあばれた。すると、ぐらつきはますますはげしくなり、ついには格子どころか小屋全体がくずれおちた。


ムツキは走った。

走りに走った。

どしゃ降《ぶ》りの雨のなか、稲光《いなびかり》からにげまどい、死にものぐるいで走った。雷《かみなり》がとどろきはじめると、その場で耳をおおって、うずくまった。手近に草むらなど、もぐりこめそうな場所があれば、強引にはいこんだ。

やがてふっと静寂《せいじゃく》がおとずれると、頭だけをもちあげて、思いだしたようにあえいだ。舌《した》をひらひら、おどらせながら、つかの間《ま》体を休めた。ふせた腹《はら》の下に広がっている水たまりの泥水《どろみず》をなめたりもした。

しかし、それもわずか一時《いっとき》のこと。すぐに遠く、近く、白い閃光《せんこう》がビリビリとすじをひく。鞭《むち》うたれたように、ふたたびつっぱしる。

そうやって無我夢中《むがむちゅう》でにげまどううちに、どのくらい時間がたっただろう。

嵐《あらし》はついに、少しずつ、少しずつ、東へうつってゆき、じきに稲光《いなびかり》はぶ厚《あつ》い雲の奥《おく》をぼっと照らすだけになった。

あたりは静寂に包まれたが、同時に完全な闇《やみ》となった。

どこにいるのか、わからなかった。

わからないまま、ムツキは横だおしになってねむりこんだ。

近くでウグイスがさえずっている。

うっすら目を開けてみると、空は明るい。でも、まだおきる気にはなれなかった。

ムツキはまた目を閉《と》じたが、ややあって、はじかれたように頭をあげた。

びしょぬれの草のしげみに、なかばうもれたようになっていた。首をめぐらせ、きょとんとした。ぶるぶるっ、と耳をふるってから首をのばし、あらためてあたりを見まわしたが、ますますわけがわからなかった。

ここがどこなのか……。

どうして、ここにいるのか……。

のろのろ立ちあがり、鼻をあげ空気のにおいをかいでみた。水に洗《あら》われた地面と、強風になぎたおされた草のにおいが強烈《きょうれつ》に立ちのぼっている。

ひとりぼっちだ。

思わず鼻が、キュン、キュン、なった。

ムツキは頭をたれ、あたりをかぎながら、うろつきまわった。それから、どこへともなく歩きだした。とちゅうで、土のくぼみにたまった雨水をしこたま飲んだ。泥《どろ》がざらついて、いつまでも舌《した》にのこった。

昨夜《さくや》、稲光《いなびかり》と雷《かみなり》に追われ、ところかまわずつっぱしったせいで、中山道《なかせんどう》を南にはずれ、さらには東海道《とうかいどう》をも横切っていた。東海道の南には低い山々がつらなっているが、そちらへ向かっていたことになる。

しかも、夜が明け目ざめてからも、同じ方向へ進んだ。

五月も末《すえ》になっていた。嵐《あらし》の去った晴天には雲ひとつなく、太陽が勢《いきお》いよくのぼってくると強い日ざしが照りつけた。ムツキは早くも舌《した》を出し、荒《あら》い息をはきながら歩いていった。

山も、畑も、草原《くさはら》も、音を立てんばかりに雨水を蒸発《じょうはつ》させている。うなだれていた枝葉《えだは》も頭をはねあげた。あたり一帯に緑のにおいが立ちこめるなか、ムツキは知らず知らず、食べもののにおいをさがして歩いた。雨に洗《あら》いだされ土にもどりそこなったミミズは、見つけるはしから飲みこんだ。

そうやって、とぼとぼ歩いてゆくうちに、ついに気になるにおいをかぎあてた。

食べものだ！

そこらじゅうをかけまわり、においを運んでくる風の流れを見つけた。それをさかのぼってかけてゆくと、山すそに小さな祠《ほこら》が見えた。においのもとは、祠のわきにある、ひらたい石の上だ。このあたりに住みついている眷属《けんぞく》のキツネのために、近くの住人が食べものをそなえているのだろう。

このにおいは、なにか雑穀《ざっこく》でもまぜた餅《もち》のようなものにちがいない……。

しめしめと近よっていったときだ。

右手の木立《こだち》から音もなくあらわれた白いものが、ムツキの行く手をひとっとびに横切り、着地したその足で方向を変えるや、次のひとっとびで祠《ほこら》のわきに立っていた。

ムツキが度肝《どぎも》をぬかれ、あっけにとられているうちに、おそなえの餅《もち》をさほど急ぐ様子もなく、だが、ふた口、み口で、こくこくと飲みこんだ。それから、はじめてムツキをふりかえった。

キツネではない。

犬だった。真っ白い雌犬《めすいぬ》だ。

このあたりをなわばりにする里犬《さといぬ》の一頭だった。シロとよんで、かわいがっている家もある。御眷属《ごけんぞく》さまへのおそなえを、ちゃっかり失敬《しっけい》するのがはじめてでないのは、身のこなしからも見てとれた。

里犬や町犬《まちいぬ》は、なわばりにはいってくる人や犬にほえつくのが仕事のようなものだ。ところが、シロは食いものではムツキにゆずる気はなかったものの、自分から攻撃《こうげき》に出る気はないようだった。明らかによそものを見る目つきだったが、同時に、巻《ま》き尾《お》を背《せ》の上でかすかにゆすって、さそうようなそぶりも見せた。

ムツキはシロのとつぜんの登場と早わざに、腰《こし》がひけた状態《じょうたい》だった。だが、せっかくのごちそうを横取りされた鬱憤《うっぷん》は、はらさずにいられない。相手がどう出るか見きわめる間《ま》もおかず、瞬時《しゅんじ》に体勢《たいせい》をととのえると、シロ目がけてとびかかっていった。

それからの二頭は、うなり声をあげながらとっくみあい、ときには牙《きば》を立て、ぱっととびすさってはとびかかり、走って追いかけたり、追いかけられたりをくりかえした。

遠目には、子犬がじゃれあっているように見えた。

二頭はそうやって、ひとしきり山すその緑をけちらしていたが、やがてシロが先に立って山の斜面《しゃめん》をかけあがった。ムツキはまようことなく、シロを追いかけていった。

第十章　村送り

六月四日

「犬のことで、名主《なぬし》さまにご相談がおす」

田代村《たしろむら》の名主、宗左衛門《そうざえもん》の屋敷《やしき》へやってきた百姓《ひやくしよう》は、頭のかぶりものをとり、勝手《かって》口《ぐち》をくぐると名主への取りつぎをこうた。

「おお、五平《ごへい》か。しばらく見なんだが、犬のこととは、またなんや？」

「へぇ、それが……。

近くのお稲荷《いなり》さんに、二、三年前から白い雌犬《めすいぬ》がすみついておす。毎日のようにうちへ顔を出しますけ。孫がシロとよんどって、なんやかやのこりものやるさけ、えらいなついて……」

名主はここまできくうちに、すでに少しばかりいらだたしげに足をふみかえた。

そもそも、名主はあまり犬が好きではなかった。子どものころ腕《うで》をしたたか、かみつかれたからだ。猫《ねこ》は二匹《ひき》、飼《か》っている。ネズミはとるし、猫のほうがよほど役に立つと思っている。

「それで、どうした？」

「へぇ。その犬がこの前の嵐《あらし》の晩《ばん》から、とんとすがたが見えへん。何日たってももどらんさけ、孫は泣くは、かかあは心配するは……。

おおかた熊《くま》にでも食われたか、罠《わな》にでもかかったかゆーて、なかばあきらめておったとこへ、今朝《けさ》になって、ひょっこりすがたをあらわしたんでおす」

名主《なぬし》はふたたび足をふみかえた。

「ご相談いうんは、シロが連れてきた犬のことで……」

五平《ごへい》は手にした長い縄《なわ》を、ぐいぐい、たぐりよせた。勝手口《かってぐち》の外からいやいやひきずりこまれたのは、ムツキだった。

「シロはどうやら、こいつとかけおちと、しゃれこんでいたんでおす」

ようやく名主の口もとに笑《え》みがもれた。

「ふん。じきに子を産むな」

「へぇ、まぁ、それは毎年のことで……。で、気ーついたら、こいつめ、こんぴら狗《いぬ》ですがな。どうしたものかと……」

名主の顔色が変わった。

「そういわれれば、首になにやらまきつけておる。たしかにこんぴら狗と見えるが、どこからやと？」

「名主さま、わいは字が読めへんもんで」

「おお、そうやった。どれどれ……」

名主《なぬし》は下駄《げた》をつっかけると土間《どま》へおりた。いやがるムツキの首のものを、強引にあらためにかかった。

「江戸瀬戸物町《えどせともの ちょう》、郁香堂飼《いくこうどうか》い犬《いぬ》、とある。白い布《ぬの》でまいたものは……金毘羅《こんぴら》さんのお札《ふだ》やな。

ということは、参詣《さんけい》をはたし江戸へ帰るとちゅう、おまえんとこの雌犬《めすいぬ》にたぶらかされ、道をあやまったということやど」

五平《ごへい》は内心憤慨《ふんがい》したが、だまっていた。

「どないする？　街道《かいどう》から、すっかりはずれとるやないか。せっかくここまで来て代参《だいさん》をほうりだしたとあっては、それをゆるしたわれわれの恥《はじ》や」

「へえ」

たよりない声だ。

「よし、村送りにするとしよう」

村送りというのは、病人などを村から村へ継《つ》ぎ送《おく》りし、国もとへとどけるしくみである。

「犬は、きょうはここであずかる。今夜のうちに送《おく》り状《じょう》を用意しとくから、あす、おまえが山上村《やまがみむら》へひいてゆけ」

五平《ごへい》は頭をさげて出ていったが、余計《よけい》な仕事を命じられ、道々ぶつぶついいながら帰っていった。

この間《かん》、屋敷《やしき》の外をうろついていた白犬が、しょんぼりした顔で、五平におくれおくれついていった。

ムツキはにげださないよう、土間《どま》につながれた。屋敷中のものが次々にやってきて遠巻《とおま》きにしてながめたが、名主《なぬし》の手前、ふれたりなでたりすることはなかった。

ムツキは名主が犬好きでないことを、一瞬《いっしゅん》にしてかぎとった。この場所も人々も、この男の支配下にあるとわかったから、居心地《いごこち》がよさそうには思えなかった。

だが、名主の指示《しじ》で用意された食事にはよだれがたれた。シロといっしょにいた七日の間、ろくなものは食べなかったからだ。ムツキは出されたものをむさぼり食った。

腹《はら》はくちくなったが、気持ちはふさいでいた。シロとひきはなされた痛手《いたで》をまぎらわせるように、縄《なわ》をひいてうろうろ歩きつづけた。日が落ちてあたりが闇《やみ》に包まれると、とうとうあきらめたように土間のすみに身をよせた。

翌日《よくじつ》、ムツキはいくつもの丘《おか》や山をぬって、山上村《やまがみむら》へ連れてゆかれた。首にまきつけた縄《なわ》を五平《ごへい》がようしゃなくひっぱったが、うしろ髪《がみ》をひかれ足取りは重かった。つかずはなれず、シロがついてくるのが、わかっていたからだ。

最初は名主《なぬし》の屋敷《やしき》のあたりから、遠くうしろを遠慮《えんりょ》がちについてきた。それから道ぞいの草むらにとびこむと、ひょいひょい、見えかくれしながら追ってきた。最後は山の斜面《しゃめん》をかけあがり見晴らしのきく岩の上に出ると、もう動くことはなかった。

ムツキは悲しそうな目をしてひかれていった。

覚《おぼ》え

一つ。犬、一匹《ぴき》

右《みぎ》、当村《とうそん》にて保護《ほご》せしが、こんぴら狗《いぬ》につき、継《つ》ぎ送《おく》り申《もう》し上《あ》げそうろう

六月四日

栗本郡田代村《くりもとぐんたしろむら》　名主　宗左衛門《そうざえもん》

甲賀郡《こうがぐん》山上村　名主　太郎右衛門様《たろううえもんさま》

太郎右衛門《たろうえもん》は五平《ごへい》のさしだした送《おく》り状《じょう》に目を走らせ、あらためてムツキを見ると、とびあがらんばかりによろこんだ。宗左衛門《そうざえもん》ととなり、犬には目がなかった。実際《じっさい》、自分でも二匹《ひき》、飼《か》いそだてていたのだ。それが思いがけず、こんぴら狗《いぬ》をとどけられたのだから、舞《ま》いあがるのも無理はない。

すぐさまムツキともども五平を座敷《ざしき》へあげ、急ごしらえの食事を出して歓待《かんたい》した。五平はすすめられるままに酒を飲み、ほろ酔《よ》い気分になると、やぶ蛇《へび》でおしつけられた野暮用《やぼよう》もまんざらではなかった、と思った。

いっぽう、ムツキはなれぬ座敷にあげられ、うろたえて、出されたものもろくに食べなかった。五平が帰ってからは、急きょ掃除《そうじ》をさせた納屋《なや》に入れられたが、日が落ちてからも、クンクン、鼻をならしながら、いつまでも暗がりを歩きまわった。

覚《おぼ》え
一つ。犬、一匹《ぴき》
右《みぎ》、田代村《たしろむら》より送りきたる。金毘羅大権現《こんぴらだいごんげん》に参詣果《さんけいは》たししこんぴら狗《いぬ》につき、くれぐれもお気をつけ、継《つ》ぎ送《おく》りなさるるべくそうろう

六月五日

水口宿《みなくちしゅく》へ

山上村《やまがみむら》　名主《なぬし》　太郎右衛門《たろうえもん》

毎日、村から村へ、宿場《しゅくば》から宿場へ連れてゆかれるたびに、一枚《まい》ずつ送《おく》り状《じょう》はふえていった。

名主や宿場《しゅくば》問屋《といや》の役人に命じられ、下働きの男や村人たちが送り状をたずさえムツキを誘導《ゆうどう》したり、あるいは綱《つな》をひいて次の目的地まで歩いてとどけた。

どこでも待遇《たいぐう》はとてもよかった。餌《えさ》は残飯ですますところなどなかったし、銭袋《ぜにぶくろ》から餌代をとることもなかった。しかし、それまでのように、短期間でも同じ人となれしたしんで、いっしょに旅をする感覚とはほど遠い。

とめおかれる宿《やど》でも、歩いているとちゅうでも、見物人にかこまれたり、なでられたりするのは今までと同じだった。ムツキはそのたびにしっぽをふったが、心がみたされることはなかった。

こうして何日たったのか、何里《り》歩いたのかわからなかったが、小さな不満は少しずつふくらんでいった。

そんなある日のこと、とどけられた先の問屋場《といやば》で、送り状《おくりじょう》をうけとった役人がとんでもないことに気がついた。ムツキの前足に血がこびりついていたのだ。

その日の午後、街道《かいどう》で早馬《はやうま》に追いぬかれた。馬のけとばした小石が運悪くすねにあたり、とがった石の縁《ふち》が皮膚《ひふ》をひきさいた。ムツキはその瞬間《しゅんかん》、キャン！とひと声、小さくないたが、それはいたいというよりおどろいたからだった。

綱《つな》をひいていた男は、鳴き声を気にもとめなかった。

痛《いた》みは足をひきずるほどではなかったし、歩いているうちすぐに忘《わす》れた。血はしばらく流れおちていたが、そのうちにとまって流れおちたままのかたちにかたまった。

そのさまは傷《きず》自体より、はるかに大げさなものに見えた。

役人は滑稽《こっけい》なほどあわて、「薬、薬をもて！」と、さけんだ。傷の手当てを命じられた男たちが、いやがるムツキをおさえつけ、傷口を洗《あら》い、軟膏《なんこう》をぬり、足に布《ぬの》をまきつけた。傷はかえって、しくしくといたんだ。

翌朝《よくあさ》、役人は駕籠《かご》を用意させた。けがしたこんぴら狗《いぬ》を歩かせるわけにはゆかぬ、と判断《はんだん》したのだ。

ムツキは、不愉快《ふゆかい》なことがおこるらしい、と本能的《ほんのうてき》に察知《さっち》した。すわりこんだままてこでも動かなかった。男たちが首に縄《なわ》をかけ駕籠《かご》までひっぱっていこうとしたが、ふせて地面にしがみついた。それを無理やりひっぱると、転げまわってあばれた。

だが、多勢《たぜい》に無勢《ぶぜい》、ついにムツキは駕籠におしこまれた。にげださないように、駕籠は筵《むしろ》で何重にもくるまれた。まるで重罪人《じゅうざいにん》を護送《ごそう》するための駕籠さながらだった。

役人に命じられた男が、また一枚《まい》ふえた送《おく》り状《じょう》の束《たば》をふところに入れ、駕籠につきそい次の宿場《しゅくば》へ向かった。

こんなに不愉快な乗りものはなかった。駕籠ははげしく上下にゆれ、立ってもすわっても体をささえきれない。何度も床《ゆか》に転がった。転がりまわるうちに、すねにまいた布《ぬの》ははがれおち、朝飯《あさめし》はどっとはいた。道中ずっと、キャン、キャン、なきつづけた。

昼すぎには四日市《よっかいち》に到着《とうちゃく》した。村送りにされてから、十日あまりがすぎたころだった。

駕籠が問屋場《といやば》の前におろされると、つかれはてたムツキは、せまい床に横だおしになって、舌《した》をたらしてあえいだ。

役人はけげんな顔で送《おく》り状《じょう》の束《たば》に目を走らせた。それから、筵《むしろ》でくるまれた駕籠《かご》を見て笑いだした。

「これはまた珍妙《ちんみょう》な。罪人《ざいにん》あつかいだな」

「へぇ、犬が駕籠に乗るのをいやがってあばれたで、にげやんようにとのおおせで」

「送り状には、足をけがをしている、とあるが?」

「へぇ、さようで」

「なのに、そんなにあばれたか?」

「へぇ、えらく手こずりましたわ」

「それだけ元気があるなら、無理して駕籠になど乗せんでも、自分で歩いてこれたろうが」

男はこまった顔をした。返事のしようがない。そういわれれば、たしかにそうだが、そんなことは考えたこともなかった。下働きは役人の命令にしたがうだけだ。

「わかった。犬は当方であずかる。あす、継《つ》ぎ送《おく》ることにいたす。おまえたちは、もう帰ってよい。ご苦労だった」

それから、自分の部下に命じた。

「犬を外へ出して休ませてやれ」

「ははぁ」

したっぱ役人が二人、駕籠《かご》から筵《むしろ》をはがしにかかった。

駕籠のうす暗がりのなかで、ムツキはびくっととびおきた。次になにがおこっても、すぐさま応戦《おうせん》できるよう身がまえた。

筵がはがされてゆく……。

そうとわかった瞬間《しゅんかん》、ムツキの心は決まった。

最初に細いすきまが開いたとたん、ムツキはそこへ、ずぼっ、と頭をつきだした。そのままがむしゃらに駕籠をぬけだした。わき腹《ばら》にするどい痛《いた》みが走ったが、かまわず外へおどりでると、あとも見ずににげだした。どこへ行くかも考えず、首の縄《なわ》をひるがえし疾風《しっぷう》のように走った。

役人たちはあっけにとられ、そのうしろすがたを見送るばかりだった。視線《しせん》を駕籠へもどすと、竹枠《たけわく》と筵のはしには茶色い毛が、ずるり、とこすりとれ、くっついていた。

じきに宿場《しゅくば》から街道《かいどう》へ出た。旅籠《はたご》や店がなくなり家もまばらになると、道はひなびた田舎《いなか》のただなかを遠くへとつづいていた。

ムツキは立ちどまって少し休み、荒《あ》れた息をととのえながら、あたりを見まわした。すげ笠《がさ》をかぶり、小さな荷物を肩《かた》にかけ、杖《つえ》を手にした旅すがたの男が前後して何人も歩いてゆく。向こうからも何人もやってくる。たった今、目の前を通りすぎたのは、手ぬぐいをかぶった中年の女だ。馬子《まご》のひく馬には老婆《ろうば》を乗せ、お伴《とも》の若者《わかもの》をしたがえている。

ムツキは思わず鼻を動かし、風をかいだ。それから、道ばたの草むらを、道路の土を、ふがふが、かぎあるいた。

とつぜん、なつかしい思いにとらわれた。それは記憶《きおく》の底にのこる街道のにおいだ。ムツキはまようことなく、その道を東に向かって歩きだした。動物の本能《ほんのう》か、それとも、その方向に強くひかれるものがあってか、行くべき道をあやまることはなかった。

首から縄《なわ》をひきずって歩く犬は異様《いよう》に見えた。つかれているのも見てとれた。すれちがいざま、こんぴら狗《いぬ》だと気づくものもいたが、よばれても以前のようによってゆくことはない。ムツキは人をさけて歩いた。

とぼとぼ歩いているうちに、だんだん足取りが重くなってきた。今朝《けさ》から飲まず食わずだ。いや、朝出されたものは、駕籠《かご》のなかへみなはいた。

季節は早くも夏だった。さえぎるもののない街道《かいどう》は、遠くへ行くほど白っぽくかすんで見えた。

ムツキは道ばたの草の上へ腹《はら》ばいになった。ひんやりしてほっとする。すると、今になって、駕籠にこすったわき腹がひりひりしはじめた。ムツキは体を丸めて一心に傷《きず》をなめた。痛《いた》みが少しやわらぐと、今度はすねのかさぶたが気になったが、そのうち前足にあごをのせて、とろとろと浅いねむりに落ちた。

道のななめ向かい側に一里塚《いちりづか》があった。榎《えのき》の木陰《こかげ》から、それとなくムツキの様子をながめている女がいた。

年のころは三十。手ぬぐいでまげをおおい、着物の上にちりよけの浴衣《ゆかた》を重ねた旅すがたにも、どことなく落ちつきが感じられるのは、商家の若女将《わかおかみ》といったところだ。腰《こし》をおろし、すげ笠《がさ》を横へおき、六、七歳《さい》の男の子に饅頭《まんじゅう》を食べさせている。

二、三歩はなれ、となりにすわっているのは、伴《とも》の若い男だ。荷物をおろし、やはり饅頭《まんじゅう》を食っていた。

「ねぇ、善七《ぜんしち》」

女はムツキから目をそらさず、男に声をかけた。

「あの犬、ずいぶんつかれているみたいよ。首にいろいろつけているようだけど、もしかしたら、こんぴら狗《いぬ》じゃないかしら？」

いわれて善七はあたりを見まわし、はじめてムツキに気がついた。

「そうですね、女将《おかみ》さん。見てきましょうか？」

「ええ、そうしてちょうだい」

善七が立ちあがると、気配を察《さっ》し、ムツキは顔をあげた。男が道を横切り自分のほうへやってくるとわかると、ぱっと立ちあがり、足ぶみしながらあとずさった。

「善七、だめ！」

と、女がさけんだ。

「にげるわ。こわがってる」

「では……饅頭でつってみましょうか？」

「まだのこっていて？」

「はい、三つあります」

「では、まず、そこへ半分、おいてごらんなさい」

道のなかほどを指さした。

善七《ぜんしち》は街道《かいどう》の前後へ首をめぐらせた。たまたま近くに旅人のすがたがなかったので、命じられたとおり、道のまんなかへ半分にわった饅頭《まんじゅう》をおいてみた。

「善七！」

女がささやいて、さしまねく。善七はもとの木陰《こかげ》へもどった。

ムツキは立ったまま、二人の様子を注意深く見つめた。

男はあらぬほうをながめ、女はあらためて子どもの世話をやきはじめたようだ。

目の前に食べものがある。

甘《あま》いにおいがする。

十歩、歩くだけだ……。

ムツキは、木陰の三人が、村送りにかかわった連中とはことなるような気がした。

いや、自分がよく知っている種類の人間だ。

一歩、二歩……。

ムツキは、おもむろに道の中央へ出ていった。

上目づかいに注意をはらいながら、でも、あっという間《ま》に饅頭《まんじゅう》をたいらげた。すると、かえって空腹感《くうふくかん》は刺激《しげき》された。

「よかった。食べたわ。今度はそこへおいておやり」

女がいった。

善七《ぜんしち》は饅頭ののこり半分を、女の足もとから数歩の場所においてあとずさった。

ムツキはちょっとためらったが、ゆっくりと、でも、まっすぐに歩いてきて、今度もぱくっと丸のみにした。

そして、これからどうしたらよいのかわからず、こまったように立ちつくしている。

「ほら、やっぱり首から袋《ふくろ》と木の札《ふだ》をたらしているわ。首にまいてあるのは、きっと金毘羅《こんぴら》さんのお札ですよ。

まあ、けがをしているわ。わき腹《ばら》をどこかですりむいたようよ。足にも傷《きず》がある」

「どこからか、にげだしてきたんでしょう」

と、善七が応《おう》じた。

二人のやりとりをきいていた男の子が、そのときになってはじめて、そっぽを向いたまたずねた。

「ねぇ、犬がいるの？」

「ええ、宗《むね》ぼう、こんぴら狗《いぬ》ですよ」

「こんぴら狗って？」

「宗郎《むねお》はお伊勢《いせ》さんにお参りしてきたでしょう。金毘羅《こんぴら》さんは、もっともっと、ずっと遠く、讃岐《さぬき》の国にあるのよ。飼《か》い主《ぬし》のかわりに、金毘羅さんまでお参りに行ってきた犬ですよ」

「どこから？」

「そうね……たぶん、わたしたちと同じ、江戸《えど》のどこかでしょう。だれかにいじめられて、にげてきたらしいわ。だから、わたしたちのことも警戒《けいかい》しているのよ」

「ふぅーん」

宗郎とよばれた男の子は、顔を上向けゆっくりと左右に動かした。母親のいったことを自分でも感じとり、たしかめようとしている。目が見えないのだ。

「そうっとしておいてあげましょう。そうしたら、わたしたちを信用してくれるかもしれないわ」

「おいらのことも?」

「ええ、そうだといいわね」

宗郎《むねお》はうれしそうにほほ笑んだ。

「女将《おかみ》さん、足手まといになりませんか?」

善七《ぜんしち》がちょっと不満そうな声を出した。

「そんなことはないでしょう。

それに、せっかく大役をはたしてきた、こんぴら狗《いぬ》ですよ。こんなところに、すてておくわけにいかないじゃありませんか……」

女は、今度は自分で饅頭《まんじゅう》を半分にして足もとにおいた。

「善七、首の札《ふだ》が読めて?」

「はぁ……」

ムツキはすぐによってきて、あっという間《ま》にたいらげた。

「無理です。頭がじゃまで」

「じゃあ、これでどう?」

女はのこりの饅頭をこれ見よがしにゆっくりと、ひと口食べた。そののこりを手のひらにのせると、ムツキはまちきれず、顔をつきだしてなめとった。

「江戸《えど》、瀬戸《せと》……。あっ、動いちゃった」

「瀬戸物町《せともののちょう》、きっと瀬戸物町です！　少し遠まわりをすれば、帰りによっていけるところじゃありませんか」

「あ……はい」

「お母さん、うちの近くなの？」

「ええ、ずいぶんと近くですよ」

「じゃあ、犬もいっしょにうちへ帰る？」

「ついてきてくれたらね。さ、そろそろ行きましょう」

女は笠《かさ》をかぶり、立ちあがった。子どもの手をひっぱりあげ、尻《しり》のちりをはらってやる。男は荷物をかつぎあげた。かつぎ棒《ぼう》の両はしには、行李《こうり》（竹や柳《やなぎ》であんだ衣装箱《いしょうばこ》）をくりつけてある。

「ついておいで」

女はムツキに向かってそういうと、宗郎《むねお》の手をひいて歩きだした。

「おいで。おいで」

宗郎《むねお》が場ちがいなほうへ首をふりむけ、空いているほうの手をぱたぱたさせながらよんだ。

二人のすぐうしろに善七《ぜんしち》がつづく。宗郎にあわせ、みなゆっくりした歩調だ。

ムツキは立ったまま、三人のうしろすがたを、ぼうっとながめていた。それから、突如《とつじょ》、ぶるぶるっ、と頭をふった。

ムツキはなにかをたしかめるように、ちらりとうしろをふりかえってから、距離《きょり》をおいて三人のうしろを歩きだした。

「どう？　善七。ついてきている？」

女は前方を見たまま、ささやいた。

「はい、そのようで」

「よかったね」

宗郎がはずんだ声をあげた。


女の名前は澄江《すみえ》。江戸《えど》小網町《こあみちょう》にある油問屋《あぶらどんや》、甲島屋《こうしまや》の女将《おかみ》だった。

ひとり息子の宗郎は生まれつき目が不自由だった。ありとあらゆる手をつくしたが、はかばかしい視力《しりょく》はえられなかった。最後は神仏《しんぶつ》にたよるしかないと、あちこちに願《がん》もかけたがご利益《りやく》はない。

ではお伊勢《いせ》さんに……そう思いついたら、澄江《すみえ》はいてもたってもいられなかった。目の見えない子どもを連れての長旅など心中《しんじゅう》するのも同然だ、と周囲からはさんざんたたかれた。しかし、最後には夫《おっと》が、「よし、行ってこい」と、後おししてくれた。手代《てだい》のなかから、信頼《しんらい》のおけるものを一人伴《とも》につけてやる、ともいった。

そうやって実現《じつげん》した伊勢参り。箱根《はこね》の山ごえなど、さすがに馬に乗ったところもあるにはあるが、そのほとんどの行程《こうてい》を宗郎《むねお》は小さな足で歩きとおしている。しょっちゅう泣いてはぐずっていた子が、旅に出てからは一度も泣いたことがない。それだけでも澄江はうれしかった。

無事に伊勢参りをすませたのは四日前。帰路、伊勢街道《いせかいどう》を北上し、東海道《とうかいどう》に合流して間《ま》もなくの、こんぴら狗《いぬ》との出会いだった。

ムツキは最初、つかずはなれず三人についていった。どうせ同じ方向に行くんだからと、ちょっとすねたような、意地をはったような顔をしていた。

桑名宿《くわなしゅく》に近づくにつれ、道の両わきに焼きハマグリを食べさせる茶店がふえていった。

松ぼっくりの直火《じかび》で焼くハマグリのこうばしさには、ねむっていたムツキの記憶《きおく》をかきたてるものがあった。ムツキはあっちへ、こっちへ、小走りにかけていって、道ばたでハマグリを焼いている男や女を見あげたり、貝やガラを入れた籠《かご》をかぎまわったりした。

「あ、善七《ぜんしち》、あそこ」

澄江《すみえ》が指をさした。

「行きにハマグリを食べたところですよ」

「お母さん、また食べたいよ」

宗郎《むねお》がつないだ手をぎゅっとひっぱった。

「ええ、わたしもですよ」

澄江は一軒《けん》の茶店の縁台《えんだい》に宗郎をすわらせると、自分も横へ腰《こし》をかけた。

「まあ、お客さん。ようおいでたね。お伊勢《いせ》さんには無事にお参りできましたかな？」

お茶をもって出てきた女房《にょうぼう》は、この三人連れをおぼえていた。

「ええ、おかげさまで。ありがとう」

「ぼうや、ちゃんと歩けたんやね？　えらかったね」

宗郎《むねお》は、「うん」と、ほこらしげにうなずいてから、つけくわえた。

「帰りはこんぴら狗《いぬ》といっしょなの」

「ええっ？」

女房《にょうぼう》がおどろいてあたりを見まわすと、少しはなれたところから、ものほしそうに鼻面《はなづら》をつきだしている犬がいた。

「あれ、ほんとや。おいで、おいで。おまえには冷ましたのをやるわな」

女房はいったん店の奥《おく》にひっこむと、ハマグリの身をふたつのせた皿をもってきて、宗郎の足もとにおいてやった。

下におかれた食べものは自分のものだ、とわかっている。ムツキはまよわずよってくると、一瞬《いっしゅん》でたいらげた。空《から》になった皿を、さらにぺろぺろなめあげた。

女房が皿をさげると、ムツキは縁台《えんだい》から鼻先にたれていた宗郎のすねを、ふんふん、かいだ。宗郎はなにやら気配を感じて、はっと体をかたくした。

「犬が宗《むね》ちゃんの足をかいでいるのよ」

澄江《すみえ》が教えてやった。

「ほんと？　犬はもうハマグリ、食べた？　おいしかったって？」

「ええ、とっても」

すると、澄江が宗郎《むねお》のために殻《から》からはずし、皿にのせて冷ましてあったハマグリを、宗郎は手でさぐると縁台《えんだい》の下にするりと落とした。ムツキはそれをぺろりと飲みこんでから、同じ味のする小さな手を、指のあいだまでなめまわした。

「くすぐったいよー」

宗郎は大げさに体をよじって笑い、最後には縁台にあおむけになった。くすぐられて、おかしかったというよりは、うれしかったのだ。

三人はその日、桑名宿《くわなしゅく》にとまった。

宗郎のこともあるので、事情を知った旅籠《はたご》のほうが都合がよい。空きさえあれば、澄江は来たときと同じ旅籠にとまることにしていた。

ここでもまた、「ようおいでたね。お伊勢参《いせまい》りはどうでしたな？」と、歓迎《かんげい》してくれた。

宗郎は目が見えないかわりに、人一倍、耳がいい。女中《じょちゅう》の声もおぼえている。

「お姉ちゃん、今度はこんぴら狗《いぬ》といっしょだよ」

と、はずんだ声をあげた。

見れば、三人の背後《はいご》に立っている犬は、首から銭袋《ぜにぶくろ》をさげている。

女中《じょちゅう》は目を丸くした。

「女将《おかみ》さーん、こんぴら狗《いぬ》ですよー。女将さーん！」

ムツキのよく知っている声だった。光景だった。

だれといっしょだったのか、わからない。でも、この場のやりとりと雰囲気《ふんいき》はおぼえている。

女中が水をはった桶《おけ》をもってきた。澄江《すみえ》が宗郎《むねお》の足を洗《あら》ってやろうと腰《こし》をかがめるより早く、ムツキは桶に頭をつっこみ、ペチャペチャ、音を立てて水を飲んだ。

宗郎はおもしろがって、足でめちゃくちゃに水をはねとばす。

澄江は水しぶきをかぶって笑った。

ムツキはとびちる水滴《すいてき》を、ぱくっ、ぱくっ、と食べようとする。嬉々《きき》とした目をしていた。

シロとひきはなされて以来かたくなに閉《と》じていた心が、ふっとときはなたれた。

この子といっしょにいよう……。

言葉にはできないが、ムツキの心は決まった。

桑名《くわな》から先の東海道《とうかいどう》は七里《しちり》の渡《わた》しとなる。美陶園《びとうえん》のご隠居《いんきょ》が大雨に打たれ、死病《しびょう》にとりつかれた海の旅だ。距離的《きょりてき》には長くなるが、船旅をいやがる女や子どもは佐屋街《さやかい》道《どう》（七里の渡しの迂回路《うかいろ》。桑名の北にある佐屋宿《さやじゅく》と宮宿《みやしゅく》をむすぶ街道）へ迂回することが多かった。

とはいえ、佐屋街道へ出るにも、内陸へ川をさかのぼらなければならなかった。

ムツキは何度乗っても川船は苦手だった。そわそわ落ちつかなかったが、うろつきまわれば船頭におこられる。しかたなく、体をかたくして宗郎《むねお》によりかかるようにしてがまんした。

宗郎は、「茶々丸《ちゃちゃまる》、茶々丸」と、よびかけながら、休むことなく頭をなでたり背中《せなか》をたたいたりしつづける。おかげでムツキは気がまぎれるような、かえって落ちつかないような気分で、ときどき思いだしたように、ハァ、ハァ、と舌《した》を出した。

昨夜、旅籠《はたご》に落ちついてから宗郎はいった。

「この犬、名前は？」

「郁香堂《いくこうどう》、飼《か》い犬《いぬ》としか書いてないのよ」

「じゃあ、茶々丸《ちゃちゃまる》ってよぶことにする」

「かわいいわね。そんな色をしているし……」

口をついて出た自分の言葉に、澄江《すみえ》ははっとする。目の見えない子どもに、どうやって色を説明すればよいのか、いつも頭をなやますのだ。

「ちがうよ。おばあちゃんのおうちに、茶々っていう雌猫《めすねこ》が来るでしょ。この犬は雄《おす》なんでしょう？　だから、うしろに丸をつけたんだ」

宗郎はあっけらかんと説明した。

「あ、ああ、そうなのね」

澄江は相づちを打ちながら、茶々も金茶《きんちゃ》まじりの毛色だからこそ、母がそうよびはじめたのに、と胸《むね》がいたんだ。

澄江たち一行が川船をおりたのは夕方だった。すぐに旅籠《はたご》にはいり、翌朝《よくあさ》からの陸路の旅にそなえた。

どこの旅籠にとまっても、ムツキの居場所《いばしょ》は土間《どま》と決まっていた。一日旅をしてきたあとなので、くたびれきっている。たいていは土間《どま》のすみに丸くなり、うとうとしているが、使用人や客が出入りしたり、なにか気をひくようなことがあると、ひょいと頭をあげ、ことの一部始終《いちぶしじゅう》を観察《かんさつ》した。日が落ちて戸が立てられると、だれにじゃまされることもなく、横だおしになって朝までぐっすりとねむった。

ところが、宗郎《むねお》は自分が床《とこ》につくまでムツキをはなそうとしなかった。食事や風呂《ふろ》の時間は別としても、何度澄江《すみえ》に部屋へ連れもどされても、いつの間《ま》にか自分でそろそろと廊下《ろうか》の壁《かべ》やふすまをつたい、尻《しり》で一段《だん》ずつ階段をすべりおり、裸足《はだし》で土間へおりてくる。両手を前につきだし宙《ちゅう》をさぐりながら、「茶々丸《ちゃちゃまる》、茶々丸」とさがしに来る。

ムツキはご隠居《いんきょ》と死にわかれて以来、名前でよばれたことはなかった。

この子は、はじめてきく「茶々丸」という言葉を、日に何十回もムツキに投げかけてくる。この言葉を使って自分をさがしに来る。

ムツキは、どうやらこの言葉は自分のことだ、と悟《さと》った。また、「宗郎」とか「宗《むね》ちゃん」という言葉はこの子のことだ、というのもおぼえた。

ただ、この子は少しばかり人とちがって、ムツキの目を見ることがなかった。だから、「茶々丸《ちゃちゃまる》！」とよばれたら、すぐに宗郎《むねお》のそばへかけていって、自分から目をあわせた。宗郎の目はうつろで、目と目でものをいうことはできなかったが、互《たが》いにこまることなどなにもなかった。

第十一章

最後の道連れ

六月十七日

翌朝《よくあさ》、佐屋《さや》街道《かいどう》を歩きだすと、三人と一頭の本格的《ほんかくてき》な旅がはじまった。澄江《すみえ》は宗郎《むねお》の手をつないで前を歩き、うしろから善七《ぜんしち》が荷物をかついでしたがうのは、それまでと同じだった。

新たに道連れとなったムツキは、三人のわきを歩いたり、前へ出たり、うしろにさがったり、道ばたの木の根もとや草をかいだりしながらついていった。

宗郎はムツキが気になって、気になってしかたがない。

「茶々丸《ちゃちゃまる》は？」

「茶々丸はどこ？　ちゃんと来てる？」

しょっちゅう澄江にたしかめる。

「ほら、ここにいますよ」

澄江は立ちどまってムツキを手まねきすると、その頭や肩《かた》に小さな手をそえてやる。宗郎はひとしきりムツキをなでると、かならず、「茶々丸、はなれちゃだめだよ」と、いった。

しかし、ムツキはときとして、澄江や善七にさえ見えないところにまで、すがたを消すことがあった。街道《かいどう》といっても田舎道《いなかみち》だ。ヘビやカエルでも見つければ、草むらにかけこむのは日常茶飯事《にちじょうさはんじ》。タヌキのしっぽやキツネの耳でも、ちらり目のはしをよぎれば、猛然《もうぜん》とどこまでも追っていってしまう。町のなかでは、なわばりを主張《しゅちょう》する犬たちにほえられてにげたり、猫《ねこ》を追いかけたりもする。ひとしきりかけまわって気がすむと、においをたどって三人に追いついてくるのである。

しかし、宗郎《むねお》はムツキの気配が消えるのを敏感《びんかん》に感じとると、そのたびに大さわぎする。

「どこ行ったの？　今、どっかに走ってってたでしょ？　ねぇ、もどってくる？　ねぇ、茶々丸《ちゃちゃまる》、ちゃんともどってくる？」

矢つぎばやに、たたみかけてくる。

最後には、「茶々丸！　茶々丸！」と、四方八方《しほうはっぽう》へ大声をあげた。

庄内川《しょうないがわ》をわたる万場《まんば》の渡《わた》しでは、こんなことがあった。

澄江《すみえ》たちが船つき場に到着《とうちゃく》したとき、ちょうど出ようとしている舟《ふね》には、まだ空《あ》きがあった。

「おい、ちゃっと乗れ」

船頭《せんどう》が腕《うで》をふってせかしたが、ムツキがいない。

「あのぅ、次にしますから」

澄江《すみえ》がいうと、船頭《せんどう》はへそを曲げた。

「こん舟《ふね》のなにが気に入らねぇ？」

「いえ……こんぴら狗《いぬ》を連れているんですけど、今、ちょっとどこへ行ったか……」

澄江が口ごもっているあいだに、宗郎《むねお》はすでに、「茶々丸《ちゃちゃまる》ー！　茶々丸ーー！」

と、金切り声をあげていた。

船頭は大きく舌打《したう》ちすると、上体を竿《さお》にあずけて岸をおし、舟を出した。

「善七《ぜんしち》、茶々丸は？　どこ？」

「さっきアカトンボを見ておりました。追いかけていったのかもしれません」

「アカトンボって？」

「はい、ああ、虫ですよ。羽のはえた」

「チョウチョのこと？」

「いえ、まあ、親せきといったところで」

「茶々丸ー！　茶々丸ーー！」

澄江は草の上に腰《こし》をおろした。

「まあ、二人とも、おすわりなさい。そのうちに追いつくでしょう」

善七《ぜんしち》はこっそりため息をついた。宗郎《むねお》をすわらせると、うしろをふりかえってムツキのすがたをさがした。

「お母さん、茶々丸《ちゃちゃまる》といっしょじゃないと、いやだよ。ぜったい、舟《ふね》、乗らないよ」

「わかってますよ」

澄江《すみえ》はがまんづよい。がまんづよくなったのだ。

船つき場には三々《さんさん》五々《ごご》、旅人やあたりの住人がやってくる。向こう岸からもどってきた舟が、まっていた人たちを乗せると、すぐに出てゆく。何艘《なんそう》もの舟が、こうして川を行き来していた。

善七が首をのばし、今来た道を見わたしていると、ムツキはあんがい近くの草むらから、ひょっこりすがたをあらわした。

「あ、いました、いました」

善七がさけぶ。

舌をたらし、あえぎながら、ひょいひょい、やってくるムツキは、遊びたりた子どものようにさも満足そうだ。

「茶々丸《ちゃちゃまる》、どこ？　茶々丸！」

よばれて宗郎《むねお》のところへかけよったムツキの鼻には、ぺたりと一枚《まい》、トンボの羽がはりついていた。

「いやですよ。ほら、善七《ぜんしち》、とってやって」

いわれて善七が羽に指をのばすのを、「あっ、まって」と、さえぎり、澄江《すみえ》はみずからつまみとった。

「ほら、トンボの羽ですよ。鼻にくっつけてきたの」

宗郎に羽をさわらせてやる。

「しゃりしゃりしているでしょう？」

「トンボ、食べちゃったの？」

「きっとね。うれしそうな顔をしていますよ」

「おいしかった？」

宗郎はムツキに向かってたずねながら、鼻面《はなづら》をさすった。

善七は立ったまま、あきれたような表情《ひょうじょう》で、親子のやりとりを見おろしていた。

二人の伴《とも》をするのは、いらいらすることばかり多い。なにごともすんなりとはいかない。が、ときおり、くっと胸《むね》をつかれる瞬間《しゅんかん》があるのもたしかだった。

そんなとき善七《ぜんしち》は、自分を産んで間《ま》もなく死んだという母親のことを思った。せめて顔をおぼえるまで生きていてほしかった、と思うのである。

三人のすぐそばに、舟《ふね》をまって、やはり腰《こし》をおろしている老人がいた。

「目が見えんのきゃあ?」

唐突《とうとつ》にきいてきた。

澄江《すみえ》がだまって頭をさげると、「心配することたぁ、ねぇ」と、がらがら声でいった。

「ぼうず、目なんか見えんでも、なんもこまることたぁねぇぞ。うちのせがれも生まれつき見えんがね、もう四十になるわな」

そういったのだが、しぼんだ口の奥《おく》から発《はっ》せられる言葉は、宗郎《むねお》にはさっぱり意味がわからなかった。

「毎日、畑をたがやしとる。となりの畑まで、しょっちゅうたがやしちまうでね。となりじゃあよろこんどらっせる」

老人は大口を開けて笑った。茶色い歯の二、三本、欠けたのが見えた。澄江は思わず、ちょっと身をひいた。

それから、自分はここまで開きなおることができるだろうか、と思った。

三人はムツキを連れて、ようやく次の舟《ふね》に乗りこんだ。老人もうしろから、よたよたついてきた。最後に馬をひいた馬子《まご》が乗ってくると、舟はぐんとしずんだ。

「馬でしょう？　馬のにおいがする。馬も舟に乗るんだね」

はしゃいだのは宗郎《むねお》だけだった。

ただでさえ川舟は苦手なところへ、馬のにおいがぷんぷんする。ムツキは鼻にしわをよせ、向こう岸につくまで、そわそわ、そわそわしていた。


佐屋街道《さやかいどう》では岩塚宿《いわつかしゅく》に一泊《ぱく》した。

翌朝《よくあさ》、旅籠《はたご》をたつ前に澄江《すみえ》が宗郎の草鞋《わらじ》のひもをむすんでやっていると、すでに支《し》度《たく》をすませた善七《ぜんしち》が、おずおずといいだした。

「女将《おかみ》さん、あのぅ……この犬をこれからも連れてあるくなら、綱《つな》をつけてはどうでしょう？」

「犬じゃなくて、茶々丸《ちゃちゃまる》だよ」

すかさず、宗郎がいう。

「ああ、はい。茶々丸《ちゃちゃまる》のおかげで、万場《まんば》の渡《わた》しでは何艘《なんそう》も舟《ふね》に乗りそこないました
し」

「でも、犬に綱《つな》をつけるなんて……。鷹狩《たかが》りの犬でもあるまいし。きいたことがあり
ませんよ」

澄江《すみえ》はけげんな顔をした。

「はい。でも、ぼっちゃんが、茶々丸はどこだ、どこだ、と心配なさいますので。犬
につけた綱をぼっちゃんがもったら、安心なさるのではと……」

「猫《ねこ》でも見つけて急にかけだしたりしたら、どうします？　宗郎《むねお》はひきたおされてし
まいますよ」

「ですから、そこは女将《おかみ》さんが、つないだ手をぎゅっとつかんで……」

「わたしがぎゅっとね……」

澄江は苦笑いした。

大人の話をききかじって、「そうしよう、そうしよう」と、宗郎がはしゃいだ。

澄江は思案したあげく同意した。

「そうね……。一日だけ、ためしてみましょうか」

「では、てきとうな綱《つな》をさがしてまいります」

善七《ぜんしち》は早速《さっそく》、どこかへ走っていった。

こうして、江戸《えど》までの長い道中の、三人と一頭の歩きかたがさだまった。もちろん、ほかでもない宗郎《むねお》が一日だけでやめるつもりはなかったからだ。

澄江《すみえ》と宗郎が手をつないで歩くのは、これまでと同じだが、宗郎はあいたほうの手でムツキの引き綱をにぎる。二人とムツキのうしろを善七がかためる、という具合だ。

おかげで、ムツキはそれまでのように気ままに歩けなくなった。それでも、たいして不服そうには見えなかった。ご隠居《いんきょ》と日本橋《にほんばし》を発《た》ったときも、村送りになったときも、綱でひかれて歩いたことはあったから、相手が変わってもすぐに要領《ようりょう》をおぼえた。

もちろん、道ばたになにか抵抗《ていこう》しがたい魅力的《みりょくてき》なにおいをかぎあてることもあったし、ちょろちょろトカゲでもはっていれば、のどがしまるのもかまわず、前のめりになって追いかけようとした。

しかし、宗郎が、というより、宗郎を通して澄江がひきもどすと、ムツキはあんがい素直《すなお》にしたがった。もっとも、未練《みれん》がましく何度もうしろをふりかえったりはしたけれど……。

宗郎《むねお》はご満悦《まんえつ》だった。綱《つな》をつけていればムツキとはなればなれになる心配はなかったし、ムツキの動きだけでなく、体のしなやかさや体温までも綱をつたってくるような気がした。

澄江《すみえ》もまんざらではなかった。なんといっても宗郎が満足そうだったし、前よりずっと着実に歩けたからだ。

大いにほっとしていたのは善七《ぜんしち》である。きのうまでのように、ムツキに勝手《かって》に動きまわられたのでは、おそかれ早かれ、そして何度でも、「茶々丸《ちゃちゃまる》をさがしてきて」と、命じられるのは目に見えていたからだ。犬を追いかけて走りまわるのなど勘弁《かんべん》してほしい、と思っていた。

そうこうするうち、一行は昼前に宮宿《みやしゅく》へはいり、ふたたび東海道《とうかいどう》へ出た。宮《みや》というのは、そもそも熱田神宮《あつたじんぐう》のことである。三人は帰路の楽しみにとってあった参拝《さんぱい》をすませると、清々《すがすが》しい心持ちになった。

翌日《よくじつ》、通りがかった有松《ありまつ》では、宗郎と善七は澄江の買いものに長々つきあわされた。このあたりは、藍《あい》や紫《むらさき》などで布《ぬの》を染《そ》めた有松絞《ありまつしぼ》りで名高かった。街道《かいどう》ぞいには、絞《しぼ》り染《ぞ》めを商《あきな》う大小の店がたちならんでいた。澄江はあちらの店であれこれ品さだめをしては目をこやし、こちらの店で手ぬぐいなどの小物をみやげにどっさり買いこみ、また次の店で家族や自分のための買いものを楽しんだ。

その間《かん》、宗郎《むねお》と善七《ぜんしち》は行く先々の店先にすわり、澄江《すみえ》の気のすむまでがまんづよくまっている。宗郎は綱《つな》をたぐりよせ、ムツキをなでたり拳《こぶし》で鼻先をつついたりしてあきるふうもなかった。

「お母さん、まだなにかえらんでるの？」

「ええ、もしかしたら、ぼっちゃんの浴衣《ゆかた》にする生地《きじ》かもしれません」

「ほんとう？　もう善七の分も買った？」

「とんでもない。わたしのなどありません」

「ううん、きっと買ったと思うな」

善七は、女中《じょちゅう》が気をきかせて出してくれたお茶をすすった。

宗郎はムツキの顔を両手ではさみ、耳をやさしくもむようになでてやる。

「こうしてやるの、茶々丸《ちゃちゃまる》、すごく好きなんだ」

「はい、気持ちよさそうです」

澄江がどっさり買いものをすれば、善七がせおう荷物はかならず重くなる。それはわかっていたが、善七《ぜんしち》は今、なんとなくみちたりた気分だった。宗郎《むねお》の小さな体と心から、そして、ムツキの全身からはなたれるものが善七をもふんわり包みこんでいたのにちがいない。

三人はその後、ふたたび東海道《とうかいどう》をはなれ、姫街道《ひめかいどう》へ迂回《うかい》した。女に対する取りしらべがきびしい新居《あらい》の関所《せきしょ》と、今切《いまぎれ》の渡《わた》しをさけるためだが、難所《なんしょ》の多い裏街道《うらかいどう》である。澄江《すみえ》は、ところどころで馬をやとった。三人乗りの鞍《くら》を馬につけ、澄江が馬の背《せ》に、宗郎がわきに乗る。反対側には荷物を乗せると、ちょうどつりあいがとれる。ムツキは善七が綱《つな》をひいて、馬のあとをついてくることになった。

「善七、だいじょうぶ？　ぜったい綱をはなしちゃだめだよ」

「はい、はい、わかっております」

一行は馬子《まご》に先導《せんどう》され、ポクリ、ポクリ、けわしい峠《とうげ》をいくつもこえた。

江戸時代《えどじだい》、人や荷物を運搬《うんぱん》する馬は草鞋《わらじ》をはかされていた。旅人は日に一、二足の草鞋をはきつぶしたが、馬はその比ではない。日に何足も新しいものにとりかえなければならなかった。そのためには馬も人も、自然と休憩《きゅうけい》になる。のんびりした旅だった。

翌日《よくじつ》、気賀《きが》の関所《せきしょ》を無事にぬけ、天竜川《てんりゅうがわ》をわたると、ふたたび東海道《とうかいどう》に出た。

澄江《すみえ》はせおった荷物をどっとおろしたような気持ちがした。まだいくつもの川ごえはのこっており、最大の難所《なんしょ》、箱根《はこね》の山もまっている。しかし、ここまでもどってくれば、あとは江戸《えど》まで一本道。道々、富士山《ふじさん》も見える。

そう思うと、ふだんはあまり飲まぬ酒も、その夜はついすすんだ。

一行は健脚《けんきゃく》な大人が歩く半分くらいの距離《きょり》を、毎日着実に進んでいった。どこの渡《わた》しでも、川止めにあうこともなく順調な旅だった。

行きは馬でこえたいくつもの難所を、宗郎《むねお》はがんばって自分の足で歩きとおした。ムツキも、ハァハァ舌《した》をたらし、耳をふせるようにしながら急坂を前のめりになってのぼった。ムツキの荒《あら》い息にあわせ、自分もあえぎながら峠《とうげ》をこすのを宗郎は楽しんでいるようだった。

そんな難所のひとつ、佐代《さよ》の中山《なかやま》には夜泣《よな》き石《いし》とよばれる石があった。その昔、この場で殺された女の霊《れい》が石にやどり、赤《あか》ん坊《ぼう》を案じて毎夜、涙《なみだ》を流すといわれている。

往路《おうろ》では、澄江《すみえ》は身につまされ、石の横を素通《すどお》りすることができなかった。長いこと石に手をふれたまま、宗郎《むねお》をのこして死んだなら自分も成仏《じょうぶつ》できないだろう、と思った。

今、ふたたび石の前に立ってみると、旅のあいだになにかが少しだけ変わったのを感じた。これまでは、宗郎の目が見えないのがこわいあまり、こと細かに世話をやき、かばいすぎた。宗郎の力を信じてやればよい——そんな思いを無意識《むいしき》にいだきはじめていた。

清水《しみず》をすぎると、街道《かいどう》は海にそって走っている。歩《ほ》を進めるごとに、富士山《ふじさん》がどんどん大きくせまってくる。群青色《ぐんじょういろ》の山肌《やまはだ》が空の青をせおって美しかった。

このあたりにやってくるまでに、ムツキはつながれて宗郎と歩くことが、すっかりあたり前になっていた。もちろん、そこらじゅうにムツキの気をひくにおいは、ただよっている。目だけでなく、体ごと追いかけてゆきたいものも、しょっちゅう見えかくれする。が、宗郎の手に綱《つな》があるあいだは、なぜか気を散らしてはいけない、とわかっていた。

ムツキは宗郎の歩幅《ほはば》にあわせ、ゆっくり歩く。宗郎より体半分だけ前に出し、ときどき宗郎《むねお》をふりかえりながら進んでゆくさまは、この子を誘導《ゆうどう》しているつもりなのかもしれない。

ムツキは宗郎に出会って間《ま》もないころ、少しばかりはなれたところから小さな胸《むね》めがけて、ひょいっ、ととびついたことがあった。不意をつかれ、宗郎はかんたんに尻《しり》もちをつき地面に転がった。

宗郎はおもしろがって声を立てて笑ったが、それより早く、澄江《すみえ》と善七《ぜんしち》はムツキにむかって怒《いか》りの叫《さけ》び声《ごえ》をあげた。

「やめて！」

「なにしてる！」

澄江も善七も、すごい剣幕《けんまく》で拳《こぶし》をふりあげていた。

ムツキは生まれてこのかた、一度もなぐられたことはない。けれども、怒声《どせい》とともにふりあげられた拳の意味は、瞬間的《しゅんかんてき》に理解《りかい》できた。宗郎はよろこんで笑いころげており、けがもなさそうだったので、実際《じっさい》に拳がふりおろされることはなかったが、それでもムツキはふるえあがった。耳をぴたりとふせ、しばらくその場にうずくまった。

このとき、自分からこの子には荒《あら》っぽい遊びをしかけてはいけないのだ、ということを学んだ。また、宗郎《むねお》に「茶々丸《ちゃちゃまる》！」とよばれたら、どこにいてもすぐにかけていって、のばした腕《うで》のなかへ頭からするりと、はいっていかなければならないのだ、ということもおぼえた。

けれど、そうすることに義務感《ぎむかん》は感じなかった。宗郎が心からムツキを好いていることはわかっていたし、ムツキも宗郎が好きだったからだ。

箱根《はこね》の山ごえは馬にたよるしかなかった。さすがに宗郎には徒歩での山ごえはむずかしいし、動きのはげしい山駕籠《やまかご》に乗せれば、転げおちてしまうだろう。

急な山道を馬は頭を上下させながら、一歩一歩、のぼっていった。馬子《まご》も馬も、石畳《だたみ》の石をひとつずつえらびながら慎重《しんちょう》に歩を進める。

上からおりてくる旅人としょっちゅうすれちがうが、のぼりの旅人にくらべると、みな心なしか表情《ひょうじょう》がやわらかい。関所《せきしょ》を通りぬけてきた安堵《あんど》からか、ここをくだりきれば山ごえも無事におわる、との期待感からかもしれない。

ようやく箱根宿《はこねしゅく》につくと、関所はすぐ目の前だ。しかし、半日馬にゆられてきた宗郎は、さすがにつかれた顔をしていた。関所の先には、さらに同じ距離《きょり》のくだりがまっている。澄江《すみえ》たちは早々と箱根宿《はこねしゅく》の旅籠《はたご》にはいった。

翌朝《よくあさ》はかなり出おくれた。支度《したく》をととのえ出発するばかりになって、宗郎《むねお》が腹《はら》がいたい、とうったえたからだ。

「お部屋にもどって、もう一度、寝《ね》てみる?」

澄江が心配してきくと、宗郎は頭をふる。

「問屋場《といやば》にお願いすれば、もう一日ここにとまることもできるのよ」

「ううん、だいじょうぶ。ちょっとこうしてればなおるから……」

いいながら、宗郎はムツキの首にだきつき、頭の上に顔をふせている。ムツキはこまったような目をして、それでもがまんしてじっとすわっていた。

少し前までは、こんなとき、宗郎は澄江の腰《こし》に手をまわし、ひざにつっぷしていたものだ。今は犬がわたしのかわりをしている——そう思うと、澄江は思わず苦笑いをした。

しばらくすると、宗郎は食べたものを、みなもどした。急いでよばれた女中《じょちゅう》が、いそいそとかたづけをしているあいだに、ムツキは宗郎の顔から涙《なみだ》もよごれも、きれいになめとった。

朝食にあたったんだわ、と澄江《すみえ》は思った。

出発がずいぶんおくれたので、街道《かいどう》は人通りが少なかった。箱根《はこね》を発《た》つものはとうに先へ行ってしまい、小田原《おだわら》から山をのぼってくるものは、まだ箱根にはとどかない。というわけで、関所《せきしょ》もすいており、ほとんどまたされることなく、なかへ通された。

「お伊勢《いせ》参りの帰りでございます」

澄江はいって頭をさげた。

役人は、「ふん」と、うなずいてから、澄江のうしろをうろうろしているムツキに目をとめた。

「ん？」

「あ、この犬はこんぴら狗《いぬ》でございます。金毘羅《こんぴら》さんのお札《ふだ》をもっておりますので、四日市《よっかいち》から連れてまいりました」

「おっ」と、役人は腰《こし》をうかせた。

「いつぞやここを通った犬ではないか？　なぁ？」

両わきにひかえている役人たちに同意を求めた。

「いえ、拙者《せっしゃ》はおぼえておりませぬ」

「二、三か月、前のことだが？」

「拙者《せっしゃ》は非番《ひばん》だったかもしれませぬ」

「いや、たしかにそうだ。あのときの犬にちがいない。そうか……こんなにかかったか……」

この犬は、たしかにこの関所《せきしょ》を通り、はるばる金毘羅《こんぴら》さんへ行ってきたのだ。そう思うと、澄江《すみえ》の胸《むね》にはいじらしさがこみあげ、思わずムツキの肩《かた》をなでた。

関所をぬけると、今度はけわしいくだりとなる。澄江はふたたび馬をやとって、小田原《おだわら》へ向かうことにした。くだりのほうが足もとはおぼつかない。ここでも、やはり人影《ひとかげ》は少なかった。

その日は、朝からどんよりした空もようだった。時がたつにつれ、雲はさらに低くたれさがってきた。たれこめた雲は、うっそうとした山をますます暗く陰鬱《いんうつ》なものにして、なにか底知れない不安な気持ちにかりたてた。

馬のひずめが草鞋《わらじ》で石畳《いしだたみ》をたたく、くぐもった音。馬具《ばぐ》のかすかなきしり。馬とムツキの荒《あら》い息……それらがみょうに耳につくと、しんとした山の深さがより切実なものになる。

澄江《すみえ》はいやな予感がした。

「善七《ぜんしち》、だいじょうぶですか？」

澄江は馬の上から、うしろへ声をかけた。

「はい。女将《おかみ》さんは？」

「ええ、わたしは平気です」

こたえたとたん、「ちぇっ！」と、馬子《まご》が舌打《したう》ちした。

「草鞋《わらじ》のひもが切れちまったんで、とっかえんべー。ちとおりてくんねぇけ」

善七が馬にかけより、馬子といっしょになって、まず宗郎《むねお》を助けおろした。それから、澄江をおろした。

「どうしたの？　ここで休むの？」

宗郎がきく。

「ええ、ちょっと休憩《きゅうけい》ですよ。馬の草鞋をとりかえるそうよ」

「茶々丸《ちゃちゃまる》、おいで」

宗郎はムツキを手もとによびよせた。

「このへんで、ちと休んでくんねぇけ。すぐかえちまうから」

馬子《まご》は手綱《たづな》をぐっとひき、馬を道のはしによせた。鞍《くら》からつるした草鞋《わらじ》の束をさぐっている。宗郎《むねお》はしゃがんでムツキの耳をなでた。

「飴玉《あめだま》でもなめましょうか」

澄江《すみえ》は所在《しょざい》なげに、だれにともなくいった。

とつぜん、杉木立《すぎこだち》の斜面《しゃめん》から荒々《あらあら》しく草をかきわけふみしだき、男が一人、澄江の前へかけおりてきた。

ぞっとして声も出なかった。

「女将《おかみ》さん、助けてくんねぇけ！」

善七《ぜんしち》がとっさに、澄江と男のあいだにわってはいった。

「追いはぎだ。追いはぎにおそわれちまっただよ！」

若《わか》い男は旅すがたではない。笠《かさ》も荷物ももっていない。腰《こし》にさした短刀が目をひいた。賊《ぞく》におそわれる風体《ふうてい》ではない。賊本人だ！

澄江はとっさに道の前後に目をやったが、たまたま人影《ひとかげ》はひとつもない。馬子《まご》が馬をひいて、とっとこ坂をかけくだりにげてゆく。ぐるだったにちがいない。

そこへもう一人、「ちとまてや！　にげるなー！」と、短刀をふりかざし、年配の男が木立《こだち》のなかからおどりでた。「ぎゃー！」とさけんで、先の男は澄江《すみえ》の背後《はいご》にまわりこんだ。

身のこなしや顔かたちから、二人は親子だとわかった。おそい、おそわれるはでな芝居《しばい》を打って、旅人につけこもうという腹《はら》だ。

宗郎《むねお》はいち早く危険《きけん》を察知《さっち》したものの、なにごとかと身をかたくして、ムツキをだきしめるばかりだ。

盗賊《とうぞく》の息子は、いいものでも見つけたというように、しゃがんでいる宗郎をだきかかえた。とたんに態度《たいど》を豹変《ひょうへん》させ、短刀をもつ父親のほうへ肩《かた》をゆすり大股《おおまた》に歩いていった。

宗郎は声にならない声をあげ、力まかせに手足をばたつかせたが、かかえた男はびくともしない。

宗郎に危険がおよぶと感じた瞬間《しゅんかん》から、ムツキは腹にひびくうなり声をあげはじめていた。今はすでに、ワンワン、ほえだしている。腰《こし》を落とし、全身の毛を逆立《さかだ》て、牙《きば》をむきだしてほえたてる。

「やめて！　その子は目が見えないんです。手荒《てあら》なことはしないでください！」

金切り声をあげると、澄江《すみえ》は気が遠くなり、ずるずると地べたにふせてしまった。

「金、出しな。そうすりゃあ、この子はけぇしてやんべぇ」

父親と見える男は、短刀を宗郎《むねお》の顔の前でふりまわしておどした。

「早くしろや！」

実は、動揺《どうよう》しているのは男たちも同じだった。一刻《いっこく》も早く仕事をおえたかった。

犬がいっしょだったとは……。

今やムツキはいかりくるってほえたてるばかりでなく、ぱっとかけよっては、ぱっととびのき、攻撃《こうげき》の間合《まあ》いをはかっている。

男たちには、牙《きば》をむいた凶暴《きょうぼう》な犬が、次の瞬間《しゅんかん》にでも自分たち目がけてとんでくるのがわかった。

「早く出せや！」

「女将《おかみ》さん、失礼します」

善七《ぜんしち》はひざまずくと、たおれている澄江の胸《むな》もとに手を入れた。財布《さいふ》をつまみだすと、できるだけ遠くへほうりなげた。すぐに息子がひろいに走った。

「おめーもや！」

父親はまだぬすみたりず、善七《ぜんしち》へ向けて短刀をつきだした。

「わたしは、伴《とも》のものです。お金はあずかっておりません」

その瞬間《しゅんかん》、ムツキは四肢《しし》にためた力を一気に爆発《ばくはつ》させ、宙《ちゅう》をとんだ。

ギャギャ、ギャー！

叫《さけ》びともうなり声ともつかぬ、けたたましい音を立て、男の腿《もも》に食いついた。食いついたまま、ぐいぐい、首をふりまわした。牙《きば》がどんどん肉に食いこんでゆく。

男は短刀を落とし、いったんは地面にたおれたが、腕《うで》の力だけで必死に立ちあがった。息子のあとを追い、はうように山をのぼりだした。

ムツキは食いついたら最後、てこでも口を開かない。鼻にしわをよせ、低いうなり声をあげながら、男をひきもどそうと足をふんばった。

「茶々丸《ちゃちゃまる》！　どこ？　茶々丸ー！」

善七に助けおこされた宗郎《むねお》が絶叫《ぜっきょう》した。

その声に、ムツキははっとわれに返り、男の足をはなした。

それでも、しばらくは警戒心《けいかいしん》をとかず、荒《あら》い息をつきながら賊《ぞく》がにげてゆくのを見つめていたが、やがてくるりとむきを変えると、まるで楽しそうに、ひらひら舌《した》をゆらし宗郎《むねお》のもとにかけてきた。

ひっしとムツキをだきしめた宗郎は、ぎょっとした声をあげた。

「血のにおいがするよ。茶々丸《ちゃちゃまる》、けがしたの？」

「いいえ、盗賊《とうぞく》にかみついて、追いはらったんですよ」

宗郎はますます強くムツキをだきしめた。

「女将《おかみ》さん、だいじょうぶですか？」

善七《ぜんしち》が澄江《すみえ》を助けおこした。

「申しわけありません。女将さんのふところにあった財布《さいふ》を投げてやりました」

「ええ、善七。わかっていますよ。ありがとう。お金はいくつにも分けてもっています。心配いりません」

「はい、女将さん。もうだいじょうぶです。ただのものとりです。人殺しまでする連中ではありません」

「ええ、そのようですね」

澄江は宗郎をひとしきりだきしめてから、頭のてっぺんから足先まで、けががないかと調べてみた。

無事だった。ああ、よかった……。

澄江《すみえ》は涙《なみだ》をぬぐった。それからムツキの頭をなで、手ぬぐいで口もとの血をたんねんにふいてやった。


こうして、箱根山《はこねやま》をようやくこえ小田原《おだわら》へおりてくると、富士山《ふじさん》は後方へ去っていた。

平坦《へいたん》になった道は田んぼや畑にかこまれ、あちらこちらで松並木《まつなみき》のあいだから相模《さがみ》湾《わん》が見えた。畑では麦の、田んぼでは稲の、色をました緑が海からの風にそよぎ、におい立つ。列になっていっせいにたわむ葉先が、次々に田畑全体にその波動を伝えてゆくと、風のかたちが見えるようだ。いかにも平和でのどかな景色《けしき》だった。

澄江はこっそり指おりかぞえていた。

長かった旅も、あと三日でおわる。

あと二日でおわる……。

日ごとに江戸《えど》へ帰るのがおしくなる。いつまでも宗郎と手をつないで、こうして歩いていたかった。

七月六日の朝、三人は川崎宿《かわさきしゅく》を発《た》った。

旅籠《はたご》を出る間際《まぎわ》、いつものように親子の荷物をかつぎあげる善七《ぜんしち》に、澄江《すみえ》はあらたまって頭をさげた。

「長い旅だったけど、おまえにはほんとうに世話になったね。女子《おんなこ》どものお伴《とも》だなんて、つまらぬ仕事をよくやってくれました。男同士の旅ならば、羽目《はめ》をはずせもしただろうに。礼をいいますよ」

善七は、あわてて荷物をおろし、負けずに頭をさげた。

「そんな、めっそうもない。わたしこそ、いっしょにお伊勢《いせ》参りをさせていただき、ありがとうございます」

「さあ、最後の一日ですよ。お天気でよかったわね。宗郎《むねお》、夕方にはお父さまに会えますからね」

旅もきょうで終わりだと思うと、澄江はつい感傷的《かんしょうてき》になった。

長いようで短い旅のあいだ、いつもそうだったように手をつなぎ、おさない息子の歩調にあわせ、ゆっくりと歩く。二人のうしろから、荷物をかついだ善七《ぜんしち》がつづく。

伊勢《いせ》へ向かったときとちがっているのは、宗郎《むねお》が犬をひいていることだ。

おさない、しかも、目の不自由な子どもを連れ、伊勢参りなんぞとんでもない、と周囲からは反対され、さんざんにけなされた。夫《おっと》のうしろだてがなければ、やはりあきらめざるをえなかったろう。

少しでも、かすかにでも、宗郎の目を見えるようにしてください——神さまへの祈《いの》りは通じるだろうか。かいもく、見当もつかない。

しかし、これをご利益《りやく》といえるのかもしれない。宗郎をふんわりと、やさしく包んでいる空気がある。

思いきって出かけてきてよかった。なにごともおこらず、すんだからこそいえることだが、来てよかった……。

旅のあいだに宗郎は成長したように見えた。歩幅《ほはば》も心なしか広くなったようだ。歩調は軽やかに、たしかなものになった。つないだ手からは、すがりついてくる必死さも不安も消え、いっしょに歩く楽しさが伝わってくる。

茶々丸《ちゃちゃまる》と出会って宗郎は陽気になった。笑ってばかりいる。そう、たった今、宗郎は幸せなのだ。

帰ったら、犬を飼《か》ってやろう。

澄江《すみえ》は、いつの間《ま》にかそう決めている自分におどろいた。以前なら夢想《むそう》だにしなかった。いや、とんでもないことだった。

犬だなんて……。

かまれたらたいへん。けがをしたら、どうしよう……。

犬だけではない。ありとあらゆる心配が先に立ち、ありとあらゆるものごとから、かばいにかばって育ててきた。かえって宗郎《むねお》にはかわいそうなことをした。そう気づくと、後悔《こうかい》の念が胸《むね》をしめつけた。

まだ間にあう。犬を飼ってやろう……。


品川宿《しながわしゅく》は、きょうもたいそうににぎわっていた。東海道《とうかいどう》をのぼるもの、くだるもの、見送りに、出迎《でむか》え、日帰りやとまりで江戸《えど》から遊びにやってくる人々。それらをすべてひきうける、旅籠《はたご》、料理屋、茶店や出店が、ところせましと軒《のき》を並《なら》べている。

不自由な体で宗郎が伊勢《いせ》参りをはたしてきたからには、前もって夫《おっと》に日程《にってい》を知らせれば、品川《しながわ》で親せきやお店《たな》のものなど大勢が出迎《でむか》え、宴《うたげ》をはることになったろう。しかし、澄江《すみえ》はあえてそれをさけた。最後まで静かに、のんびりと歩き、笑顔でふらりと家にもどりたかった。今の宗郎《むねお》を見ると、最後までムツキと歩かせてやりたかったのだ。

ところが、品川宿《しながわしゅく》をぬけたころから、ムツキがなにやら、そわそわしはじめた。歩きながらも、やたらと、ふんふん、空気をかぐのである。

海風《うみかぜ》はおだやかだったが、品川のあたりは潮《しお》のかおりにみちている。しかし、ムツキが鼻を左右にふり、ひくひく動かすさまは、潮風のなかから、なにかをかぎわけようとしているようだった。

じきに綱《つな》を長さいっぱいに、ひっぱるようになった。綱を適度《てきど》にたるませ、宗郎を気づかい、歩調をあわせるのを忘《わす》れてしまったかのようだ。明らかに先を急いでいる。

高輪《たかなわ》をすぎると、ムツキはいよいよ落ちつきをなくした。右へちょろちょろ、左へちょろちょろ、ぎょうぎ悪く蛇行《だこう》して歩いたり、首がしまるのもかまわず、耳をうしろへとがらせ、頭をさげ、綱をぴんとはって先へ先へと急いだ。

このままでは息子はひきたおされる、と澄江はあやぶんだ。そんなきざしが少しでも見えたら、すぐさま宗郎《むねお》を手もとにひきよせようと、つないだ手に力をこめた。

おさないながらも宗郎もまた、ムツキの変化を敏感《びんかん》に感じとっていた。理由をはかりかねていた。もしかしたら、茶々丸《ちゃちゃまる》の心が自分からはなれてゆくのでは、と無意識《むいしき》にもおそれている。

そんな息子をあわれに思い、澄江《すみえ》はつとめて明るい声でいった。

「きっと江戸《えど》へ帰ってきたのがわかるのよ」

「うちに帰りたがってるの？」

宗郎は理解《りかい》できないという顔だ。

「ええ、きっとね」

「おいらより、おうちのほうがいいの？」

いつかこの日が来るのはわかっていた。旅の終わりには……。

澄江は立ちどまり、こっそりとため息をついた。視線《しせん》を感じふりかえると、善七《ぜんしち》の目には同情《どうじょう》の色があった。

「あのね、宗《むね》ちゃん」

澄江は両手で小さな肩《かた》をそっとつかむと、正面からその目を見つめた。決して母を見かえすことのない、うつろな、しかし、すんだ目だ。

「茶々丸《ちゃちゃまる》は、ずっと宗《むね》ちゃんといっしょにいられるわけじゃない。瀬戸物町《せとものちょう》のおうちに、れっきとした飼《か》い主《ぬし》がいるのよ。その人のお使いで旅に出たの。前にも話したわね。

われわれで茶々丸を、そのおうちへとどけましょうね。宗ちゃんが茶々丸のことを大好きだってわかったら、きっとこれからも、また会わせてくださるわ」

宗郎《むねお》はだまって目をふせた。

二人のこのやりとりのあいだ、ムツキはしかたなくすわってまっていたが、体も視《し》線《せん》も明らかに日本橋《にほんばし》の方角を向いている。

「ここからは母さんが茶々丸の綱《つな》をもちましょう」

宗郎はちょっとためらったが、素直《すなお》に自分から綱をわたした。

「さ、行きましょう」

一同が歩きだすと、ムツキはますます強く綱をひきだした。宗郎と手をつなぐ澄江《すみえ》は、のこる片手でムツキを制《せい》するのに苦労した。

新橋《しんばし》にさしかかるころ、見かねた善七《ぜんしち》が、「女将《おかみ》さん」と、声をかけた。

「綱《つな》をほどいてやってみては？」

宗郎《むねお》がおどろいてたずねた。

「迷子《まいご》にならない？」

「ならないと思いますよ。この犬は、ちゃんと道を知っています」

「そうなの？　ほんとう？　じゃあ、もう……これで茶々丸《ちゃちゃまる》には会えないんだね」

宗郎はみるみる涙声《なみだごえ》になり、澄江《すみえ》の袖《そで》に顔をうずめた。小さな肩《かた》がふるえている。

「あとから追いかけましょう。町もお店《たな》の名前もわかっています。おうちへ帰るとちゅうに、よっていきましょう」

「きっとだね」

「ええ、きっとよ」

宗郎は鼻をすすりながら、手の甲《こう》で涙をぬぐった。

「では、わたしが……」

善七《ぜんしち》が綱をほどきにかかった。

ムツキにはその意味がわかっている。

もう一瞬《いっしゅん》もじっとしていられず、足ぶみしている。ほどいてもらうより早く、綱をふりおとしたいのだ。頭をぶるぶるさせる。その場でくるくるまわる。おかげで善七《ぜんしち》は手間どった。

ようやくむすび目がとけ、綱《つな》が首からぱらりと落ちた。

とたんにあとも見ず、茶々丸《ちゃちゃまる》はかけさるもの……と、だれもが思っていた。

実際《じっさい》、ムツキは綱が落ちた瞬間《しゅんかん》には、すでに腰《こし》を低くかまえ、猛然《もうぜん》とかけだす体勢《たいせい》にはいっていた。

にもかかわらず、ムツキはくるりとふりむくと、順々に三人を見あげた。最後に宗《むね》郎《お》に近づくと、鼻先で腕《うで》や腹《はら》をつついた。なにかを催促《さいそく》している。

「茶々丸、茶々丸……」

宗郎はほかに言葉を知らぬように、くりかえし名前をよびながら、ひざまずきムツキの首をだきしめた。

澄江《すみえ》はぬれた目を善七に向けた。

「大した犬ですね。勝手《かって》には行かないんだわ」

「ええ、そのようです」

「宗《むね》ちゃん、茶々丸には、またあとで会わせてもらいましょうね。宗ちゃんが、いいっていわないと、茶々丸《ちゃちゃまる》はおうちに帰らないといってるわ」

「だって、帰りたくないんだよ。おいらといるほうが、いいんだよ」

「いいえ、死ぬほど帰りたがっているわ」

宗郎《むねお》は言葉もなく、ぎゅうとムツキをだきしめた。首に顔をうずめたまま動かなかった。

しばらくすると、宗郎は片手《かたて》をあげ澄江《すみえ》の手をさがした。澄江がその手をつかみ立ちあがらせてやると、ムツキに向かって小さい声で、でも、はっきりといった。

「いいよ、茶々丸。さあ、お行き」

それから方角もわからぬまま、手をすくいあげるようにして、走れ、とうながした。

間髪《かんぱつ》をいれず、ムツキはぱっとかけだした。土ぼこりをけたて、あとも見ずに……。

新橋をかけぬけ、あっという間《ま》に人ごみのなかへすがたを消した。

第十二章　江戸《えど》へ

七月六日

美陶園《びとうえん》のご隠居《いんきょ》は、大井川《おおいがわ》で川止めをくっている、というたよりを最後に、ぷっつりと消息《しょうそく》をたった。もちろん、ムツキも同様である。

「いや、ちょっとそこまで商用があったもので……」

きょうもご隠居の息子、文衛門《ぶんえもん》は、そういって郁香堂《いくこうどう》へはいってきた。

「で、その後お宅《たく》のほうへも、なにも知らせはありませんか?」

「はぁ……」

平左衛門《へいざえもん》も亜矢《あや》も頭をさげるばかりだ。

二人は、文衛門が用事のついでによったのでないことは、はなからわかっている。

五月もなかばの声をきくと、文衛門は三日とあけずに、こうして顔を出すようになった。

旅のとちゅうで、もしけがをしたり病気になったりしたのなら、たとえ本人からではなくとも、だれかが知らせてきてもよさそうなものだった。なんといっても、ご隠居は金だけはじゅうぶんにもっていたはずだ。それとも、山賊《さんぞく》におそわれるなど、不《ふ》慮《りょ》の事故か事件にでもまきこまれたのだろうか……。

「郁香堂さん、わたしはなんだか、いやな予感がしてならないのです。父はとっくに京《きょう》へついているはずです。きのうはどこへ行った、きょうはあれを見た、これを見た——はしゃいで便《たよ》りをよこしても、いいじゃありませんか。

それが、あれきりなにもいってこないなんて、変だ……」

とうとう文衛門《ぶんえもん》は、そう口に出すまでになった。

双方《そうほう》の家ではあれこれ悪い想像《そうぞう》ばかりして気をもんだが、時がたつにつれ、結局は最悪の事態《じたい》をみとめざるをえない、とわかっていた。

文衛門は菩提寺《ぼだいじ》の老住職《ろうじゅうしょく》に相談に行った。ご隠居《いんきょ》に通行手形《つうこうてがた》を書いた本人だ。

「まあることです」

住職はしぶい顔で、しかし、ことさらおどろくことなくいった。

「ひょっこり帰ってみえたら、それはそれで、めでたいということで……。ここはいったん、お気持ちを整理されたほうが……。ご子息としても、お店のみなさんも、そのほうがご安心でしょう」

しかし、文衛門は、なきがらのない葬式《そうしき》をするのは、さすがにふんぎりがつかなかった。

そうこうするうち、とつぜん、土山《つちやま》の寺から知らせがとどいた。ぶっきらぼうな文《ふみ》には、行きだおれたご隠居《いんきょ》を葬《ほうむ》った、としか記されておらず、亡《な》くなった月日も場所もはっきりしない。まして、遺品《いひん》ひとつも送りかえされることはなかった。

今度こそ、かたちばかりの葬式《そうしき》がひっそりと、とりおこなわれた。寺の境内《けいだい》にある墓《はか》の前には、美陶園《びとうえん》の家族と番頭《ばんとう》、平左衛門《へいざえもん》と亜矢《あや》だけが集まった。

弥生《やよい》は家で目を泣きはらしていた。

寺からの知らせに、こんぴら狗《いぬ》のことはひと言《こと》もなかった。もしかしたら、ご隠居が江戸《えど》を発《た》つときからいっしょの犬だ、とは思わなかったのかもしれない。とすると、ムツキのことにあえて、ふれる必要はなかったのだろう。

弥生は胸《むね》をかきむしらんばかりだった。

ご隠居さんが死んでしまったなんて、ほんとうだろうか？　いつもあんなに元気で陽気だったのに。わたしとムツキを、あんなにかわいがってくれたのに……。

ああ、ムツキ……。

どこにいるの？　おまえは無事なの？　どこかの家の飼《か》い犬《いぬ》にでもなってしまったの？　ご隠居さんとは、どこまでいっしょだったの？

それとも、おまえもご隠居さんといっしょに、あの世へ行ってしまったの？

毎日、毎日、ムツキの身を案じ、弥生《やよい》は胸《むね》がつぶれ息をするのも苦しかった。

そして最後には、いくらご隠居《いんきょ》さんにすすめられても代参《だいさん》になんか出すんじゃなかった、と後悔《こうかい》するのが常《つね》だった。一時《いっとき》でもムツキを手ばなした自分自身を責《せ》めに責め、くやんだ。

ムツキがご隠居さんにひかれ、ふりかえり、ふりかえり、弥生のもとを去っていったのは、四月八日のことだった。予想もし覚悟《かくご》もしたこととはいえ、ムツキの消えた家は決定的になにかを欠くむなしさに包まれた。病《やまい》のいえぬ弥生には、なおのことこたえた。

弥生は以前にもまして、ふせっていることが多くなった。きょうは少しは気分がいい、と半日でも床《とこ》をはなれていれば、翌日《よくじつ》はつかれが出てどっと具合が悪くなる――そんなふうなくりかえしだった。

しかし、ふしぎなことに、みんながご隠居の身をあからさまに案じだしたころ、弥生の病状《びょうじょう》は少しずつ快方《かいほう》に向かいだしたのだ。

もしかしたら……。

文衛門《ぶんえもん》の手前おおっぴらには口にできないが、亜矢《あや》は平左衛門《へいざえもん》に声をひそめていいだした。

「もしかしたら、ムツキが金毘羅《こんぴら》さんにお参りをはたしたんじゃないでしょうか？金毘羅さんがわれわれの願いをききとどけてくださって、それで弥生《やよい》はよくなってきているのでは？」

平左衛門《へいざえもん》は腕《うで》を組み、「うーん」と、うなるばかりだった。

そのうち、亜矢《あや》の口調がみょうに自信にみちたものになってくると、平左衛門はしかたなく、「そうだといいが……」と、相づちを打つようになった。

ところが、ご隠居《いんきょ》の死が知らされてからというもの、弥生は打ちひしがれ、食べものを口にすることもできなくなった。当然のように、体調は後もどりし、床《とこ》にふせってば泣いてばかり。しかし、心の痛手《いたで》はいえぬものの、時がたつにつれ、体はじょじょに元気をとりもどしていった。

弥生は無意識《むいしき》のうちに、なにかがよい方向に舵《かじ》を切ったような気がしていた。

もしかしたら、ご隠居さんがあの世から見守っていてくれるのではないか——そう思った。

ねむれぬ長い夜が、少しずつ短くなる。少しだけ食欲が出れば、少しだけ元気が出る。すると、またもうひと口、食が進む。

「あら、お嬢《じょう》さま、よかったわ。よくめしあがりましたこと」

女中頭《じょちゅうがしら》のおキヨがよろこべば、ほおに赤みがさす。

床《とこ》をはなれている時間が少しずつ長くなり、ときにはひょいとお店《たな》をのぞく。表通りの活気そのままに、威勢《いせい》よく荷を運びいれる人足たちや、てきぱき立ちはたらく店のものたちを見ると、しずんだ気持ちに刺激《しげき》をうけた。幸吉《こうきち》と目があえば、はにかんだ笑《え》みがもれた。

弥生はお勝手《かって》に足を運び、ムツキのいない土間《どま》に立った。そして、思わず心のなかで手をあわせた。

帰ってきますように。ムツキが無事、帰ってきますように。たった今、一歩ずつ、一歩ずつ、江戸《えど》に向かって歩いていますように。またこの手でムツキをなで、この腕にムツキをだけますように……。

しかし、ムツキはいつまでたっても、もどってこない。

健脚《けんきゃく》な旅人といっしょなら、東海道《とうかいどう》は片道《かたみち》半月で歩けるはずではないか。京《きょう》と大坂《おおさか》のあいだは川船に乗らず、往復《おうふく》とも京街道《きょうかいどう》を歩いているのかもしれない。金毘羅船《こんぴらぶね》の旅は、風待ち、潮待ち、日和《ひより》待ちで、何日も余計《よけい》にかかっているのでは？　いや、連れの都合《つごう》で、物見遊山《ものみゆさん》の旅や行商にでもつきあわされ、道草を食っているのでは……？

弥生《やよい》は毎日、指おりかぞえてまった。一日のほとんどを床《とこ》からはなれてすごせるほどに回復《かいふく》すると、しょっちゅう路地から顔を出し、表通りの雑踏《ざっとう》をすかしてムツキのすがたをさがした。ときおりどこからか犬の鳴き声でもきこえれば、通りへとんでた。

ため息をつきながら路地をもどってくると、いつも想像《そうぞう》は悪いほうへ、悪いほうへ転がり、ふくらんでゆく。

どこかで、けがでもしているのではないかしら？　病気で動けないのでは？　それとも、やっぱりご隠居《いんきょ》さんといっしょに、手のとどかぬ世界へ行ってしまったのかしら？

ある日、医者が往診《おうしん》に立ちよった。弥生が小さいころからの、かかりつけ医である。医者は座敷《ざしき》に通されると弥生の脈をとっただけで、出されたお茶を飲み、羊《よう》かんをふた切れ食い、わきにひかえている亜矢《あや》に向かって世間話をするばかりだ。

「中村座《なかむらざ》にかかっている芝居《しばい》は評判《ひょうばん》だおれだ。見ることはありませんぞ。きのうきいた話だが、老夫婦《ろうふうふ》がそろって同じ日にぽっくり亡《な》くなった家がある。これはもう、めでたいというほかありませんな。

そうそう、となりの飼《か》い猫《ねこ》がバカなやつで。ネズミに手いたくかみつかれましてな。ぬり薬を出してやりました……」

ひとしきりしゃべると、「さて、これで」と、立ちあがった。

布団《ふとん》にすわったまま弥生《やよい》がていねいに頭をさげると、医者はふりかえって、にやりと笑った。

「弥生ちゃん、たのまれても、わたしはもう来ないからね。布団はあげなさい。もう心配ない。たった今から、日本橋《にほんばし》の上で歌っても踊《おど》っても、だいじょうぶだ」

「えっ、先生、それ、ほんとう？」

弥生は思わず、子どもに返った口調でさけんだ。

「おや、わたしも信用がないらしい。無駄《むだ》に患者《かんじゃ》をみて金をとるほど、わたしもあこぎじゃない」

「先生、ありがとうございます。ほんとうに、ほんとうに、ありがとうございます」

亜矢《あや》は涙《なみだ》をこぼしながら、額《ひたい》を畳《たたみ》にこすりつけた。

医者を送りだすと、「おキヨ！　おトヨ！」と、さけびながら廊下《ろうか》をかけていった。

「お赤飯《せきはん》の用意をしておくれ！」


それから数日後のことである。弥生《やよい》は久《ひさ》しぶりに台所に立った。

少し前から、田舎出《いなかで》の少女がまかないの手伝いに通ってくるようになったが、台所をしきっている年増《としま》の女中《じょちゅう》、トヨに小言《こごと》をいわれ、肩《かた》をすぼめていた。いつものことなのだろう。しょげた目をその子がちらりとあげたとき、弥生はこっそりほほ笑んで、うなずいて見せた。

「わたしも手伝うわ。なにをすればいい？」

弥生はトヨを立てて、たずねた。

「まあ、お嬢《じょう》さま。もうすっかりよろしいんですか？　無理をなさっちゃいけませんですよ」

少しばかり、弥生がけむたそうな口調だ。

「そうですねぇ。では……」

トヨが口を開こうとしたそのとき、弥生《やよい》の目がはっと宙《ちゅう》にとまった。

思わず、右手があがる。

それから、人さし指を立て、声は出さずに、しーっ！　と命じた。

でも、すぐにだらりと手をおろし、頭をふった。

そんなことはない……。

「お嬢《じょう》さま、だいじょうぶですか？　まだ本調子ではない……」

「しっ！」

今度は、はっきりと声に出した。

耳をすます。目は見開いているが見てはいない。耳だけを、耳だけをじっとすます。

ムツキ……？


ムツキは走った。

新橋《しんばし》をあっという間《ま》にかけわたると、京橋《きょうばし》に向かって、その先の日本橋《にほんばし》に向かって、走りに走った。

行きかう人々や行商人、駕籠《かご》や、馬や、出店や……。江戸随一《えどずいいち》の繁華街《はんかがい》のありとあらゆるものを、右に左にはねとび、よけながら、一瞬《いっしゅん》も速度を落とすことはなかった。

知っている町だ。

知っている通りだ。

なにもかも知っているにおいだ。

帰ってきたんだ！

頭のなかには、なつかしさがうずをまいていた。

早くも京橋《きょうばし》をかけぬけると、感極《かんきわ》まって思わず声が出た。

ワンワン！　ワンワン！

ムツキは大声でほえながら、日本橋《にほんばし》をとぶようにかけぬけた。

室町《むろまち》の通りを横すべりして右に曲がったら、出会いがしらに炭屋《すみや》の男とぶつかった。炭を入れた竹かごに、いやというほど鼻を打ったが、かまわずつっぱしった。

男は道いっぱいに炭をばらまき、自分も、どてっと転がった。

きこえる。

きこえてくる……。

自分の名前だ！

「ムツキ！　ムツキー！」

若《わか》い女がさけびながら走ってくる。

弥生《やよい》だ！

裾《すそ》をはだけ、転げんばかりに弥生が走ってくる。

その足もと目がけ、ムツキは低く宙《ちゅう》をとんですべりこんでいった。

澄江《すみえ》が宗郎《むねお》の手をひいて郁香堂《いくこうどう》をたずねあてたころ、お店《たな》のまわりには、いくえにも人垣《ひとがき》ができていた。

「ここの犬が金毘羅《こんぴら》さんから帰ってきたってな」

「おお、こんぴら狗《いぬ》よ」

「話半分じゃねぇのか」

「いや、日本橋《にほんばし》を走って帰《けぇ》ってくるのを見たやつもいる」

「そいつがよ、つっぱしってきて、そこの角《かど》で炭屋《すみや》をすっころがしたってぇじゃねぇか。おかげで、ここで炭を全部買いあげてもらってよ、お祝儀《しゅうぎ》まではずんでもらったってよ」

「あたしゃ昔からムツキを知ってたがね、ほんにええ犬じゃったよ。じゃが、ここまで利口とは思わなんだ」

隣《となり》近所の人たちも、通りがかりのもの売りたちも、うわさをききつけて近くから遠くから集まってきたお調子者たちも、ひと目こんぴら狗《いぬ》をおがみたいと思って、なかなか立ちさりそうになかった。郁香堂《いくこうどう》は開店休業状態《かいてんきゅうぎょうじょうたい》だ。

宗郎《むねお》をかばいながら人垣《ひとがき》をかきわけて、澄江《すみえ》は店のなかへはいっていった。

「ごめんくださいまし。わたくし、小網町《こあみちょう》、甲島屋《こうしまや》の女将《おかみ》の澄江と申します。おたくさまの犬と、四日市《よっかいち》からいっしょに旅をしてまいりました。

江戸《えど》へはいってからあまりに先を急ぐので、新橋《しんばし》で綱《つな》をといてやりましたが、犬は無事にもどっておりますよね？　お店《たな》の前でうわさをして、大勢《おおぜい》、人がさわいでおりますが……」

早速座敷《さっそくざしき》へ通された澄江は、

「長いこと留守《るす》にした家も、もう目と鼻の先ですから。くわしくはまた後日、ゆっくりお話しさせていただきますが……」

と、ことわりつつも、ついムツキとの出会いや道中の様子を語らずにはいられなかった。

「そうでしたか……。それはそれは、たいへんお世話になりました。なんとお礼を申しあげればよいものか……」

平左衛門《へいざえもん》は深々と頭をさげた。

「なかなかもどらないので、心配しておりました。ここを発《た》つときは、懇意《こんい》にしている瀬戸物問屋《せとものどんや》のご隠居《いんきょ》といっしょでしたが、そのご隠居は……。先日、お弔《とむら》いをすませたところです。

ムツキも……その……ご隠居といっしょになどと、これが生きた心地もないありさまで」

平左衛門は、ちらりと弥生《やよい》をふりかえった。

「すてられていたのを、これがひろって帰ってきましたときには、もう死ぬばかりの赤《あか》ん坊《ぼう》でした。必死で介抱《かいほう》して育てましたので」

澄江《すみえ》は何度もうなずいた。

弥生《やよい》は両親のうしろにかしこまってひかえていたが、二度と手ばなすものか、とひざの上にムツキをだきかかえていた。ぬぐっても、ぬぐっても、ムツキの頭にうれし涙《なみだ》がこぼれおちた。

ついさっき、互《たが》いにとびつき、だきつき、泣き笑いした再会の興奮《こうふん》がひとまずおさまったとき、弥生《やよい》はムツキの全身を丹念《たんねん》に調べてみた。わき腹《ばら》とすねには、ひと目でわかる傷《きず》あとがあった。足の裏《うら》も、古いのや、新しいのや、傷だらけだった。

よくこの小さな足で、この細い脚で、何百里《なんびゃくり》もの旅にたえたと思うと、胸《むね》がいたいほどしめつけられ言葉もなかった。

ムツキがもちかえった金毘羅《こんぴら》さんのお札《ふだ》は、みなでおしいただくようにして、さっそく神棚《かみだな》にそなえた。長い道中、ムツキの首にさがっていた木札と銭袋《ぜにぶくろ》も、同様に神棚にそなえた。

ああ、これでご隠居《いんきょ》さんも無事であったなら、どんなによかっただろう。ムツキはご隠居さんと、どこでどうやって別れたのだろう？　ご隠居さんの最期《さいご》に立ちあい、見守ることができたのだろうか？

今、目の前にすわっている親子たちのほかに、ムツキがどんな人たちと出会い、どんなふうに旅をして、どんなふうに別れたのか知る術《すべ》もない。一時《いっとき》でもムツキと街道《かいどう》を歩き、船に乗り、苦楽をともにした見知らぬ人々に、弥生《やよい》はかすかな嫉妬《しっと》をいだいた。それほどムツキがいとおしい。

いっぽう、ムツキは弥生の腕《うで》のなかでいつまでも、いつまでも、ハッ、ハッ、と小さくあえいでいる。うれしくて、うれしくて、どうしたらよいのかわからないのだ。かすかな音を立てながら、ゆれるしっぽで畳《たたみ》を右に左にはいていた。

澄江《すみえ》は何度もうなずくしかなかった。

もしや万が一にも、心をつくしてお願いすれば……茶々丸《ちゃちゃまる》を宗郎《むねお》に……？

そんな期待がなかった、といえばうそになる。しかし、弥生のうれし泣きを見れば、そして、なによりムツキの幸せそうな表情を見れば、口がさけてもそのようなことはたのめない。

澄江ははじめて宗郎の目が見えなくてよかった、と思った。この場の光景を、弥生とムツキのよろこびあうさまを見せたくはなかった。

しかし、宗郎は見えなくても見えているかのように、すべてを感じとっていた。

やがてたがいに挨拶《あいさつ》をかわし、澄江が座《ざ》を辞《じ》すときになって、はじめて宗郎がつぐんだ口を開いた。

「茶々丸《ちゃちゃまる》、よかったね。お姉ちゃんのとこ、帰ってきて、よかったね」

いうはしから、大粒《おおつぶ》の涙がほおをつたい落ちた。

弥生《やよい》は思わずかけよって、小さな肩《かた》をだきしめた。

「宗郎《むねお》ちゃんは、ムツキを茶々丸ってよんでくれたのね。そのほうが似《に》あうくらいよ。ね、これからもときどき、ムツキに会いに来てくれる？ お姉さんもムツキを連れて、宗郎ちゃんのおうちに遊びに行ってもいい？」

「えっ、ほんと？」

弥生の言葉を真《ま》にうけてもいいのかたずねるように、澄江《すみえ》のほうへふりむけた顔には、すでに笑《え》みが広がっていた。

「ほんとだね？」

「ええ、約束する」

表通りの人の群《む》れはまだ去らなかった。澄江たちが人垣《ひとがき》をかいくぐって出ていったあとも、平左衛門《へいざえもん》親子は立ちつくしたまま、言葉もなく感慨《かんがい》にふけっていた。

しかし、ややあって、弥生はとつぜん、くるりと向きを変え勝手口《かってぐち》へ走った。

「わたし、いっしょに行ってくる」

ムツキも、あわててあとを追った。

「おトヨさん、たすき、ある？」

「たすき？　あ、はい……」

トヨがけげんな顔をして、でも急いで肩《かた》からはずしたたすきをうばいとり、弥生《やよい》は下駄《げた》をはくのももどかしくかけだした。

ここはなんとしても、家へたどりつくまで宗郎《むねお》をムツキと歩かせてやりたい、と思ったのだ。

勝手口《かってぐち》からするりと路地をぬけ、娘《むすめ》と表通りをかけていった犬がこんぴら狗《いぬ》だ、と気づくものはいなかった。

宗郎の歩調にあわせ、澄江《すみえ》と善七《ぜんしち》はゆっくりと川ぞいに歩いていた。弥生は、カタ下駄《げた》をならして、すぐに親子に追いついた。

「おうちまで、ムツキといっしょに歩こう」

宗郎は思わず歓声《かんせい》をあげた。

弥生が手にしたたすきをさしだすと、善七がうけとって片《かた》はしをムツキの首にむすんだ。

「おねえちゃんと歩いてみようか？」

「うん、いいよ」

宗郎《むねお》はためらうことなくこたえ、弥生《やよい》の手をさぐってきた。弥生はその手をとると、もう一方の手にたすきをにぎらせた。

こうやって歩いたんですね？

弥生が目でたずねると、澄江《すみえ》も目で、そうだ、とこたえた。

「さぁ、行こうか」

ムツキは宗郎の歩調にあわせて歩きだした。宗郎の横を、体半分だけ前に出し進んでゆく。自信と寛容《かんよう》にみちた落ちついた歩きぶりだ。はしゃいだり、じゃれついたりするムツキとは別の生きものだった。

弥生は目を見はった。少なからず、衝撃《しょうげき》をうけた。

こんなムツキは見たことがない……。

おどろいたのは、宗郎の歩きぶりについてもだ。たすき一本を介《かい》して、ムツキとしっかりむすばれている。小さな草鞋《わらじ》の足でしっかりと地面をふみしめて。緊張《きんちょう》のかけらも、あぶなげもない。いわれなければ、すれちがった人も目が見えないとは気づかないかもしれない。

弥生《やよい》は、はっと思いついた。

宗郎《むねお》とつないでいた手の力を、少しずつ、少しずつ、ぬいていった。二人の手が完全にはなれるまで……。

宗郎は気づいているのか、いないのか、あわてる様子はない。手を宙《ちゅう》にあげたま、まっすぐ歩いてゆく。それで体の平衡《へいこう》をとっているのかもしれない。

澄江《すみえ》は目の色を変えて、さっそく宗郎の手をにぎろうとした。それをいち早く弥生はおしとどめた。

「ね、一人でちゃんと歩いていますよ」

澄江は思わず手で口をおおった。

文政《ぶんせい》八年（一八二五年）、秋。

弥生は身ごもっていた。幸吉《こうきち》の子どもである。

最近、胎動《たいどう》を感じるようになった。腹《はら》のなかで小さな命が、むぐーっ、と動くたびに、弥生ははっと息をのむ。なんともいえぬ、ふしぎな感覚にとらわれるのだ。自分自身とはことなるものが、腹《はら》のなかで勝手に動くのだから。

胸《むね》がつかえる、お腹《なか》がぐるぐるする、のどがつまる——これまで経験《けいけん》したことのある、どんな体の痛《いた》みや動きとも、まったくちがう。

最初はびっくりした。ちょっと気持ちが悪くもあった。でも、弥生《やよい》はそれが好きだったし、なによりもまず、おもしろいと感じた。

たった今、腹の皮を内側から、くーっ、となぞったのはかかとかしら？　拳《こぶし》かしら？　あら、じょうずにでんぐり返りをした……。

盛三郎《せいざぶろう》亡《な》きあと郁香堂《いくこうどう》を弥生につがせるにあたり、両親は手代《てだい》の幸吉《こうきち》を入《い》り婿《むこ》にむかえることにした。江戸《えど》の商家では、よくあることだった。

幸吉はまじめでおだやかな人がらだったし、番頭《ばんとう》はじめお店のものたちにも、取引先にも評判《ひょうばん》がよかった。幸吉は手代としての分《ぶ》をわきまえていたから、弥生を主人の娘《むすめ》としてうやまう気持ちも態度《たいど》もゆるがなかったが、それをこえて二人が互《たが》いに好意をかくしもっているのは、はた目にも明らかだった。

二人は仲よくやってゆくだろう。これですべて安泰《あんたい》だ——両親は胸をなでおろした。

弥生は今、楽しみにしていることがある。赤《あか》ん坊《ぼう》が生まれたら、宗郎《むねお》が遊び相手になってくれるかもしれない……。

宗郎《むねお》には、半年前、ムツキによく似《に》た雄《おす》の子犬をとどけた。近所の八百屋《やおや》で飼《か》われている雌犬《めすいぬ》が生んだ、ムツキの子だ。おさないころのムツキを彷彿《ほうふつ》とさせる、やんちゃな子犬だ。宗郎は、今度はその子犬を「茶々丸《ちゃちゃまる》」とよび、いっときもはなさずかわいがっている。

茶々丸は成長したら、きっとムツキと同じようにやさしくて利口《りこう》な犬になるだろう。宗郎をひいて、町を歩くようになってほしい。

いっぽう、ムツキは金毘羅《こんぴら》参りをはたしてから、少しばかり年とったように見えた。口のまわりには白いものがまじりだした。

町内の人々には、金毘羅さんからお札《ふだ》をもちかえった犬だ、ともてはやされ、だれからも大切にされた。なかにはムツキに向かって手をあわせるものさえいた。

亜矢《あや》は、弥生《やよい》が元気になり子どもまでさずかることができたのは、みな金毘羅大権《だいごん》現《げん》のおかげだ、ムツキのおかげだ、とありがたく思った。そのあげく、以前なら考えられないことだったが、ムツキを座敷《ざしき》にまであげようとした。ムツキのために座布団《ざぶとん》まで用意したのだ。

だが、ムッキは座敷《ざしき》やふかふかの布団《ふとん》より、なれしたしんだお勝手《かって》の土間《どま》のほうが落ちついた。腹《はら》にひんやりする土の感触《かんしょく》が好きだった。

ムツキは気が向くと、勝手口の引き戸をカリカリと爪《つめ》でひっかいた。すると、だれかしらが気づいて戸を開けてくれるので、町を歩きまわってくる。もどってくれば、そこらで立ちはたらいているものが食べものを分けてくれる。

弥生《やよい》もしょっちゅう店をぬけだし、廊下《ろうか》を、パタパタ、走って様子を見にきてくれる。

ムツキ自身が子犬のころのように、はげしくじゃれつくことはなくなったから、弥生はムツキをたっぷりなでながら、おしゃべりをする。ムツキにわかっても、わからなくても、おしゃべりをする。いや、たいていのことはわかっている、と信じている。弥生は以前にもましてやさしかった。やさしいにおいがする。母になる女のにおいだ。

ムツキは過去《かこ》のことはなにもおぼえていない。長い旅をしたことも、道連れだった人々も、どこへ行ったかも記憶《きおく》にはない。

犬はいつも、今を生きている。

たった今は、土間《どま》にしゃがみ、わき腹《ばら》をなでてくれる弥生《やよい》の手がこころよい。

そうっと、そうっと、ずっとなでていてほしい……。

ムツキはうとうとしはじめ、そのうちに、すうっと力がぬけ、ぐっすりとねむりこむ。

弥生は静かに手をひっこめた。そして、ただねむっているだけのムツキを、いつまでも、いつまでも、あきずに見つめている。

あっ、前足が動いた。爪《つめ》を開いたり閉《と》じたりしている。全身が、ぷるぷる、と細かくふるえだした。

ムツキはぐっすりねむりこむと、よくこんなふうに体を痙攣《けいれん》させた。

きっと夢《ゆめ》を見ているんだわ、と弥生は思う。

ほら、前足をかいている。うしろ足もけりだした。どこかを走っている。ものすごい勢《いきお》いで走っているんだわ……。

ハー、ハー、ハー……。

どこからか、息の音がきこえてくる。

自分がはげしくあえぐ音だ。どこかをかけあがっているらしい。

鼻をつくのは、雨をまとった若葉《わかば》のにおい？　ぬれた石のにおい？

ふと立ちどまり、あえぎながら見あげると、石段《いしだん》が上へ上へとつづいている。そのつらなりを目でたどってゆくと、りっぱなお社《やしろ》が見えるではないか。

夢《ゆめ》のなかでは、ムツキもあざやかに思いだす。

あそこまで行くんだ――そう悟《さと》った瞬間《しゅんかん》を。

はてしない街道《かいどう》や、川や、海や、大きな船。ひそやかな雨や、いかりくるう雷《かみなり》、美しい月。ともに旅をした人々や、白い犬を……。

ハー、ハー、ハー……。

ふたたびかけだすと、もう休むことはない。一気にはねあがってゆく。

息の音がはげしくなる。

胸《むね》の高まりが教えている。

あそこまで……。

あそこまで……。

すべては、ここへ来るためだったのだ……。

それから、なにもかもが、ゆっくりと深いねむりのなかへとけてゆく。
ハー、ハー、ハー……。
荒々《あらあら》しい息の音だけが、いつまでも耳いっぱいにこだましている。

解説

物語のなかでムツキがお参りする金毘羅《こんぴら》は、いまの香川《かがわ》県にあります。かつては讃岐《さぬき》という国でした。安土桃山《あづちももやま》時代から江戸《えど》時代にかけて、讃岐は仙石秀久《せんごくひでひさ》、生駒親正《いこまちかまさ》、松平頼重《まつだいらよりしげ》といった領主《りょうしゅ》たちが治《おさ》めますが、かれらはみな、金毘羅を信仰《しんこう》し、手厚《てあつ》く保護《ほご》しました。信仰が土地に根づいていたことをあらわすものとして、十七世紀末ごろにかかれた「金毘羅祭礼図《こんぴらさいれいず》屏《びょう》風《ぶ》」があります。そこには、売りものを並《なら》べた見世棚《みせだな》が参道の両側に立ちならび、いろいろな階層《かいそう》の人々がお参りする様子がえがかれています。大名から庶民のあいだにまで金毘羅信仰が広まり、さかんになっていった様子がうかがえます。

金毘羅神への信仰は、船乗りたちを通じて、全国に広がっていきます。江戸《えど》幕府《ばくふ》が成立すると、全国に広がる幕府領《ばくふりょう》から年貢米《ねんぐまい》を江戸・大坂《おおさか》に集めるようになります。米の大量輸送《たいりょうゆそう》には、作中にも登場《とうじょう》した千石船《せんごくぶね》など、船が大きな役割《やくわり》をはたしました。その船頭《せんどう》として、瀬戸内海《せとないかい》の塩飽諸島《しわくしょとう》の漁師たちがやとわれたのです。彼らは金毘羅神を厚《あつ》く信仰していました。その信仰が、航路上にある港にも伝わっていきました。塩飽諸島の船乗りたちは、江戸・大坂のみならず、藩《はん》の年貢米などを全国各地に運んだため、全国的に金毘羅信仰が広まっていきます。

金毘羅神への信心のおかげで救われたという船頭の記録も残っています。小浜《おばま》（福井《ふくい》県小浜市）の川渡甚太夫《かわとじんだい》という北前船《きたまえぶね》の船頭の一代記です。川渡甚太夫は金毘羅神に毎日お祈《いの》りしていました。あるとき、下関《しものせき》近くの田《た》の浦《うら》前の金輪《きんりん》の瀬《せ》で岩に船を乗りあげて難破《なんぱ》してしまい、船に水が入ってしまいました。それでも、船や道具はちっとも傷《いた》まず、積み荷の年貢米《ねんぐまい》もあまり被害《ひがい》をうけなかったそうです。あとで川渡甚太夫《かわとじんだい》は、下関の役人から、金輪の岩瀬に船を引っかけて助かった船はないときき、船が無事で、年貢米の被害《ひがい》がなかったのは、金毘羅神《こんぴらしん》の加《か》護《ご》のおかげだと、ますます熱心に信仰《しんこう》するようになったと書かれています。

金毘羅信仰が全国的に広まった理由としてもうひとつ、宝暦《ほうれき》一〇年（一七六〇年）の朝廷からたまわった日本一社《にほんいっしゃ》の綸旨《りんじ》（天皇の意思を伝える文書）があります。その後、金刀比羅宮《ことひらぐう》は幕府《ばくふ》の勅願所《ちょくがんじょ》にもなります。つまり、幕府や朝廷《ちょうてい》から、ありがたい神社として、お墨付《すみつ》きをもらったということです。とくに、朝廷からの綸旨は京都から金毘羅までたった三日で運ばれたといわれていて、そのはやさは金毘羅神の神霊《しんれい》のためと信じられました。寄《よ》り道《みち》も多かったムツキが金毘羅まで来るのにかかった日数とくらべてみてください。とはいえ、ムツキも無事に金毘羅までたどりつき、江戸《えど》の瀬戸物町《せとものちょう》まで戻《もど》ることができたのですから、神様のご加護《かご》があったということでしょうか。

どれくらいの数の人が金毘羅へお参りしていたのかを見てみましょう。讃岐《さぬき》より西の諸国《しょこく》からくる人が利用する多度津湊《たどつみなと》への金毘羅参詣者《さんけいしゃ》の状況《じょうきょう》が残《のこ》っています。安永《あんえい》三年（一七七四年）四月の金毘羅船の数が四八〇艘《そう》で、参詣者は二四三四人。ひと月だけで、二千人以上が訪《おとず》れています。十月の例大祭（お十日《とおか》とよばれる秋祭り）には、金毘羅船一八七艘で五〇四人の参詣者が、翌《よく》四年三月には、五一一艘《そう》で三二一四人が参詣《さんけい》したとなっています。享和《きょうわ》三年（一八〇三年）の道中日記《どうちゅうにっき》には、東日本から参詣した人が、金毘羅《こんぴら》に寄《よ》ったという記録《きろく》が残《のこ》っています。江戸《えど》など、東日本からの参詣は、一八〇〇年はじめころから増《ふ》えているようです。そのぶん、お参りする人もさらに増えたことでしょう。

金毘羅神がまつられている金刀比羅宮《ことひらぐう》は、象頭山《ぞうずさん》という山のなかにあります。金毘羅信仰《しんこう》を広めた塩飽《しわく》の船乗りたちは塩飽諸島《しわくしょとう》を活動拠点《かつどうきょてん》にしており、そこから見ると、象頭山は文字通り山が象の形をしていて、象の目にあたるあたりに金毘羅神が鎮座《ちんざ》しているのです。

参詣者が、金毘羅に近い港、丸亀湊《まるがめみなと》につくと、丸亀城下《まるがめじょうか》の町筋《まちすじ》を通りぬけて中府《なかぶ》の鳥居《とりい》に行きます。ここが金毘羅への丸亀街道《まるがめかいどう》の出発点です。ここから象頭山を目指して進んでいきます。

丸亀湊は、金毘羅へのお参りする人がおりるほか、四国《しこく》八十八箇所《かしょ》を巡礼《じゅんれい》するお遍路《へんろ》さんも利用しています。お遍路というのは、弘法大師《こうぼうだいし》が修行《しゅぎょう》したといわれる、八十八箇所の霊場《れいじょう》をめぐって歩くことであり、それをしている人のことです。四国には「お接待《せったい》」という風習があり、地域《ちいき》の人々が、お遍路さんに食べものやお賽銭《さいせん》をわたします。お遍路さんをもてなすことは、弘法大師様をもてなすことであり、自分のかわりに、お遍路さんにお参りを託《たく》すという意味もあります。

同じ四国のことですから、金刀比羅宮に向かう人たちへも「お接待」をすることで、金毘羅さんからご加護《かご》をうけるという考え方があったのではないでしょうか。それは人に対しても、犬に対しても、同じだったのでしょう。自分の願いをなにかに託《たく》すという考えかたから『こんぴら狗《いぬ》』の物語が生まれたともいえます。

さて、金毘羅神《こんぴらしん》は航海の神様ですが、全国に信仰《しんこう》が広がると、さまざまな願いごとを持った人がお参りにきたようです。嘉永《かえい》五年（一八五二年）の金光院《こんこういん》の「御祈禱御牌《ごきとうおふだ》」という資料には家内安全《かないあんぜん》、子孫繁昌《しそんはんえい》、商売繁盛《しょうばいはんじょう》など、全部で三十三種類の願いが書かれています。こんなにたくさんのお願いごとがあがっているのは、医学やほかの科学技術《ぎじゅつ》が今とくらべて発達していないため、神様にお祈《いの》りすることが、当時の人たちにとって大きな意味をもっていたからです。そのため、江戸時代の人たちは、強い信仰心をもっています。その信仰心は、金毘羅を目指すムツキが無事に金毘羅参りをはたせるよう、旅を手助けし、応援《おうえん》してあげる気持ちにもつながっています。

『こんぴら狗』は、こうした江戸《えど》時代の状況《じょうきょう》をふまえ、庶民《しょみん》のくらしや信仰への思いなどが、ていねいにえがきこまれた作品といえます。江戸時代の雰囲気《ふんいき》を感じながら、現代にも通じるなにかを読みとってもらえればと思います。

丸尾寛
（徳島文理大学准教授）

あとがき

さまざまな理由で長い旅をした犬の実話はよくきくところです。その多くは、はるか遠くから家に帰ってきたというもので、帰巣本能《きそうほんのう》によるものとして、いちおう納得《なっとく》がいきます。しかし、住みなれた家を出て、遠く見知らぬ土地にいる愛《あい》する人のもとへたどりついたなどという例にいたっては、科学的な解明《かいめい》にほど遠く、ただただ不思議としかいいようがありません。

江戸《えど》時代後期、金毘羅《こんぴら》さんへ代参《だいさん》に出された「こんぴら狗《いぬ》」もまた、長い旅をするわけですが、こちらはもちろん、犬の意志によるものでも、本能によるものでもありません。しかし、おもに江戸から讃岐《さぬき》の金毘羅さんまで、数百キロにのぼる道のりを往復したという犬の旅にも、逆《ぎゃく》にある意味どうしてそんなことが可能《かのう》だったのか、とわたしは不思議を感じずにはいられませんでした。

二〇一三年二月、朝日新聞《あさひしんぶん》の記事でこの習わしをはじめて知ったとき、犬好きのわたしがこれを書かずにどうする、と瞬時《しゅんじ》に心を決めたのも、この稀有《けう》な習わしに肉づけし、血をかよわせ、不思議を不思議とせぬ物語としてのこしたい、と思ったからにほかなりません。

しかし、いざ書きだしてみれば、こんぴら狗に関する記録は皆無《かいむ》といってよく、当時の金毘羅や金毘羅船についてもほぼ同様で、わからないことだらけ。リサーチには四苦八苦の日々でした。多くの方々のご協力がなければ、この本は完成できませんでした。それを思うとき、この本の執筆過程《しっぴつかてい》を長い旅に――多くの人々の善意《ぜんい》がなければ成就《じょうじゅ》しなかったこんぴら狗の旅に

——つい重ねてしまう今日このごろです。

ここにご協力いただいた方々のお名前を記《しる》し、感謝《かんしゃ》の意を表します。金刀比羅宮《ことひらぐう》、および徳《とく》島文理大学《しまぶんりだいがく》の丸尾寛《まるおひろし》先生には、当時の金毘羅《こんぴら》についてご教示いただきました。丸尾先生には原稿《げんこう》チェックのみならず、丁寧《ていねい》な解説《かいせつ》もお書きいただきました。また、神戸大学海事《こうべだいがくかいじ》博物館の松木哲《まつきとおる》先生、大阪歴史《おおさかれきし》博物館の八木滋《やぎしげる》さま、日本海事科学振興財団《しんこうざいだん》船の科学館、香川《かがわ》県立ミユージアム、琴平《ことひら》海洋博物館、三水会《さんすいかい》こんぴら山下《さんげ》ガイドの会の橘正範《たちばなまさのり》さま、日本海事センター海事図書館、丸亀市立資料館《まるがめしりつしりょうかん》の大北知美《おおきたともみ》さま、内藤《ないとう》記念くすり博物館、八千代《やちよ》第八警察《けいさつ》犬家庭犬訓練《けんかていけんくんれん》学校の中野絵美《なかのえみ》さま、日本犬保存会《ほぞんかい》、大阪市経済戦略局《けいざいせんりゃくきょく》観光部観光課水辺魅力《みずべみりょく》担当《たんとう》、大阪市建設局《けんせつきょく》下水道河川部《かせんぶ》河川課のご協力をえました。また、各地の方言を教えてくださった、駒松健《こまつけん》さま、森垣洋子《もりがきようこ》さま、森垣龍《もりがきりょう》さま、惟任将彦《これとうまさひこ》さま、渡邊佳映《わたなべかえ》さま、あんずゆきさま、志津谷元子《しづたにもとこ》さま、小川由美子《おがわゆみこ》さま、岡田禮子《おかだれいこ》さま、石川恭子《いしかわきょうこ》さま、島田市《しまだし》博物館のみなさま、箱根甘酒茶屋《はこねあまざけぢゃや》さま、大竹邦子《おおたけくにこ》さま、御礼《おんれい》申しあげます。

貴重《きちょう》な知識《ちしき》や経験《けいけん》を惜《お》しみなく公開してくださっている、ネット上の多くのサイトにもおおいに助けられました。

また、優《やさ》しさあふれるさし絵をかいてくださったいぬんこさま、お世話になりました。くもん出版編集部の原祐佳里《はらゆかり》さま、島﨑菜々《しまざきなな》さまには、わたしのわがままに辛抱《しんぼう》づよくお付きあいいただき、また、細かい作業をたんたんとこなしてこの一冊《さつ》をつくっていただきました。おつかれさまでした。ありがとうございました。

日々「こんぴら狗《いぬ》」を背負《せお》って歩いたようなわたしに、我慢《がまん》づよく付きあってくれた家族にも、心よりありがとう。

この作品にとりかかったとき一歳《さい》だった我《わ》が家《や》の愛犬《あいけん》、シェルティのエレンは、今月六歳になります。いつも私のパソコンやデスクのうしろで散歩をまっていてくれました。ムツキを描《びょう》写《しゃ》するとき、少なからずヒントをあたえてくれたことは、いうまでもありません。

最後になりますが、この作品を世界中のすべての犬たちにささげたいと思います。彼らの幸せをせつに願って……。

二〇一七年十二月

今井恭子

（注）大坂《おおさか》と讃岐《さぬき》の丸亀《まるがめ》をむすぶ金毘羅船《こんぴらぶね》は、文化《ぶんか》（一八〇四～一八年）初期から四十年ほどのあいだに、金毘羅参詣《さんけい》ブームに乗って、苫《とま》がけの小型船《こがたせん》から総屋形《そうやかた》の大型船へ急速《きゅうそく》に進化をとげました。とはいえ、船はつくって二、三年でこわれるものではなく、ムツキが旅をした文政《ぶんせい》七年当時には、さまざまな大きさの船が混在《こんざい》していたことは想像《そうぞう》に難《かた》くありません。

大坂の堀川沿《ほりかわぞ》いにはあちこちに金毘羅船の出船所《でふねしょ》があり、参詣客はここから船に乗るのですが、初期の小型船は堀川にかかるいくつもの橋をくぐり、安治川《あじがわ》あるいは木津川《きづがわ》の川口《かわぐち》から大坂湾《わん》へくりだしていったと思われます。大型船の場合は、出船所から川船で、あるいは徒歩でやってきた客が川口でまっていた本船に乗りうつったと考えられます。

ムツキの船旅は、後者の金毘羅船で設定《せってい》したことを申しそえます。

●参考文献

仁科邦男『犬の伊勢参り』(平凡社、2013年)
仁科邦男『犬たちの明治維新』(草思社、2014年)
谷口研語『犬の日本史』(PHP研究所、2000年)
塚本学『江戸時代人と動物』(日本エディタースクール出版部、1995年)
暁鐘成『犬狗養畜傳』(「日本農書全集」第60巻 畜産・獣医、農山漁村文化協会版、1996年)
暁鐘成『犬の草紙』(「古今霊獣譚奇」五巻、河内屋藤兵衛ほか、江戸後期)
長倉義夫『日本犬』(講談社、1972年)
斎藤弘吉『日本の犬と狼』(雪華社、1964年)
近藤喜博『金毘羅信仰研究』(塙書房、1987年)
守屋毅編『金毘羅信仰』(「民衆宗教史叢書」第19巻、雄山閣出版、1987年)
木原溥幸・和田仁編『讃岐と金毘羅道』(吉川弘文館、2001年)
木原溥幸編『近世の讃岐』(美巧社、2013年)
暁鐘成著、草薙金四郎校訂『金毘羅参詣名所図会』(歴史図書社、1980年)
十返舎一九著、麻生磯次校注『東海道中膝栗毛(上)』(岩波書店、1992年)
十返舎一九著、麻生磯次校注『東海道中膝栗毛(下)』(岩波書店、2008年)
十返舎一九『金刀比羅参詣ひざくり毛』(高峯虎次郎、1886年)
栗原順庵、金井好道編『伊勢金比羅参宮日記』(金井好道、1978年)
清河八郎著、小山松勝一郎校注『西遊草』(岩波書店、1993年)
須藤利一『船』(法政大学出版局、1991年)
石井謙治『和船Ⅰ』(法政大学出版局、1997年)
石井謙治『和船Ⅱ』(法政大学出版局、1995年)
塩照夫『昆布を運んだ北前船』(北國新聞社、1993年)
鈴木昶『江戸の妙薬』(岩崎美術社、1991年)
大岡敏昭『江戸時代日本の家』(相模書房、2011年)
草創の会『金毘羅参詣道』(草創シリーズ①、草創の会、2006年)
小泉吉永『古地図・古文書で愉しむ江戸時代諸国海陸旅案内』(古地図ライブラリー⑩、人文社、2004年)
安村敏信・岩崎均史『広重と歩こう東海道五十三次』(小学館、2012年)
東海道ネットワークの会21『決定版東海道五十三次ガイド』(講談社、2005年)
源草社編集部・流星社編集部・人文社編集部企画編集『古地図・道中図で辿る東海道中膝栗毛の旅』(人文社、2006年)
吉岡哲巨編『CG再現東海道五十三次』(双葉社、2009年)
加藤利之『箱根関所物語』(神奈川新聞社、2001年)
上方史蹟散策の会編『京街道』(向陽書房、2002年)
上方史蹟散策の会編『淀川往来』(向陽書房、1984年)
本渡章『大阪名所むかし案内』(創元社、2006年)
菅野俊輔『江戸の旅は道中を知るとこんなに面白い!』(青春出版社、2009年)
大和田守と歴史の謎を探る会編『こんなに面白い江戸の旅』(河出書房新社、2009年)
中江克己『見取図で読み解く江戸の暮らし』(青春出版社、2007年)
竹内誠監修・市川寛明編『一目でわかる江戸時代』(小学館、2004年)
江戸人文研究会編『江戸の用語辞典』(廣済堂出版、2012年)
江戸人文研究会編『絵でみる江戸の町とくらし図鑑』(廣済堂出版、2011年)
金森敦子『きよのさんと歩く大江戸道中記』(筑摩書房、2012年)
梶よう子『お伊勢ものがたり』(集英社、2013年)
岩崎京子『熊の茶屋』(石風社、2005年)
岩崎京子『子育てまんじゅう』(石風社、2005年)

●参考資料

金刀比羅宮編纂「資料 こんぴら狗」
「金毘羅への道」(金毘羅庶民信仰資料集第1巻、金刀比羅宮社務所、1982年)
琴陵光重・石森秀三・松木哲「遊行と物見」(特別展「近世・瀬戸内の旅人たち」パンフレット、1991年)
荻慎一郎「金毘羅船の船の旅」(「地方史研究」329 第57巻 第5号、2007年)
中川すがね「近世の瀬戸内の湊と渡海船」(科研費研究成果報告書、2015年)

作　今井恭子（いまい きょうこ）

広島県生まれ。上智大学大学院修士課程修了。第12回小川未明文学賞大賞受賞。本書で第58回日本児童文学者協会賞、第65回産経児童出版文化賞産経新聞社賞を受賞。児童書に『歩きだす夏』（学研）、『前奏曲は、荒れもよう』『切り株ものがたり』（いずれも福音館書店）、『丸天井の下の「ワーオ！」』（くもん出版）、絵本に「キダマッチ先生！」シリーズ（BL出版）など。日本児童文学者協会会員。

画　いぬんこ

大阪府生まれ。京都嵯峨美術短期大学卒業。挿絵師として、雑誌、書籍、広告等、様々な媒体で活躍している。NHKEテレ「シャキーン！」のイラスト担当。作絵を手がけた絵本に『おかめ列車』『おかめ列車嫁にいく』（いずれも好学社）、絵を担当した絵本に『ねこのたまたま』（好学社）、『モモリン』（あかね書房）、『おちゃわんかぞく』（白泉社）、『うれないやきそばパン』（金の星社）など。

解説　丸尾寛（まるお ひろし）

広島大学文学部国史学専攻卒業。その後、高校教員を経て、現在、徳島文理大学准教授。専門は讃岐の近世史、特に庶民の生活を研究している。共著に『讃岐と金毘羅街道』（吉川弘文館）、『近世の讃岐』（美巧社）など。

こんぴら狗《いぬ》

2017年12月13日　初版第1刷発行
2018年 7 月18日　初版第4刷発行

作　　今井恭子
画　　いぬんこ

発行人　志村直人
発行所　株式会社くもん出版
〒108-8617　東京都港区高輪4-10-18　京急第1ビル13F
電話 03-6836-0301（代表）
03-6836-0317（編集部直通）
03-6836-0305（営業部直通）
ホームページアドレス　http://kumonshuppan.com/

印刷　株式会社精興社

NDC913・くもん出版・344P・20cm・2017年・ISBN978-4-7743-2707-5
©2017 Kyoko Imai & INUNKO Printed in Japan
落丁・乱丁がありましたら、おとりかえいたします。
本書を無断で複写・複製・転載・翻訳することは、法律で認められた場合を除き禁じられています。
購入者以外の第三者による本書のいかなる電子複製も一切認められていませんのでご注意ください。

CD 39298